少女と少年と海の物語

クリス・ヴィック　杉田七重 訳

GIRL. BOY. SEA.

Chris Vick

東京創元社

目次

少女と少年と海の物語

とても勇敢な女性、母へ

パンドラ

1

カナリア諸島から北へ十二海里。太陽は高く、風が帆をぐいぐい押している。最高の気分だった。日に焼けた肌にしぶきを浴びながら、三角波を切り裂いて進むヨットの力を全身で感じている。

七名から成るクルーは全員男で、年齢は十四から十六まで。そこにぼくらよりちょっと年上の一等航海士ダンと、船長のジェイク・ウィルソンが加わる。痩《や》せ形ながら筋骨隆々のジェイクはこのヨットの責任者。青年男子セーリング・コンテスト出場に向けて、ぼくらを鍛え上げる役目を負っている。

順調だった。みんなで力を合わせながら、自分のなすべきことを各自が理解しつつある。数日前に船酔いを恐れつつ飛行機から降りてきたのがうそのようだ。ぼくとサムとピートのあいだには、友情も芽生えている。

パンドラを頼んだぞ、とジェイクにいわれて、いっときぼくが舵《かじ》を取る。そのあいだジェイクは無線に応じる。キャビンのハッチがあいて、ジェイクが顔を出した。口をひらいて、何かいおうとする。けれど言葉は出てこず、息を吸って飲みこんだ。

「何か問題でも？」ぼくはきいた。

「北でスコールだ。このままだと正面からつっこむ。テンダーをウィンチで巻き上げる必要がある」

海を見やるミーアキャットの一団のようにクルーの顔がいっせいに同じ方角を向いた。太陽は真上。どっちが北なのかわからないが、全方向に雲は見当たらない。風は強いけれど、激しいというほどじゃない。

「ほんとうに？」ぼくはきいた。

「ああ！　たったいま無線で知らされた。風向きも変わるらしい。とにかくテンダーを上げるんだ、いいな？」

テンダーは、ヨットと陸とのあいだを行き来する手漕ぎのボート。パンドラはつねに、このテンダーをひいて航海している。ぼくはヨットの経験は浅いけれど、スピードをあげたいのでもない限り、これをウィンチで巻き上げる必要などないのはわかっている。けれど船長に疑問は投げかけない。ぼくはいわれたことをやるまで、ほかのみんなもそうだった。ダンが舵を取り、クルーのうち三人がジェイクの手伝いをする。それからみんなで通常の帆をおろして、ストームジブ（荒天用の船首三角小帆）をあげた。するとまもなく、午前のあいだヨットを着実に押し続けていた南西の強風がぴたりとやんで、北から疾風《しっぷう》が吹いてきた。帆をあげたパンドラが大きな弧を描いて向きを変える。帆がはち切れんばかりにふくらんだ瞬間、引き綱をとかれた獣《けもの》のようにヨットが前のめりに飛び出した。まるで疾走する馬に乗っているようだった。

「見ろ！」

叫び声にふり返ると、水平線のへりが、一直線に黒くにじんでいた。ついさっきまで、そんなものはなかった。遙《はる》か遠くから、じわじわとこちらへ近づいてくる。

「どうすれば？」

ぼくはいった。

ダンがいった。

「ビル、おまえはまずライフジャケットを着けろ」

そういえば、着けてない。Ｔシャツを着替えるときに脱いだままだった。着けていないことさえ気づいていなかった。キャビンに飛びこんでライフジャケットをつかみ、デッキにもどってきた。

楽しい気分はふっとんで、胃のなかに冷たい石のような恐怖が居すわっている。着用しようとするものの、ライフジャケットをつかんでいる手はふるえるばかり。まったくいうことをきかない。なんとか指が動きだしたと思ったら、ヨットが波を食らい、その衝撃によろけて、ライフジャケットを落としてしまった。ぶざまとしかいいようがない。手を離れたライフジャケットはデッキからすべり落ちて波間に消えた。

2

風が猛威をふるいだした。波が大きく盛り上がってはくずれていく。数分前ではなく、まるでもう何日も前から、海は嵐にもまれているかのようだった。ジェイクはダンと選《よ》り抜きふたりを手もとに残し、ほかはキャビンにもどれと命じる。しかしぼくはデッキに残った。何が起きているのか、見定めないといけない。

最初のうちパンドラはうまく乗り切っていた。帆をぱんぱんにふくらませて、来られるものなら来てみろと、やる気まんまんだった。けれど、うしろをふり返るたびに、嵐との距離がせばまっていく。雲がみるみる空一面を覆った。頻繁《ひんぱん》に向きを変える風に翻弄《ほんろう》されて、パンドラはふるえ、少し進んではとまることをくり返している。

ジェイクが手をすべらせ、抑えを失った操舵輪《そうだりん》が狂ったように回転した。デッキにいる人間がそろって片側に追いやられる。パンドラが大きく身をかたむけ、その横腹を、白く泡立つ波頭がたたく。ぼくは全身ずぶ濡れになった。必死に立ち上がろうとするものの、波の威力に身体が完全に麻痺《まひ》して、ショックで息もできない。

気がつけば、頭上の空は鋼色《はがね》に変わっている。前方に見える光。あそこにどちらが先にたどりつくか。しかし空との競走には、早くも負けが見えていて、マントをさっとかぶせられたように、あたりが闇に変わった。

前方に盛り上がった水の丘が山に変わったと思うまもなく、みるみる巨大な怪物に変貌してぬっと立ち上がった。

ジェイクがまた操舵輪をにぎり、波と正面から向き合って力いっぱい回転させる。パンドラは波の谷へおりたものの、そこで巨人の手にひっぱられるように横すべりした。

と、水のなかに何かの影が、一瞬だけ見えた。何か巨大なもの。すぐそばまで迫っている。高みまでのぼりつめたヨットが波の面をすべって落ちていく。パンドラは海に飲まれ、ぼくらの頭上に空が落ちてくる。水でできた空。ふいに異常な振動が起きた。ヨット全体が衝撃にふるえている。足を踏ん張るぼくの全身に、水が滝のように打ちつけてくる。

ふたたびヨットが落ち着いた。みんなは荒い息をつきながら、次の波に備えて海上に目を走らせる。しかし、さっきのように獣じみた波が襲いかかってくる気配はなかった。

「助かった」

ぼくは息を切らしていった。

ジェイクがパンドラを方向転換させて命令を叫ぶ。奥歯をかみしめて、前方を見すえている。

「さっきのはウォーミングアップ。これからが本番だ」

3

パンドラが安定走行に入れば、嵐を押して進んでいける。なのにスピードがいっこうに出ない。一瞬だけ目にしたあの影。何がぶつかってきたんだろう？　岩？　クジラ？　キャビンのハッチ近くで、ダンがうろたえた顔を見せて叫んだ。

「水が！」

ぼくは走って見にいった。テーブルに三人がすわっていて、足首から脛《すね》へみるみる盛り上がってくる海水を信じられない顔で見ている。みな足を持ち上げた。

考えろ、考えろ。自分にいいきかせる。

「心配ないよ、波をかぶったせいだ」

ほんとうにそうか？　水はバシャバシャ動いているので、出元がどこなのか、判断できない。

「舵を取れ！」

ジェイクがダンに叫び、あわててキャビンに飛びこんだ。

時間がすべって、風のように飛びすさっていく。

ジェイクが電気ポンプを動かそうと必死になっている。

動かないと見ると、ポンプを思いっ切り蹴った。

無線のマイクをつかんで「メーデー、メーデー」と救援を要請し、船の座標を何度もくり返す。

無線がパチパチ、シューシューいいだした。

〈パンドラ、きこえている。そちらは……〉

風のうなりと波の砕ける音が、その先の声をかき消してしまった。

ヨットが回転する。

ジェイクはようやく電気ポンプを動かすのに成功したが、十秒ほど経《た》っても、船内の水は減るどころか、増えている。水位がどんどんあがっていく。

テーブルの三人はなんとかして水から逃れようと必死だ。ピートが叫ぶ。

「いったい何が起きてるんだ！」

「テンダーに移ったほうがいいんじゃないか」

ぼくはいった。

「いや、救命ボートだ」とジェイク。「船倉に空気でふくらませるゴムボートが入っている。嵐のなかじゃ手漕ぎボートは使い物にならない」

ジェイクが急いで救命ボートを取り出し、みんなでデッキの上をひきずっていって包装をとく。

オレンジ色の巨大テントを袋から出すような案配《あんばい》だった。ジェイクが取っ手をひっぱると、一瞬のうちにボートがふくらんだ。救命ボートはディンギーに似ていて、空気の詰まったしっかりしたチューブが周囲をぐるりと取り巻いている。天井がついていて、ファスナーを開け閉めして出入りする。ボートからのびる長いロープを、ジェイクがヨットの船べりに結びつけた。

「力を貸してくれ」とジェイク。

みんなで力を合わせて救命ボートを持ち上げ、海のなかへ落とした。ずぶぬれになって身を寄せ合う脅《おび》えた集団。そのうしろにぼくは立っている。ジェイクが船べりを越えて、はしごをおりていく。

「船長が真っ先に逃げるなんて！」

だれかが怒鳴《どな》った。しかしジェイクにそのつもりはなかった。片手ではしごをつかみ、もういっぽうの手でロープをつかんで、救命ボートがヨットから引き離されないようにする。

「ひとりずつだ。おりてきて、オレの身体をまわりこめ」

はためく帆を風がむち打ち、パンドラが激しく横ゆれする。世界がシーソーに変わり、いまにも吐きそうだった。

みんなが押し合いへし合いするなか、ピートが真っ先にはしごをおりていき、ジェイクのうしろへまわりこんだ。救命ボートの入り口に頭から飛びこんで、安全な船内に消えた。

もうひとりがそのあとに続く。やり方は同じだ。

「ぐずぐずするな！」

だれかが叫び、ほかを押しのけて自分がおりようとする。

救命ボートが大きく上下して、ジェイクが一度腰まで水につかり、また浮き上がってきた。みんな次は自分だと思っていながら、その必死さが顔に出ないようにしている。ぼくもパニックにならないよう、前に出ようとする自分を押しとどめる。

「列をくずすな」

ダンがいった。だれの耳にもばからしい命令にしかきこえない。

「食料は？」

サムがいった。

ジェイクが怒鳴る。

「いいからおりろ！」

サムはいわれたとおりにし、みんなもそれに倣《なら》った。

けれどもサムの心配は当然だった。ここがいったいどこなのか、正確なところはだれにもわからない。ひょっとしたら何日も海を漂流することになる。ぼくの前にはまだ三人いて、番がまわってくるまでに時間がある。

どんどん水が入ってきている。やるならいましかないと思い、キャビンに飛んでいった。大きな手提げ鞄をつかんで中身をからっぽにする。食品棚の扉が勢いよくあいた。缶詰やら瓶詰めやらを、持ち運べる分だけ鞄に放りこんでいく。

時間がよどんでいるような不思議な感覚があった。せり上がるデッキをのぼってヨットの前方へもどる。もう全員が救命ボートへ乗りこんでいた。ダンでさえ、もうぼくを待ってはいなかった。ジェイクがヨットに結びつけたロープをつかんで、早く乗れとぼくにうながしている。鞄を渡したかった。でも受け取るためには、ジェイクはロープかはしごの、どちらかを放さないといけない。ジェイクはロープを放して鞄を受け取ると、ボートから手を伸ばしているみんなにそれを放り投げようとする。しかし、距離があきすぎていて、一度身を引く。あらためて投げようとしたところ、バランスをくずし、自分が海のなかへ落ちてしまった。

姿を消したと思ったら、浮いてきて、また沈み、また浮かぶ。うねる波から出られないでいる。

救命ボートが走りだしてロープがぴんと張った。ぼくとボートのあいだに隔《へだ》たりができ、そこで海が渦巻いている。

ジェイクはどうにかしてロープを見つけたらしく、それを伝って海のなかを進んでいき、救命ボートにたどりついたところで、みんなにひっぱり上げられた。

ロープをたぐって救命ボートをパンドラに近づけようとするものの、ボートは波にぐいぐいひっぱられ、ロープはいまにも切れそうなほど緊張している。

ぼくは船べりから片足を出し、海に飛びこんでロープをつかもうと心を決めた。深く息を吸って、そして――。

ロープが切れた。海面をぴしゃりとむち打って水中に消えた。

ボートがロケットのように発射し、波に飲まれて水しぶきの向こうへ消えた。

恐怖にゆがんだみんなの顔。最後に見たのはそれだけで、みんなの叫び声も、一瞬のうちに風にかき消された。

4

恐怖に身体がすくんでいる。ヨットから海へ身を乗り出しながら、はしごにしがみついたまま動けない。自分の置かれた状況が信じられなかった。

けれどももう、待っている時間も考えている時間もない。はしごをふたたびあがって、キャビンへ突っ走っていく。キャビンにもどんどん水がたまっていく。このままヨットから出られずに死んでしまうんじゃないかという恐怖と闘いながら、なかに飛びこんだ。悪夢のなかでもがいているように、水が足に重たくのしかかってくる。ビニール袋をつかむと、あとはもう無我夢中で、手当たりしだいに物を詰めこんでいった。缶詰、ペットボトルの水、本、ペン。このときにナイフもつかんで入れたにちがいないのだが、その記憶はなかった。

テンダーボートに袋を投げこみ、ウィンチを巻き下げて乗りこむ。沈むヨットの巻き添えになって海に飲みこまれる前に、ロープを断ち切った。

あの救命ボートと同じように、テンダーボートも一瞬のうちに波にさらわれた。回転しながらパンドラから離れ、混沌たる海へ出ていく。ボートの中心から動かないよう身を低くしてしゃがみ、船べりをぎゅっとつかんで身体を固定する。あまりに速いスピードで走りだしたので、パンドラが沈むところも見なかった。声を限りに叫ぶ。

「ジェイク！　ダン！　サム、ピート！」

波の谷に何度も投げ落とされ、突き上げられる。滝のように落ちてくる雨。吹き荒れる風のなか、光はどこにも見えず、途方に暮れる。

まんなかでじっとしていようと思うのに、激しい波でボートがしょっちゅうかたむくので、動かないわけにはいかない。一度ならず、ひっくり返ると思って肝を冷やした。

嵐の勢いがゆるんだ一瞬、ボートの後部に積み荷を入れる収納庫があるのが目に入り、そこにビニール袋に入れた荷物を押しこんだ。

オールを床に横たえ、海に流されないように、その上に腰をおろして守る。

あとは船べりにひたすらしがみついている。

＊

灰色の海と雨、雨と灰色の海。まるで暴れる波のジェットコースターだった。

嵐が猛《たけ》り狂って咆哮《ほうこう》をあげている。その怒りは永遠に収まる気配がない。

野球帽をつかって水をくみ出す。いくらか外へ出したと思っても、また波をかぶるか、ボート自ら波に頭からつっこんでいって、また水がどっと流れこむ。

とにかくボートを水平に保たないといけない。体重移動だけではもはや充分ではなかった。それでオールをつかうことにしたものの、片方があっというまに波に持っていかれ、闇に消えた。

そしてまた、波が体当たりしてくる。

くみ出しても、くみ出しても終わりがなく、しまいに筋肉が悲鳴をあげだすと、ここぞとばかりに風が叫びだす。

あきらめろ。まだまだやるぞ。

何度も何度も、同じことを叫んでいる。

いずれ最後の波がやってくる。ぼくを仕留める波が。ボートに水をあふれさせ、ぼくを海に放り出す。

数時間もすると、水をくみ出す作業には慣れてきたものの、疲れは増すいっぽうだった。水をすくっては投げ、すくっては投げをくり返し、考えなくても、手が自動的に動いている。またもや体当たりしてくる波。それを乗り越えた瞬間、大声で叫んだ。

「くそったれめが!」

まだまだやるぞ。

「こっちは生きてるぞ!」

新たな波がやってきて、それを乗り切るたびに、小さな勝利がひとつずつ積み上がっていく。

まだまだやるぞ。

「死ぬもんか! おい、きいてるか? 死なないっていってるんだ!」

強がりをいいながら、胃のなかに渦巻く恐怖で吐きそうだった。ばかなことをしているのはわかっていた。だれが見ているというわけでもない。それでも弱さを露呈《ろてい》してはならない、強さを見せつけてやらねばならないと思っている。

数時間が過ぎた。波が見えない。ボートの向こう端も見えない。

相変わらず水のくみ出しは続けている。

追いつかない。

筋肉が死んだように重い。

とてもかなわない。負けが見えてきた。

＊

しかし、もはや敵は嵐ではなかった。闘うべきは自分の身体。その弱さ、卑小《ひしょう》さだった。

自分が憎らしい。そう思うと泣けてきそうだった。

「めそめそするな。やめろ！」

ああ、死ぬんだなと、はっきりそう思えた。

＊

ある時点で、状況が変わった。どうやら、ぼくは生かされることになったらしい。なぜだか知らないが、そんな感じがした。自分をもてあそんでいた何者かが、とうとうあきらめたのだ。

怪物は静まった。水をくみ出し続けていくと、ある時点で、わずかな水を残してもう増えなくなった。暗闇のなかから新たな嵐が飛び出してくるのを、身を固くして待つ。けれどいつまで待ってても出てはこなかった。

夜のなかでじっと目をこらしながら野球帽をにぎりしめている。頭がくらくらしていた。いつ帽子を失ったのか、覚えていない。おそらく気を失ったのだろう。

1　太陽

目がさめた。

ずっと闇だったのに、まぶしい光が満ちている。荒れ狂っていた世界が静まっている。

太陽がのぼっていた。この熱がうれしい。身体を乾かし、温めてくれる。ところが高度をあげていくにつれて、太陽は不快をもたらし、苦しみの種に変わった。日差しを避けてレインジャケットの下に隠れているものの、時間が経《た》つにつれてじりじりと、新しい世界の支配者、太陽への憎しみがつのっていく。

＊

三日間、そんな状態が続いた。海面は青いガラスのようで、北も南も東も西もひたすら平《たい》らか。鳥の姿もなく、魚が跳ねることもなく、風も波も雲もない。

考えに考えたあげく、ノートに向かって書きだした。

ここはどこでもない。存在しない場所。

ぼくはひとり、手漕ぎボートに乗って大西洋を漂っている。

年齢は十五歳。十六歳まで生きられるかどうかわからない。


パンドラ、ジェイク、サム、ピート、ダン、その他のクルー。彼らは単なる記憶でしかない。母さん、父さん、イギリス。テレビ、スニーカー、木々、チョウ。すべて現実ではなくなった。太陽、熱。いまはそれが現実だ。

恐ろしくてたまらない。なのに次の瞬間には、絶対助かると確信している。なんの理由もなく、心がくるくる変わった。

立って両腕をふり、助けを求めて大声で叫ぶ。

すわって、ひざをかかえ、前後にぐらぐらゆれる。

怒りがこみ上げてくる。救命ボートに乗らなかったおまえはばかだと、自分を叱《しか》る。だいたい、こんな〝挑戦〟に加わることにした、その決断自体がばかげている。やがて怒りはジェイクに向かう。そして父親に。

空港で父さんはいっていた。

「きっと行ってよかったと思うはずだ。四六時中、科学の本を読みふけってないで、たまには気分転換をするといい。去年の夏、湖でディンギーに乗ってはしゃいでいたよな。だが今回おまえが挑むのは、まったく新しい挑戦だ」

そういうと、ひとりうなずき、にやっと笑って見せた。まるでその挑戦にどんな秘密が隠れているか、自分はもう知っているという顔で。

「これが、それなのかよ！」

だれもいない海で怒鳴《どな》る。

一本しかないオールでボートを漕ぎ、漕がないときは、目をこらし、耳をすまして、船や飛行機の姿をさがしている。

収納庫のなかに釣り糸と釣り針を見つけた。缶詰のツナや煮豆を餌にして魚を釣ろうとしたが、そういった〝餌〟は水中でぐずぐずになるとわかった。

飛行機が飛んでこないか、もう一度空に目をやる。何もない。何時間経っても、何日経っても、何も現れなかった。

＊

海面の状態は、波の高さの度合いで0から9に分類される。1はさざ波で、その分類を超えるものはあらゆる嵐の親玉だ。

現在は0。

嵐のときには、空と海がぼくを殺そうとしていた。いまはどうだろう。きっとまだその試みは続いている。一気にではなく、じわじわと殺す。頭のなかにひとつの光景が浮かんだ。ボートが岸に漂着する。乗っているのは、ばかげたアヒルの漫画Tシャツに半ズボンという格好の骸骨《がいこつ》。肉は鳥についばまれ、骨は日差しにさらされて真っ白になっている。骸骨の身元を確認できるようなものはなく、手がかりになりそうなのは、骨になった指がしっかりつかんでいるビニール袋に入ったノート一冊。

そんなことは考えまいとするのに、どうしても頭から消えない。気をそらすものが何もないからだ。あるのは海と自分と、缶詰の食料、ペットボトル（二本は空で、一本は半分だけ水が残っている）、ノート、ペン、ナイフ。

ノートに記録をつけることにした。いつか読み返す日が来ることを願って。しかしそんな日は来ないだろうこともわかっていた。でもだれかが読むんじゃないか？　知らない人間が読んで、それを母さんと父さんに渡す。それで何が起きたのかがわかる。

とりあえず書きだした。

*

父さん、母さんへ
いまこれを読んでいるということは

それ以上書けない。お別れの言葉を書くのは早い。いまはまだ。

三日目、水平線に点が見えた。ぼやけた黒い星のようで、見えたと思ったら、また消える。強烈な日差しに連打されて、水平線が小刻みにふるえている。目をすがめてよく見てみるものの、その点が本物なのか、自分の想像が産み出した幻なのか、わからない。

オール一本を動かして、そちらのほうへ向かった。

それさえしないで、ほかに何をするというのか？

＊

近づくにつれて、〝点〟は〝しみ〟に変わっていく。

オーブンの温度調整つまみを最大にしたように、強烈な日差しが肌をじりじり焼いていく。太陽に手を伸ばしたら、指が燃え上がるだろう。酷暑のなかでボートを漕ぎ続けて、すでに疲労はピークに達している。だが、涼しくなる日没を待っていたら、夜になる前にあそこまでたどりつけない。十分おきにとまることを自分に許し、レインジャケットをかぶって身を縮め、水をすする。一瞬口のなかが湿る。以前はくちびるも湿ったのに、いまは火ぶくれになっている。

2

黒くて、ずんぐりしたもの。緊急時に船を軽くするために投げ捨てた荷だろうか。ぷかぷか浮いているところを見ると、樽《たる》か、ドラム缶か。てっぺんに何かのっかっている。ロープか網がからみついているのかもしれない。

近づいてみる。プラスチックの樽。上にぼろ布でくるんだものが、かぶさっている。布の下から、ひょろりと二本飛び出した脚。心臓が激しく鼓動する。「ハロー？　おーい！」しんとしたなかで、自分の声だけが異様にひびく。

薄闇のなか、オールをつかってそばに寄った。

「おい！」大声で呼んでみる。それから半ズボンのポケットにユーロ硬貨が一枚あるのを見つけ、それをぶつけてみる。ぼろ布に跳ね返って、水のなかにポチャンと落ちた。

しばらくその場でじっとしている。あの樽に、ぼろ布に、脚に、近づいてみないといけない。しかしその勇気が出ない。死体をじかに見るのは生まれて初めてだった。

3

そばに寄ると、ぼろ布の片端からは、鳥の巣のようにからんだ黒髪がこぼれていて、その反対端から、汚れた足が突き出していた。細い脚。骨の上に皮がかぶさっているだけだ。

全身にふるえが走った。見てみたい気持ちと、見たくない気持ちがせめぎ合う。

ボートを漕いでそばに寄り、オールで片足をつっついてみた。

「おい！」

呼びかけてから、気がついた。死体に呼びかけてどうする？　疲れて頭までおかしくなってきたらしい。

ぼろ布の端をつかみ、櫓を自分のほうへ引き寄せる。布は、毛布かマントのようだ。ふるえる指でめくってみる。女の子。ぼくと同じぐらいの年だろう。細面の顔で目は閉じられていて、肌は浅黒い。息をしているようには見えない。

死んでいる。でもほんとうにそうなのか、たしかめないといけない。ボートがかたむかないよう気をつけながら、へりからぐっと身を乗り出し、女の子の両脇に手を差し入れる。思わず目を閉じて顔をそむけた。つんとする嫌な臭い。身体をひっぱる。痩《や》せているのに、ものすごく重い。ボートが前後にゆれるなか、女の子の身体をひきずって持ち上げる。息をはあはあ切らしながら、やっとのことでボートのなかに入れた。巨大魚を釣り上げたときのように、ドシンと音がした。目は閉じたままだが、口がゆっくりあいた。まるで上下のくちびるが糊《のり》ではりついていたかのようだった。

くちびるが一度閉じて、またあいた。今度は目もあいた。茶色い大きな目が、ぐるぐる動いてめまいを起こしているようだった。何かを見ている感じではない。しわがれ声とともに息を吐いた。

「こんにちは」

ぼくはいった。しばらくばかみたいにすわっていたものの、やがてするべきことに気づいた。水の入ったボトルをつかみ、女の子の口にちょっとだけ垂らす。

「アマン」

女の子がいった。

もう少し水をやる。もったいない。これが最後の水だった。が、もったいないと感じた自分が恥ずかしくなり、さらにもう少しやる。ほんの少し。

そこで女の子がぼくの顔を見た。

「アマン」

しわがれ声でいい、海を指さす。

「A man って、だれのこと?」

船が通ったのなら、自分も見ているはずだった。船じゃなくても、なんでも。

「ひょっとしてアーメン?」

彼女が乗っていた樽が一、二メートル先をぷかぷか漂っている。

ボートを漕いでそちらへ向かう。樽のてっぺんの端に取っ手がついていて、そこから短いロープが伸びている。それをつかんで、ボートのへさきのフックへ結びつける。

女の子にもう少し水をやった。それでも足りず、ペットボトルをつかもうと手を伸ばしてくる。

ぼくはボトルをさっとひっこめ、わずかしか残っていない水を見せて肩をすくめる。

「大事にしないとね」

いいながら、気をつけるべきは自分だとわかっている。もしこの子にボトルを渡したら、まちがいなく一気飲みする。一滴も残さずに。収納庫に入れてある食料のことを思う。これからふたりで、どのぐらい海を漂うのかわからない。仲間が見つかったのはうれしいが、それと同時に、うれしくないこともある。心配だった。

「アマン」

しわがれ声で女の子がいった。ほこりみたいに、吹けば飛んでしまいそうな声。

収納庫から桃の缶詰を出し、分け合うんだと、自分にいいきかせる。缶をあけて、まずは相手に汁を飲ませる。それからひと切れすくい出し、食べさせてみる。

女の子は口のなかに桃を入れるだけでひと苦労だった。頭がぼうっとしているらしい。わずかに残っていた命のかけらで、ぎりぎり生きている。目を閉じた。食べかけの桃が指から落ちて、ほっぺたにくっついた。

腕をつっついてみる。動かない。両肩をつかんでゆさぶってみる。

「起きろ！」怒鳴ったあとで、「頼むから」とささやいた。

頭を持ち上げ、レインジャケットを枕がわりに置いてやると、目をあけて、空をじっと見つめた。

「だいじょうぶかい？　アマンって、どういう意味？　英語は話せるの？」

女の子のまぶたがピクピク動き、目が閉じられた。規則正しい呼吸になった。

眠っている女の子をじっと見つめる。残りの桃は自分で食べた。全部たいらげてしまった。

星が出てきた。小さな点々。月のまわりではまばらに、青空では濃密に、乳白色の光の川となって徐々に空に広がっていく。

巨大で静かで、美しく、恐ろしい。

気がつけばあたりは別世界に変わっていた。

＊

女の子が眠っているのをたしかめて、船べりからおしっこをする。ほんのちょろちょろ。めったに尿意は催さず、たまに出てくると茶色に染まっている。女の子と同じボートのなかにいて、今後トイレをどうするか。

相手の足側に頭を置いて、身体を横たえる。ただし女の子は、ぼくのレインジャケットを枕にし、マントをかけてどまんなかに寝ているので、こちらは片側に身を寄せなければならない。窮屈だった。

横になりながら、だんだんに寒さを感じ、寝苦しさが増してくる。それでもひとりじゃないと思うとうれしく、信じられない気分だった。心の隅でかすかにいらだっているのは、彼女が場所を取って、眠れないせいだ。

しかしそれはささいなことで、もっと深刻な問題が心に重くのしかかっていた。食料も水もほんのわずかしかないのに、他人と分け合わなきゃいけない。助けが来なければ、それだけ生き残れる時間が減る。

考えたくないが、事実だった。

ボートが以前より小さく感じられ、空と海がさらに大きくなった。

休もうと思うのに、あれこれ考えて眠れない。

ペンを取ってノートに書く。

なんでも分け合う。そうすれば――

たとえ骸骨になって見つかったとしても、二体ある。この何もない世界に、何がしかの意義が残る。

4

うとうとと、少し眠ったところで目がさめた。穏やかな風。何か音がしている。ボチャボチャ——ボチャン。樽のなかからきこえてくるようだ。

そうか、わかった。バラストだ！　ボートや船を水に浮かべておくために、水を半分ほど入れた樽をつかうのだ。ちゃんとしたヨットに乗るのはパンドラが初めてだったから、カナリア諸島に来る前に少し勉強をしておいた。ヨットや航海に関する本を二冊読んで、そのなかに書いてあった。

船べりから樽を見やり、ロープをたぐり寄せてボートのなかに引き入れる。少なくとも五分の一ほどの高さまで水が入っている。

「水だ！」

女の子が身じろぎをして上体を起こした。ぼくは収納庫からナイフを取り出し、樽の下から三分の二ぐらいの高さに切れ目を入れる。力をこめてナイフを押し引きしながら、ぐるりと一周する。

樽のなかは腐った魚の臭いがした。桃の空き缶をなかに差し入れて水をくみ、少しだけ口にふくんでみる。苦いけれど、たしかに水だ。からっぽのペットボトルにその水を入れる。

女の子が手を伸ばしてきた。

「アマン?」とぼくもいってみた。

「アマン」女の子がいってうなずく。「ウォー、ター」

これで、お互いの言語で水を意味する語がわかった。

「きみの名前は?」

しかし相手は水を飲んだあと横になって、あっというまに眠りについてしまった。

*

夜明けに目がさめた。身体がほてって汗をかき、ぶるぶるふるえている。内臓をつかまれてねじられるような痛みが走って、身を起こした。両手の感覚がない。船べりをつかんだまま固まっている。頭がしびれたように痛く、大量の汗が肌を流れ落ちていく。

船べりから身を乗り出してゲーゲーするが、何も吐けず、その場にくずれて、お腹《なか》をつかんだ。

毛布がわりにしていたマントを女の子がぼくにかけ、頭を持ち上げて枕がわりにレインジャケットをあてがってくれる。ペットボトルをつかんで、底にわずかに残っていたきれいな水をぼくにすすらせる。

水が、溶けた水晶のようにのどをすべり落ちていった。

水のおかげで頭がすっきりしてきた。考えることもできるようになったので、ノートに書きつける。

*

女の子はボトルや蛇口《じゃぐち》以外から水を飲むのに慣れている。ぼくはそうじゃない。助けが来ず、これから七十二時間以内に雨が降らなければ、ぼくは死ぬ。それが事実。

自分が書いたものを読む。

ペンをナイフのようににぎり、「事実」という部分をぐちゃぐちゃにぬりつぶして読めないようにする。筆圧で紙が破けた。

女の子がぼくに向かって、片手を上げて下げる。落ち着くようにといっているのだろうか。

ぼくは水平線に目をやった。

何もない。同じことのくりかえし。西の空が紫色になって夜の終わりを知らせ、東の空がピンクから青に変わって朝になる。そしてまた猛烈に暑い日がぼくらのところへやってくる。

女の子が身を起こした。からっぽの缶を見つけ、それを手にしたまま、ぼくをにらみつける。

「えっ、何……あ、そうか」

ぼくはよそを向いた。女の子がおしっこをする音がきこえる。船べりから缶の中身を捨てたようだ。缶を海水で洗って、取っておく。

ぼくは横になった。頭の横にペットボトルが転がっている。女の子はぼくに水をくれたものの、全部飲ませてくれたわけじゃなかった。これは取っておかないと。

ふるえる手でつかみ、キャップがかたくしまっていることを確認する。わずかな水も蒸発させてはならない。

ペットボトルをじっと見守っている。水でいっぱいになれと念じてみる。

上のほうに蒸気がたまり、それが水滴になって、底のほうにたまっているわずかな水のなかにもどっていく。

そうか。

ボートのうしろに置いてある樽が、いまはふたつに分かれていた。這いずりながら、じりじりとそちらへ向かう。

女の子が、寝ていなさいと仕草で示す。ぼくは首を横にふった。切り取った樽の上部を手に取る。船べりから身を乗り出して、半分の樽に数センチほどの高さまで海水をくむ。それをボートの端に押しこんで固定する。それから樽のまんなかに、一部が水に浸かるように桃の入っていた空き缶を置く。上からレインジャケットをかぶせ、あまった部分は樽の両脇から底にたくしこむ。ちょうど樽にナイロンの蓋をしたような感じになったところで、ナイフを取り出してまんなかに置く。すると、その下のナイロンがたわんで、ちょうど缶のなかに落ちる。

女の子が凝視している。見とれているといっていいぐらいに。

ぼくは胃を押さえて寝ころがった。あとは待つ。

一時間？　それ以上か？　そのうちとうとう太陽がのぼってきた。いまは憎しみの対象ではなく、欲してやまないもの。どんどん暑くなるがいい。蒸気が発生すれば、ナイフの下の、レインジャケットのビニールに水滴がたまる。

最初の一滴はなかなか落ちてこなかった。

ポタッ。

それから二滴目がきた。

ポタッ。

時間がかかってしょうがない。けれど時間ならある。いやというほどに。それから数滴がまとまって落ちてきた。まるで自分でつくった雨のようだった。

缶の底に水がたまったのを見計らって仕掛けをはずす。缶を取り上げ、たまった水の味を見る。桃の風味に、金属が混じったような味。けれど澄んでいてきれいな水だった。

あまりのうれしさに泣きたくなるのを必死にこらえる。もう死ぬことはない。少なくとものどの渇きでは。

女の子にも勧める。

「水、アマン」

そういって差し出すと、相手は両手を胸の前で合わせ、手の先をぼくに向けた。いま水が必要なのはぼくだと教えているのだ。それで飲んだ。むさぼるように。

そしてまた仕掛けをセットする。

水がたまると、すぐふたりで飲む。けれどなかなかたまらない。

ぼくは樽に入っている水をまず指さし、それから女の子を指さした。もしだいじょうぶなら、きみはそっちを飲んでくれと。けれど、女の子は首を横にふった。やっぱりきれいな水を飲みたいらしい。それで分け合うことにした。

5

数時間がやってきて、過ぎていった。ふたりとも日差しから身を隠し、ぼくはレインジャケットを、女の子はマントをかぶっている。ぼくはまたノートに綴る。

彼女は何者？　どこからやってきた？　どうやって生き残ったのか？
痩せこけていて、麻袋に詰めた骨のようだ。歯は白く輝いているのに、髪は信じられないほどぼさぼさ。けれど、もし自分が三日間も樽にしがみついて海をさまよっていたら、格好なんて気にするだろうか？

自分だって似たようなものだろう。日にさらされた髪は漂白され、顔は赤カブみたいになっているかもしれない。

ライスプディングの缶をあけ、まんなかに指を一本置いて、食べていいのは半分だけだと示してから女の子に渡す。相手は手をシャベルのようにして、ワシワシと口に押しこんでいく。

「おい、落ち着けよ!」

女の子が動きをとめた。まるでこちらのいうことを理解したかのように。

「英語、わかるのかい?」

ぼくがきくと、女の子は指についたプディングのかたまりをなめはじめた。

「どんな船に乗っていた? 嵐に遭ったのかい?」

女の子はぼくの顔をじっと見ている。きこえにくいとき、じっと耳をかたむけるように、顔の片側をこちらに向けて。

ぼくは缶詰を受け取って、中身をたしかめた。半分以上食べたんじゃないか? これからは自分が先に食べるようにしよう。

身ぶり手ぶりもやってみた。船が沈んでいくところを演じて、きみの乗っていた船に、いったい何があったのか、そうきき出そうとしたのだけど、相手は驚いて身を引くばかり。次々と質問をぶつけて、おかしな身ぶり手ぶりをしているので、正気を失っていると思われたかもしれない。

むっとして、船べりに背を預ける。

「あのさ、きみは、ぼくが話す最後の相手だと思うから、話しかけてるんだ。だけど……なんで答えてくれないのかな。話が通じてないみたい」

女の子の口の端がぴくっと動く。それからそっぽを向いた。

「それとも、通じてるのかな?」

気がつくと、女の子が笑っていた。ほんのちょっと。それでもたしかに笑っている。

「そうか、ぼくのいうこと、わかるんだね？」

「少し。ウイ。アンプ。テゥ・パール・フランセ（あなたはフランス語を話せる）？」

ぼくは思わず吹き出した。まさかこんな場面でフランス語が必要になるなんて。

「だめだ、苦手なんだ。ほんの少し、学校で習っただけ。きみはフランス語を話すんだね！　で、アマンはアラビア語？」

「フランス語はいくらかしゃべれる。英語は苦手。ほんの少ししかわからない」

女の子は片手をあげ、顔の前で親指と人差し指を合わせて見せる。

「Mais je ne suis pas Arabe……er、わたしはアラブ人じゃなくて、je suis Berbère」やわらかな声でそっと続ける。「ジュ・マペール・アーヤ」

「ぼくはビル。きみの名前はアーヤだね？」

「そう。わたしはベルベル人。つまり、アマジグ（北アフリカの先住民族）。名前はアーヤ」

6

ジュ・マペール・アーヤとは！　いったい何者だ？

相手の目にも、ぼくは異星人のように映《うつ》っているんじゃないか？

アーヤはあまりしゃべらない。ときどき、かなりうまい英語をしゃべるときもあって、ひょっとしたらわからないふりをしているだけかもしれないと思ったりもする。何かぼくに話したくない事情があるのか。なんだろう。まあ、もしももっと長くいっしょにいることになれば、いずれわかるだろう。

もしも。

もしもそうなったとして、ふたりでどのぐらい生き延びられる？　そんなの考えたくもない。

もし数週間になれば、ひとりのときより食料が早くに尽きる。

いや、その考えはおかしい（！）。何しろ彼女は樽を持ってきたんだから。アマン・メーカー。あれがあれば水がつくれて、水こそ命の源なのだから。

水と食料があってひとりぼっちか。それとも、水も食料も分け合って、ふたりで生きていくか。どちらを選ぶかといえば、もちろん、ふたりでいるほうがいい。

なぜなら、三日間ひとり――まったくのひとりぼっち――は、とても長かったから。


少しでもお互いの意志を通じ合わせようとしたが、これがなかなか大変だった。アーヤは英語を少し話せて、わからない言葉はフランス語をつかう。いくらかはぼくにもわかったが、もっとたくさん知っていればと思えてならない。フランス語の学習から離れてもう二年が経っていたし、勉強をしていたときだって、数学や物理のように得意な科目ばかりに没頭して、フランス語はあまり身を入れていなかった。アーヤは手を自在に動かして、身ぶりで通じさせようとする。それでもぼくがいっこうに理解できないでいると、どうしてわからないのかと、いらいらした様子で、ぼくのノートに絵で説明を始める。まったく妙な感じだった。絵を描いて当てっこするゲームと、ジェスチャークイズと、語学のレッスンを同時にやっているようなもの。時間はかかったが、それでもこれはうまくいった。

「きみは……その……どこへ行くつもりだったの?」

ぼくがきくと、アーヤはしばらくじっと考える。

「グランカナリア島。ヨーロッパ」

「きみの家族はどこ?」

「死んだ。兄弟も姉妹もいない。両親だけ。でも死んだ」

ぼくは息を呑《の》んだ。

「船で？」

「まさか！　ノン、ノン」

ぼくが理解しないので、いらだっているようだ。

「Er, avant. Trois ans. 三年」

重たい言葉。悲しみに耐えてきた時間の重さだろう。

「どうして亡くなったの？」

「なんていえばいいのかしら……前のあなた、みたいに」

そこで身ぶりが入って、両手をぱっと投げ上げてから、ぶるぶるふるえる真似をする。

「病気？」

「ウイ」

どんな病気だったんだろう。気になったけど、きいてはいけない気がした。

アーヤはしばらくぼうっとした顔で海を眺めている。

「最初、どうしてしゃべらなかったの？」

ぼくはきいた。

「あなたを、知らない。この英語、合ってる？　Tu comprends（テュ・コンプラン）？」

「きみの乗っていた船はどうなったの？」

アーヤは風の音を口真似し、海に向かって手をひらひら動かして波を、指で雨を表現する。

「嵐？」

「そう。ひどい嵐」

「人はたくさん乗っていたの？」

「いいえ。船は小さい」

「沈んだの？」

アーヤがまゆを寄せた。

「つまり、船は水のなか？　いっしょに乗っていた人たちは……生き残ったと思う？　生きてるのかな？」

「わからない。生きてるホシイ？　合ってる？」

「生きていたらいい」

「そう。あなたは？　他の人たちは？」

「ぼくのほうもわからない。みんな生きていたらいいと思う」

「お母さん、お父さん。船に？」

「いいや、両親は家にいる。イギリス。無事だよ」

「そう、じゃあ、ふたりとも、あなたのために考えてる。あなたのことを、考えてる？　そういえばいい？　言葉がわからない」

「心配してるって、そういいたいの？　なら、イエスだ。死ぬほど心配してるよ。きみには、ほかに血のつながりがある人はいないの？　きみはどこの国の人？」

アーヤがため息をついた。

「モロッコ。あなたはたくさん、ききすぎる。あれもこれも」

片手をあげ、まるでハエを追い払うように、ぼくの質問をさっと手で払う。

「そうだね、ごめん」

ふたりともじっとすわって、海を眺めている。長い、ほんとうに長い時間。

「こんなことをしている場合じゃないんだ！」

知らずに口から言葉が出ていた。怒鳴るつもりなどなかったのに、そういう口調になっていた。

奇妙なことに、頭のなかに次から次へ、やらねばならないことが浮かんでいた。

「Je ne comprends pas」

「やらなきゃいけないことがあるんだ。本は全部船のなか」

「本？　あなたは……つまり……恐いのは、本を持っていないから？」

「恐くなんてない！　ただ……家のことを考えてたんだ。次の数週間でやるつもりだったこと。こんなところにいる場合じゃないんだ」

アーヤがぼくの顔を見る。最初、混乱しているような表情だったのが、やがて笑いだした。ゲラゲラと大笑いしている。

「おかしくなんてない。きみにはわからない。ぼくはきみとはちがうんだ！」

いわなきゃよかったと、すぐ後悔した。なんてばかなことをいったんだろう。アーヤが意味を理解したかどうかはわからない。けれどあやまった。

「ごめん」

「わたしたちは生きてる。食料があるし、アマンもある。嵐もやんだ」

「パンドラなんかに乗るんじゃなかった」

「パンドラ?」

「そう。船。ぼくの乗っていたヨット。パンドラっていう名前だった」

「へえ、そうなんだ、パンドラ」

その名前が重要であるかのように、ひとりでうなずいている。

「ヨットの名前が、そんなに大事?」

「だって、パンドラ……でしょ?」

「パンドラ、知ってるのかい? いったいなんのことをいっている?」

アーヤがため息をつき、顔を曇らせた。

「いえない。わたしの英語……」

「英語が下手だとかなんとか、もうあやまるのはやめてくれ! とにかく、ぼくはこんなことをしている場合じゃないんだ」

また同じことをいった。相手が理解したのかどうか、依然としてわからない。それでもぼくに見せた表情からすると、わかったんだと思えた。アーヤは歯のあいだから、「tsch」というような音をもらすと、あとはただじっと海をにらんでいる。ぼくとはもう、しばらく話はしないというように。

7

五日目

アーヤと話をしないといけない。

計算して推測しないといけない。自分たちがどこにいるのか。あとどのぐらい生きられるのか。

アーヤもぼくと同じことを考えているのだろうか。わからない。

いや、考えてなきゃおかしい。

悪夢を見ているようなとき、アーヤはぶつぶつつぶやき、身をよじって寝返りを打つ。ぼくが「シーッ」と声をかけてなだめると、そのうち落ち着いてくる。

ぼくの機嫌が悪くなると、アーヤが「心配ないから」といってくれる。よく考えもせず、口先だけでいっているような気がする。

「どうしてぼくらを見つけられないのか、わけがわからない」

ぼくはいった。

「雲が出ていて、飛行機が気づかずに行ってしまった、というのならわかる。海が荒れていて、ぼくらが視界に入らないという場合だってわかる。でもこの天気でそれはあり得ない」

ペンとノートを取って、カナリア諸島とアフリカを描いてみる。

「だけど、時間が経てば経つほど、見つけるのは難しくなる。つまり、こういうことなんだ。救援隊は、パンドラが姿を消した地点を特定する。そこからどのぐらい離れた地点まで、生存者が移動するか、その地点を推定する。もちろんそれは、仲間たちが救援隊に見つかって、いまはぼく……それにきみをさがしている、としての話だ。そのふたつの地点を直線で結ぶ。それから円を描く。ほら、こんなふうに。ここが捜索隊のさがしている場所だ」

ノートに描きながら説明する。

「一日でどのぐらい遠くまで移動するか推測する。一日が経過するごとに、捜索範囲の半径がのびていく。円の面積は半径×半径×円周率。だから半径が二倍になれば——たとえば二キロが四キロになれば——捜索エリアは十二平方キロメートルから、五十平方キロメートル以上にまで広がる」

最初の円に「一日」と書き入れ、それより大きな円を描いて、その円の横に「二日」と書き入れた。

「どうして、そんなことがわかるの?」

アーヤがいう。

「計算だよ。数学。数学はできるんだ。一時間経つごとに、ぼくらを見つけるのが難しくなる。それが事実だ。それでも……」

はっとして口をつぐむ。あたりに目を向け、ぐるっと見まわす。事実は変えられないとわかっている。父さんがいつもいっていたように、事実は事実であって、気持ちに左右されることはない。だから、いつか見つけてもらえると、そう思うこと自体ばかげている。一時間経つごとに、救出はますますあり得ないことになっていく。現実を見すえて、そんなことを考えだしたところで、アーヤが口をひらいた。

「Je comprends」

大きな円を指でなぞっている。

「前にあなたがいってた言葉……見つける？　合ってる？　彼らはわたしたちを見つける。インシャラー」

アーヤがペンを手に取って書きだした。

إن شاء الله

「インシャラーって、〝もし神の思し召《おぼめ》しならば〟っていう意味だよね。きみはそういうこと、信じてるの？」

「わたしたちがよくいう言葉」

アーヤはそれだけいって、ぼくの質問には答えない。

「そうか」

ぼくはいった。

8

アーヤ。たぶん彼女は希望を持っている。信仰といってもいいかもしれない。インシャラー。自分は？　わからない。希望を持っているような気はする。でもそこで考えてしまう。希望を持とうと持つまいと、事実は変わらない。厳然としてそこにあるだけ。

ついさっきまで、東を目指してオールを動かしていた。わずかな距離を進むのに大変なエネルギーが必要で、ひょっとしたら捜索隊から離れてしまっているのではと、心配にもなる。それでも西に向かうよりはいい。西は大西洋なのだから。

暑くなって漕げなくなった。

再度釣りに挑戦する。餌が水にとける。まただ。

餌をつけずにやってみる。これも意味がない。

「今日まで生きてきて、自分がこれほど役立たずだと思ったのは初めてだ」

「あなたはがんばってる。ふたりともそう。がんばらなくちゃ」

そんなわけで最近は、時間つぶしに、もっぱらふたりで言葉の勉強をしている。アーヤは好奇心旺盛で、ひとつひとつ指さして、声に出す。

「これは太陽。海。水。雨をつくるもの。雨を降らせるのは何？」

「雲」

「そう、雲」

アーヤがぼくのノートにメモを取る。アラビア語のときもあれば、丸や四角や線を組み合わせた奇妙な言語を書き綴ることもある。文字というより記号という感じで、こんな言語は見たことがなかった。これはアマジグ語、わたしの母語だとアーヤはいう。ボートのなかにあるもの、海に見えるもの、魚やサメやイルカといった、海にいるのが想像できるもの。そういったもののすべてを言葉にし終わって、出尽くしてしまうと、アーヤは別のことを始めた。思いついたことをなんでも、かたっぱしから絵にしていく。基本的な形を描き、それを表す言葉を推測する。自分たちがいた世界に残してきた物の名前——木、花、車、テレビ、ラクダ、テント、モスク、サッカー、山、ケーキ、ハンバーガー。いろいろやりとりをするなかで、ラクダの肉がハンバーガーになることがわかった。ラクダの瘤《こぶ》に詰まった脂肪も、分厚くスライスして食べられると、アーヤはいった。結局こちらが思っている以上に、アーヤは英語の単語を知っていた。思い出すための、ウォーミングアップが必要だったのだ。

「どこに住んでいたの？」

アーヤがきいた。

「ハンプシャー。イングランド南部だよ」

「いい暮らしだった？」

「ああ」

自分の暮らしについて話すのは難しいとわかった。ちょっとしたことでつまずいて、口をふさいでしまう。思い出すのはいいけれど、話すと動揺する。それは空腹でも疲労でもごまかすことができなかった。

車について話す。うちの車がどれだけきちんと整備されていたか。飼い犬のベンジーの話もした。

「雑種犬なんだ。小さいくせにけんかっ早い犬でね。保健所で保護されていたのを……」

それ以上話せなくなった。

「だいじょうぶ？」

「だいじょうぶさ！」

そういったものの、それ以上言葉が出てこない。ホームシックじゃない。そんな単純な話じゃなかった。考えていた。もう二度とみんなに会えないかもしれない。父さんと車に乗る直前のさようなら。母さんに抱きしめられた。もう一度ぎゅっと抱きしめられ、それから数え切れないほどキスをして、小さな子どもにするように、ぼくのほっぺたを手でふいた。

「ベンジーがさみしがるわね」

母さんはそういった。

「ぼくだってそうさ」

「安全にね！」

「うん」

「じゃあ、二週間後にまた」

「うん、じゃあね」

そういったときには、これが最後の言葉になるとは思っていなかった。いろいろ考えたけど、アーヤには話さない。また言葉のレッスンにもどって、食べものやロンドンについて話したけど、自分については何も話さなかった。

アーヤは覚えるのが早い。新しい言葉が出てくるたびに、ぼくの真似をして三度か四度くり返して覚えてしまう。アーヤからはベルベル語を教えてもらった。でもぼくには発音ができない。喉音《こうおん》がたくさんあって、acch とか szz とかいう音が何度も出てくる。発音するたびにうまくできなくてアーヤに笑われる。ぼくはそっくりそのまま真似しているつもりなのに。

話をして、水をつくる。毎回新たな海水を加える前に、樽の底にたまった塩をすくって空き缶のひとつに入れてとっておく。魚がとれたときに必要になるからと、アーヤにいわれたからだ。日中に船べりから身を乗り出して海水をすくうとき、光の加減と角度がうまく合うと海面に自分の顔がゆがんで映った。髪が漂白されて藁《わら》のようになっている。顔はイチゴのように真っ赤。茶色くなっている部分もあった。いまではあまりひりひりもしない。

夜に目をさましておしっこをする。

ぼくのあとに、アーヤも同じことをする。

雲がいくつか、頭上を過ぎていった。空はぼうっとかすんでいる。まだ容赦なく暑いが、風がかすかに吹いてきていた。海面がやわらかな緑と銀に光り、船がそっとゆれる。

海の状態は1から2。

結局それだけ。ほかに変わったことはない。どんなに小さな変化もない。

海と空がぼくらの宇宙で、船がぼくらの世界。重力の縛りをほどいて恒星を離れた惑星。ぼくらはインクのような青のなかをさまよっている。

9

よく眠れなかった。

時間と距離。その恐ろしい事実が、頭から離れなかった。リアルな恐怖。

夜明けの光のなか、現時点で自分たちが持っているものを点検してノートに書き留めた。

手漕ぎボート——船体はグラスファイバー、外部を構成する外板は木材。見た目はかっこいいが、本来の用途はヨットに人を運んだり、海岸近くをぶらぶらしたりするだけ。

収納庫に入っている物資——

缶詰八個——ツナ、煮豆、スープ、桃、ライスプディング。ビニール袋に入ったレモンとバナナ三本。

一日にふたりで二個の缶詰でやっていける。そう多くはない。空腹を感じないで済むのはたった二日。それからは毎日一缶を分け合い、やがてなくなる。

全部で六日間。

そのあと人間はどのぐらい生きられるのか、わからない。

道具――

オール一。

座席一　スペースを広げるためにはずした。

リールに巻かれた釣り糸と釣り針。

ナイフ、大きくてよく切れる――パンドラから持ってきた。

一リットルのペットボトル三　少しずつ水が増えている。


もう一回だけ、釣りに挑戦する。水面を打ったとたん、餌がとけた。

「ダメだ。ぜんぜんダメだ」

アーヤはひざを胸に抱いてすわり、ぼくのすることをじっと見ていた。

「釣りのこと？」

「そう。それに何もかも」

ひざの上に置いた釣り糸と釣り針に目を落とす。片づければ負けを認めたことになる。かといって、もう一度やるのもばからしい。

「希望を持たないと」

アーヤがそっといった。

「わかんないのかい？　飛行機はゼロ、船もゼロ。嵐に吹き飛ばされて、だれにも見つからないところにいる。ここで死ぬんだよ」

「そんな気はしない」

「気分なんて関係ない。それが事実《ファクト》なんだ」

「ファクト？　どういうこと？」

「事実。ぼくらの現実。真実といってもいい。缶詰は残り八個。持って六日。もう少し長く持たせて、もっとゆっくり飢え死にするという手もある。それでも死ぬことには変わりない。わかるかい？」

「恐いから、怒っているのね」

アーヤはあぐらをかき、背筋をぴんと伸ばした。

「ファクトをひとつ教えてあげる。わたしたちは強い」

「え？　どうして？　どこが強い？」

「ほかにどうしようもない。強くなるしかない。わたしたちはひとりじゃない。ふたりいっしょ。それには、真実……がある？　その言い方で合ってる？　うまくいえない」

「理由。こうなったのには理由があるって、そう思ってるのかい？　理由なんてないさ。単なる運。ふたりとも溺れ死んでいたかもしれない。それなのに死ななかったのは、奇跡だと思いたいけど、そんなことなくて、単なる偶然だ。ぼくがパンドラに乗っていたのも偶然。まずいときに乗っていたのもね」

「ああ、そう、パンドラ。このお話、知ってる？」

ぼくは大きくため息をついた。アーヤは、ぼくのいったことを何もきいていなかったのか？

「アーヤ、お話に、なんの意味がある？」

「意味？　わからない。でも、もう一度きくわ。このお話、知ってる？」

「知らない。ぜひともきかせてほしいなあ」

「いいわ」

「皮肉《サーカスティック》でいったんだよ」

「ビル、わたしの知っている言葉をつかって。サーカスティ……って」

「いいから、話せよ」

思わずきつい口調になった。

「なんでもいいから。ほら、パンドラの話なんだろ。嵐に遭った船の話？」

アーヤがにっこり笑った。

「そう。でもちがうの。缶、みたいな形だけど、石でできてる。こんな形」

いいながら、手で示してみる。

「石の缶？　なんだろう。瓶？　壺？」

「壺、かな」

それから語りだした。

「神々が、パンドラという名前の女の子に壺をあげました。これにはたくさんの宝物が入っていると、女の子は信じていました。ところが、それは神々の計略であることを女の子は知らなかったのです。

パンドラが壺の栓を抜くと、なかからたくさんの精霊《ジン》がうようよと現れました。どれも恐ろしい精霊ばかりで、それぞれに名前があります。飢え、病気、死、憎しみ。悪いものばかり。パンドラは壺の栓をしめようとするけれどできません。たくさんの悪い物たちはどれも強くて、長いこと壺のなかですわっていましたた。それが全部世の中に出ていってしまったのです。けれど最後にひとつだけ残ったものがありました。それが希望です」

「それだけ？　お話って、それ？」

「あなたが乗った船の名前はパンドラ。嵐は神々そのものか、あるいは神々の贈り物かもしれない。そしてどうなった？　渇き、飢え、熱い日差し。そういったもののひとつひとつが悪いジン。だけどパンドラと同じように、わたしたちには希望がある」

「船を女の子に見立てろって？　きみはお話の世界と現実をごっちゃにしている」

「そう。だけど叔父さんがいってたわ。お話は現実じゃないけれど、お話のなかには真実が含まれている。壺のなかのジンのように。わかる？」

「きみの叔父さん、どうしてそんなことを知ってるんだい？」

「叔父さんはうちの村の語り部なの」

「いっしょに暮らしてたの？」

「そう、あと叔父さんの奥さんとも。ふたりには娘がいて、サッキナっていう名前。わたしより年下。わたしはサッキナが大好き」

アーヤはさらりとそういった。家族がいるんだ。家がある。ぼくと同じように。

「語り部って、大事な仕事？」

「すごく大事。じゃあ、お話は、食べものや水と同じよ」

「そうか、じゃあ、そのパンドラの話をいますぐ食べものに換えてよ」

「お話は大事なの。食べものと水が大事なように」

「くだらないな。ぼくにいわせれば」

「いわせない」

＊

風がそよとも吹かない熱暑。焼けつくような日差しが降りそそぐなか、ぼくらはアマンをつくる。

しかしここに問題がひとつあった。アマンをつくっているあいだは、ぼくはレインジャケットをつかえず、日差しを避けられない。

Tシャツを着ているので、身体はさほど焼けていない。それで、暑さが極限に達してアマン・メーカーがフル稼働しているときに、Tシャツを脱いで海水に浸し、頭からかぶった。

アーヤはボートのへさきで身をちぢめ、頭からマントをかぶっている。

「あしたで、ペットボトルは全部満杯になるから、そのあとは樽をいっぱいにしよう。ね、アーヤ？」

アーヤはうなずいたものの、顔をあげない。

「だいじょうぶかい？」

またうなずいたけど、なんだか機嫌が悪そうだ。ぼくがアーヤの語る話をくだらないといったから怒っているのだろうか。いや、ちがう。ぼくと目を合わせずにずっとよそを向いているのは、目のやり場がないからだ。アヒルの漫画がついた、あのふざけたTシャツをぼくが着ていないから。きっとこの船にはふたつの世界がある。彼女の世界と、ぼくの世界。ふたつは混じり合わない。

アーヤは怒った顔のまま、荒い息をしている。

つらい状況だった。彼女がだまりこくってすわっているなか、ぼくはじりじり焼かれている。暑さはとどまるところを知らず、二十分もすると、肩がひりひりしてきた。

「日陰をシェアしないか。食べものや水を分け合うのと同じように？」

そういって、彼女のマントを指さし、それから自分の肩を示した。アマン・メーカーから離れてアーヤのほうへ少しずつ近づいていく。そのあいだアーヤはマントの端をぎゅっとにぎって身体に引き寄せている。

「頼むよ」

「ノン！」といって、アーヤが日差しのなかに片手を突き出した。他よりも色のうすい手のひら。地図のように線が走っている。

ぼくはアマン・メーカーのところへもどっていき、そこにすわってまた汗をだらだらかきだした。シャツを着たものの、腕と首はむきだしのまま。時とともに、痛みがじりじりと増していき、このままさえぎるものがなければ、焼けた皮膚が焦げてしまいそうだった。もうたくさんだ。ナイフをアマン・メーカーから取り上げ、レインジャケットをつかんで頭と肩を覆った。

「日陰がないなら、水もない！」

アーヤがまゆをひそめ、左右の頬をきゅっと吸いこんだ。マントを脱いで、ぼくに差し出す。

ほら、つかうの、つかわないの？　目でそういいながら、ぼくに迫ってくる。

マントを受け取って、床からオールを取り上げた。となりにすわると、アーヤがさっと身を引いた。

「これ、持ってて」

ぼくがいうと、アーヤはしぶしぶオールをつかんだ。まっすぐ立てて持つんだよと教える。それからマントを船べりから水に垂らし、へりを濡らして重くする。オールを支柱に見立てて上からマントをかぶせ、船のへさき近くへ行って、左右の船べりにマントの両端を垂らした。

「ほうら、テントのできあがり！」

アーヤにオールを持たせておいて、自分は船尾に行ってまたアマン・メーカーをセットしなおす。それから、へさきにもどり、アーヤのとなりに身体を押しこんでオールをつかんだ。

アーヤはできるだけぼくから離れようと、船べりに身を寄せている。顔をよそに向け、緊張して身を固くしているのがわかる。アーヤの死んだような身体をぼくが樽からボートへ引き上げたときを除いて、お互いがこれだけ近づくのは初めてだった。くっつき合ってすわっているのは、そうするしかないからだと、ぼくに知らせたいようだった。

完全に彼女のほうを向くことはできないけれど、そっぽを向いたアーヤを目の端でとらえる。首の下の骨、のどの下がくぼんでいる。服の、皮膚にはりついてくぼんだ部分が陰になっている。あぐらをかいた足。足の裏が白い。両手はひざの上で組まれている。指の付け根に白っぽい部分がある。そこだけ日焼けをしてないからだろう。ひとつ、ふたつ、みっつある。そこに指輪がはまっていたんだ。

ぼうっと意識が遠のきそうな沈黙のなか、アーヤが口をひらいた。

「暑い」

ぼくはテントの下から出た。ボートのへりから身を乗り出し、涼しそうな水のなかを覗きこむ。Tシャツを脱いだ。

まるで崖っぷちに立っているような気分だった。恐い。この下でサメが泳いでいるかもしれない。そうでなくても、何か恐ろしいものが潜んでいるかもしれない。でも、これまで一度も生き物は見なかった。たまたま見たら、いなかったというんじゃなく、始終見ていて一度も見ていない。心配はいらない。ただ水の広がりがあるだけだ。

海に飛びこんだ。

皮膚に衝撃が走った。冷たい水に火傷《やけど》した肌を切りつけられる感じ。目をあけたまま深く潜っていって、それからまた浮上する。

ボートのへりからアーヤが顔を出した。まゆをひそめている。

「気でもおかしくなった？」

「ヤッホー！」

思わず叫んでしまった。ボートから泳いで離れていきながら、何かいるかもしれないと自分の周囲と水中に目を走らせる。けれど見えるのは水だけ。金色の光のすじが浅瀬で躍り、ゆらゆらゆれてはふるえている。水面にそよ風が立てるさざ波。光がさしこむ水のなかは青一色で、果てがないように見える。

ひたすら泳ぎ続け、ひと息ごとに、ひとかきごとに、気分がよくなっていく。何日も動かさなかった腕や脚が気持ちよく伸びていくのがわかる。ボートから離れてどこまでも泳いでいくと、やがて気分が落ち着いて、身体の熱も冷めてきた。ふり返って、水に浮いているボートの全貌を目に入れると、ずいぶん不思議な感じがした。急に恐ろしく、心もとなくなる。一刻も早くボートにもどろうと、がむしゃらに泳ぎだし、ボートのへりに片手を置いたところで、ようやく人心地がついた。

「おりておいでよ」

ぼくがいうと、アーヤは首を横にふった。よくもそんなことがいえると、あきれているような顔だった。なるほど、たしかに。ぼくがボートのなかにもどるには、アーヤに手を貸してもらう必要があった。

またボートから離れて泳いでいくものの、今度はあまり遠くまでは行かず、折りを見ておしっこをしてから、パンツのなかに片手を入れてこすり、わきの下もこする。

あとはボートのまわりをぐるぐる泳ぐ。

しばらくして、「手を貸して」とアーヤにいって、片手を伸ばした。

アーヤはためらっている。そういえば、これまで手と手を触れたことはなかった。樽からボートにひっぱり上げたときは、アーヤは気を失っていた。さらに手を遠くへ伸ばすと、アーヤがようやくつかんで、ひっぱった。その勢いを借りてボートのへりをつかみ、えいっと乗り上がった。

アーヤがベルベル語かアラビア語で何かぶつぶついっている。怒っているようだ。アマン・メーカーがゆれて、ナイフが落ちた。ぼくはナイフを拾ってセットしなおす。それから水をしたたらせながらアーヤの目の前にすわった。

「こんなに気持ちよく泳いだのは生まれて初めてだ。きみも泳いだらいい」

アーヤはボートの床に向けていた目を、海へ移した。どこへ移そうと、こちらに目を向けることはない。

ぼくは少しうしろへ下がった。

「入れよ」

「ノン」

「セ・ボン、トレ、トレ、ボン」

「あ……でも……ノン」

「入れって」

アーヤはボートのへりから海を覗く。それから片手を水につけた。ため息をひとつつく。

「あなたは」といって、空中で指をふりまわす。「よそを向いてて」

いわれたとおりにする。

ボートがゆれて、小さな水音があがった。アーヤが水にすべりこんだのだ。

どうして見られたくなかったんだろう？　海に入るからって服を脱ぐわけでもないのに。そう思ってふり返ると、アーヤが泳いでいた。第二の皮膚みたいに服が身体にはりついている。

ずいぶん先まで泳いでいく。ぼくよりもずっと遠くまで。

「ちょっと！　あんまり遠くへ行くんじゃないぞ！」

アーヤがボートから遠く離れてしまうと、とたんに不安になった。どうして不安になるのかよくわからない。ただ、ボートはふたりの家みたいなもので、ぼくらはボートでつながっている。ふたりのうちどっちでも、遠く離れるのはよくないような気がした。アーヤがもどってくると、手をつかんでひっぱり上げてやる。

そのあとは順番に泳いだ。しだいに大胆になってきて、より遠くへ泳いでいき、より深く潜っていく。

ボートの下も泳いでみた。水が冷たくなっているところへ潜っていき、目をあける。ぼうっとかすんでいる。自分のまわりは明るいブルーだけれど、下を見ると底なしの闇だった。冷たい光のなかにじっととどまって、何をさがすともなく目をあけている。息が苦しくなると一度あがって潜りなおし、肺が苦しくなって、耳が痛くなるまで水中にいる。

えっ、うそ——。

必死に泳いで水面に浮上し、はあはあ息を切らす。

「手を貸して！」

大声でいい、アーヤの手をつかんでボートのなかに転がりこんだ。それから海に目を走らせる。

「何か見えたの？」とアーヤ。

「ああ、何か見えた。大きくて、動いてて……」

「Qu'as tu vu?」

「わからない。けど、ボートより大きかった！」

＊

ほんとうにボートより大きかったか？　巨大な魚か、それともイルカ？　すると、ひとつの言葉とイメージが、頭のなかをよぎっていった。

サメ。

ボートのへりから海のなかを覗きこむ。見たいのか、見たくないのかわからない。正体を見極めたいような、このまま知らずにいたいような……。

太陽が沈んで熱気が収まったところで、食事にした。ツナの缶詰ひとつと、ライスプディングの缶詰ひとつ。

満腹にはならない。いつも物足りなさが残る。そんなとき、まるで自らを拷問にかけるように、目の前にない食べもののことをふたりで想像する。ぼくはステーキとフライドポテト。アーヤは煮こみ料理。

「うちではみんなでタジン鍋をつっつくの。こういう形の鍋を火にかけて」

そういって大きな丸い石鍋の形を手で示す。それに、煙突のように、上にいくほど細くなっている蓋をかぶせる。

「とろ火にして、鍋のなかにトマトやナスやいろんなスパイスを入れるの。そのうち、とってもいい匂いがしてきて。ああ、あの匂いをここに再現できたらどんなにいいかしら。テントのなかいっぱいに広がるの。それに、小さなパンと、ヤギのミルクからつくったヨーグルト。大勢で分け合って食べるのよ。タジン鍋のなかには、ものすごく大きいものがあって、十人分の料理だってつくれちゃう。それ以上だって！　そうして食事が終わると、叔父さんがお話をしてくれるの」

そうやって食べもののことを考えて、ふたりとも気をそらしている。さっき、ぼくが海のなかで見た何かから。そのことを考えずにいられるなら、話題などなんでもよかった。

「歯ブラシでちゃんと歯を磨きたいな。一本指でこすって、海水ですすぐんじゃなくて」

ぼくはいった。

アーヤがボートのへりから海を覗く。ぼくに目を移し、それからまた海に目をやる。

「何をさがしてるんだい？」

「何も」

「もういないよ。ぼくが見たのがなんであったにせよ、もうこのあたりにはいない」

アーヤがうなずき、腕を組んで、ひざを胸に引き寄せた。

「もう行っちゃったよ」

いいながら、そのとおりだったらいいと思っている。

しばらく海を見ていたけど、やがて見るのをやめた。

「変だよな」

「何が？」

「ぼくらはアフリカ沖のどこかにいるはずで、カナリア諸島も近い。航路だってあるんだから、船が通りかかったり、飛行機が飛んでいったり、ゴミが流れてきたっていいはずなんだ。なのに、実際はどうだい？　飛行機も、船も、まったく見えない。なんにもない」

「変ね。たしかに」

10

空で星がひとつまたたいた。沈んでいく太陽のちょうど真上。

「アン」

アーヤが指を一本立てていう。

「ひとつ、ってこと？」

アーヤが空を指さす。

「あそこに、ふたつめの星、あっ、三つ……四つ」

ゲームのようなものだった。次に現れる星を見つけるのだ。二十まで数えたけれど、その先はもう次々と現れて数えられなくなった。

「望遠鏡があったらいいんだけどな」

ぼくはいった。

「なあに、それ？」

説明した。

「それをつかえば、もっと星が見えるってこと？」

「何千という数でね」

「まさか、何千なんてあるわけない」

「あるんだ。横になって見上げてごらん。空の一角だけにじっと目をこらす。そうすると、もっと見えてくるから」

アーヤが横になった。長いこと空をにらんでいる。

「ほんとだ。見える。星々の光。すごく、すごく、遠くにある」

「いま見えている星の光は、何千年もかかってようやくここに届いたものもあるんだ。望遠鏡をつかうと、もう存在しない星も見える」

「そんなのおかしい。見えるんなら、存在するでしょ」

ぼくは説明を試みた。光の速度。想像を超える距離。拡大していく宇宙はすべて、ある一点から始まった。ビッグバン。

「星にはそれぞれ物語があるの」アーヤがいった。「言葉じゃなくて、光で語る物語。あなたの望遠鏡をつかえば、その物語が読める」

「うん、そうかもしれない」

「ビッグバン。もしそれが物語の始まりなら、終わりは？」

「宇宙は永遠に拡大していくんだ。熱も光も命もすべてなくなるまで。そういったものがなくなったときが終わり。きっとそうなんだと思う」

「そんなのうそよ。そんなんじゃ終わらない」

どうしてわかるんだ、そうきいてみたけど、アーヤは何もいわない。

夜空が星をまき散らしたようになったところで、ぼくらは水を飲んだ。

「水は命」とアーヤ。「一日ずつ、わたしたちは生きていく。シェヘラザードみたいに。知ってるでしょ?」

「シェラザード?」

「ちがう、シェヘ・ラ・ザード」

「そうか。で、シェヘラザードって何?」

「何じゃなくて、だれ。シェヘラザードを知らない人はいないわ」

「ぼくは知らない」

アーヤがあきれ顔を寄越し、ケラケラ笑いだした。

「お話、知らないの? シンドバッドの冒険とか、ロバの物語とか?」

次々と物語のタイトルをあげていく。まるでそうすれば、こちらの記憶を呼び起こせるとでもいうように。ぼくは肩をすくめた。

「シェヘラザードはもう一日生き延びるために、物語を語った。ほんとうに知らないの?」

「知らない」

「信じられない」

ぼくは待った。きっと何かひとつ話してくれると思った。できればパンドラよりも明るい話がいい。ところがアーヤは話そうとしない。しばらく待ってからぼくはいった。

「話してよ」

「あなたは好きじゃないと思う。くだらないな」

ぼくの声真似をしていった。やっぱりアーヤはカチンときていたんだ。

「ごめん。そんなことをいって悪かったよ。ぼくは、その……怒ってたんだ」そこまでいって口を閉ざした。ほんとうは、「それに、恐かった」とつけ加えなければならない。

「わたしは語り部じゃないの。できないことはないけど……叔父さんのようにはいかない。叔父さんはれっきとした語り部。みんな叔父さんが大好き。村に住んでいたときは、市《いち》の立つ日に必ずお話を語ってきかせてくれた。みんなが耳をかたむけて、じっときいているの。子どもだけじゃなくて、あらゆる人たちが。わたしは――」

そこでいいよどみ、口を閉ざした。

「そういうお話、覚えてる?」

ちょっとくちびるをかんで考えている。

「ウイ」

「なら、話してよ。何かひとつでも」

とにかく気をそらしたかった。救援のこと(あるいは救援が来ないこと)と、まわりに茫漠《ぼうばく》と広がる青い海のことばかり考えてちゃいけない。それに、水中でゆらりと動いていた影のことも。

それなのに、いくら考えまいとしても、頭がもう自分のいうことをきかなくなっていた。暑さと飢えと渇き以外の何かが必要だった。

アーヤがくちびるをかんだ。

「わかったわ。Pourquoi pas? やってみる。でも、わたしの英語は……」

「うまくない？」

「そうじゃない。ほら、食べものがないことを、あなた、前になんていってた？」

「足りない？」

「そう。わたしの英語は足りない」

「とにかく、話してみてよ」

アーヤは考えている。ぼくのノートをひらき、ペンでページをコツコツたたきながら。

「頼むよ」

するとアーヤは、ノートを置いて船尾に移動した。収納庫の上にあがり、両足の裏を板にぺたんとくっつけてしゃがみ、ひざの上にあごをのせてバランスを取りながら話をはじめた。

両手を前に突き出して指を広げ、何かいうごとに、その意味を身ぶりで表現する。英語とフランス語、それにぼくのわからない言葉を混ぜて話すので、きくほうが意味を推測しないといけない。言葉が役に立たないとなると、アーヤはぼくにノートを寄越すようにいい、そこに絵を描いて説明をしだした。

ぼくはちょっと待ってと何度もストップをかけ、何をいおうとしているのか考える。

時間がかかる。それでも話はちゃんと進んでいく。それに面白い。もしアーヤのいったことを、だれかに口伝えにそのまま話しても、意味をなさないだろう。アーヤが目の前にいてリズミカルに語り、手を動かし、絵を描いて、初めて物語が成立する。

翌日になると、ぼくはアーヤの語ってくれたことを思い出しながら、ノートに書き留めていった。これがつまり、その物語。少なくとも、ぼくの解釈では、こういう話だった。実際にはもっと長い。ひと晩経ったら細かい部分は忘れていたし、自分で勝手につけ加えた部分もあるかもしれない。そのあたりはよくわからない。けれど、アーヤがぼくに語ってくれたのは、だいたいこんな内容だった。

シェヘラザードの物語

　むかしむかし、素晴らしい国があった。風に穂をそよがせる麦畑が海のように広がり、水晶のように澄んだ川が流れている。ハチミツやサフランをはじめ、おいしい食べものや飲みものがふんだんにあって、この土地に暮らす部族はみな幸せに穏やかな日々を送っていた。空腹に苦しむ人はおらず、夜になれば、音楽やダンスや物語が始まる。

　この国の境には大きな砂漠が広がっていて、熱と死が待っていた。砂漠を越えた先にはある王が暮らしている。血も涙もない男で、残酷極まりない軍隊を持っている。王の栄誉のために、軍の兵士たちは王の望むありとあらゆる町や土地を征服していった。ダイヤモンド、銀、作物、絹もすべて奪っていく。この軍隊が通ったあとには、無数の骨が転がり、瓦礫《がれき》と涙に埋もれる道が残った。夫を失った女性も大勢いる。

　けれども王は、望みのものが手に入れば入るほど、もっともっと欲しくなるのだった。

　あるとき王は、砂漠の向こうにある素晴らしい国のうわさを耳にする。欲望がますますふくれ上がった王は、すべて自分のものにしようと考え、思い切って砂漠を越えることにした。危険な旅が何週間も続き、そのあいだに王は兵士を次々と失った。ようやくたどりつくと、その国の土地も人民もすべて自分の支配下に置いた。

住民たちは自由を求めて抵抗するものの、兵士とはちがって戦う術《すべ》を持たない。王は国を自分のものにし、大勢の住人を奴隷《どれい》にした。

いまや王は欲しいものをすべて手に入れたわけだが、ひとつだけ持っていないものがあった。妻がいないのだ。

兵士たちは王の花嫁をさがして、あちこちの村を巡り歩き、丘や谷をかたっぱしからさがしていく。王妃となる女性はこの国一番の美女でなくてはならなかった。

ある日王妃にふさわしい女性が見つかった。その笑顔は宝石より美しく輝き、笑い声も歌声も小鳥のよう。まるで春の朝のように、いっしょにいるだけでこの上なく幸せな気分になり、みんなから愛されていた。

しかしその美しさが破滅のもとだった。あらゆる男が彼女を狙っていると王が思いこんだのだ。実際そう思っても仕方のないほどの美しさだった。そこで王は毎晩妻を自分の部屋に閉じこめた。妻が外に出られるのは日中の数時間だけ。しかも必ず王か衛兵がいっしょだった。王の許しがなければ男と言葉をかわしてはならず、目を合わせることも禁じられた。

王は夫というより看守だった。

日を経るごとに王妃の輝きは失《う》せていき、ついには光を発することのできない星になってしまった。

こんな人生はもう我慢できない。王妃は逃げ出した。高さや危険をものともせず、自分の部屋の窓から飛び出して、遠くへ遠くへと逃げていく。しかし、兵士たちには犬や馬がおり、とうとう見つかってしまう。王妃は王の命令で殺された。

＊

そこでアーヤは、ナイフに見立てた指で、自分ののどを掻き切った。

「ザクリ」

ナイフの刃が肉や骨を切る音を、かすれた声で表現する。ぞっとした。胴体を離れた首がボートの床にドスッと音を立てて落ち、それを拾い上げる真似までする。

「王妃の首は、長い……ナイフ？……に刺して飾られた」

「槍？　大釘？」

「そうそう、大釘。こんなふうに刺して」

アーヤが恐ろしい所業を仕草で見せる。

「でも王は妻から何も奪いはしなかったの。殺される前から、妻はすでに死んでいた……」

そこで両手を胸に当てる。

「心のなかで、自分は死んだも同然だと思っていた」

ぼくは話の先を待つ。けれどアーヤは、ばかでかいカラスみたいに、じっとしゃがんでいるだけだった。

「それだけ？」

アーヤは肩をすくめた。じつにうまい語りだった。目を炎のように光らせ、ろうろうとひびく声で夜を満たしていく。ぼくの目の前にお話の世界がありありと広がっていた。ハチミツやブドウの味を想像して口のなかにつばがたまり、村も、小麦畑も、黒い軍服に身を包んだ兵士も、弓なりに曲がった剣も、すべてはっきり見え、大声で叫ばれる鬨《とき》の声もきこえた。

「ずいぶんと残酷な話だね、アーヤ。でも……お話の終わりにはハッピーエンドが待っているんだよね？　ここで終わりじゃ、あんまりだ」

アーヤがしゅんとなって肩を落とした。

「けど……それでも、ぼくは好きだな。すごくよかった」

ほんとうにそうだった。つかのまボートから抜け出したような気がして、空腹も忘れていた。

ボートの下の黒い影のことも。

「それで、その花嫁。彼女がシェヘラザード？　たしかきみは、シェヘラザードはまんまと死を免れたといってたよね？」

「そうよ」

「えっ、じゃあ、まだその先が……」

「そう。これはまだお話の始まりにすぎない。さて、それから王はどうしたのでしょう？」

＊

王はまた別の新しい娘を妻にした。けれどその妻もまた、翌朝になると兵士に殺させた。そうすることで、もうどんな花嫁も自分から逃げていくのを心配しなくていい。王は翌日も同じことをし、その先も同じことをえんえんとくり返していった。町の城壁の外には大釘に刺した娘たちの首がずらりと並び、地面には娘たちの血の川ができた。

町を次々と奪っていくように、王は娘たちをひとりひとり自分のものにしていく。民家では兵士がやってくると、母親が娘を納屋や井戸に隠した。森や山に行って隠れておいでと、送り出される娘もいた。それでもやはり、兵士たちに見つかってしまうのだった。

日の出とともに太陽が星々から光を奪うように、王はこの国から美を奪っていく。

三年もすると、もう若い娘はあまり残っていなかった。

しかし王の側近くに仕えるある高官に、娘がふたりいた。これまでずっと安心して暮らしていたのに、ここに至って王は高官に、娘をひとり差し出すよう命じた。

高官は娘たちを愛していた。デナルザードは美貌の娘で、シェヘラザードは博学な娘。王の命令をはねつけるわけにはいかない。しかしどちらかを選ぶなどということが、どうしてできようか？

デナルザードはどうか助けてくださいと、父に命乞いをした。けれども、姉のシェヘラザードが父の話に一心に耳をかたむけ、目に涙を浮かべているのを見て、自分が恥ずかしくなった。

「お父さま、わたしを連れていってください」

デナルザードはいった。

「一日ばかり生き延びたところで、なんのいいことがありましょう？　若い女という女はすべて王の妻になって、全員が死ぬ運命にあるのですから」

「だめよ」

シェヘラザードがいった。

「あなたが死ぬなんて、耐えられない」

姉妹はお互い抱き合って泣いた。

「わたしを連れていってください」

シェヘラザードが涙ながらにいった。

「だめだ」

そういう父親の声はふるえていた。ふたりの娘のうちどちらかを王に差し出さねばならないとわかっていたからだ。

「お父さまはわたしに、素晴らしい教育を授けてくださったではありませんか？」

シェヘラザードがいった。

「哲学者の教え、歌う喜び、詩の真実。錬金術の方法や、星々の軌道や、数字の魔術について、すべて教えてくださったではありませんか？　そういったものを活用して、わたしは自分の命と妹の命、そしてこの国でまだ生きている、あらゆる娘たちの命を救わねばなりません」

兵士たちがやってきた。シェヘラザードはいっしょに出かけた。もう高官はとめようとはしなかった。

「美女はどこだ？」

王がいったところで、シェヘラザードが紹介された。

「妹は王さまに召されるのを待っております」

シェヘラザードは王の前でひざを曲げてお辞儀をする。

「しかし、まずはこのわたしを妃《きさき》にお迎えください」

王にはどうでもよかった。どうせシェヘラザードを殺したあと、次は妹を妻にするのだから。

シェヘラザードは王といっしょにベッドに横になった。その夜は暑かった。王は眠れない。シェヘラザードは朝が来るのを恐れていた。朝日がのぼると同時に死と向き合わねばならないからだ。それまでに、死を免れる、何かいい方法を見つけなくてはならない。

これまでたくさんのことを学んできたのだから、きっとそのなかに、自分の命を救えるものがあるはずだとシェヘラザードにはわかっていた。

けれども何ひとつ思い浮かばない。王が眠るなか、東の空に光が見えてきた。

王が目をさました。衛兵を呼ぼうと口をあける。

そこでシェヘラザードが語りはじめた。

「むかしむかし、遥《はる》か遠い国に、じつに偉大な王がおりました。そこには……」

糸を織りこんで華麗《かれい》な錦《にしき》をつくるように、シェヘラザードは、言葉をひとつひとつ連ねていった。

王は驚くばかり。

まもなく夜が明けた。けれどシェヘラザードの物語は終わっていない。ワインや黄金を渇望するように、王はどうか話を続けてくれとシェヘラザードに懇願する。

「でも、わたしには時間がありません」

すると王がいった。

「物語を語り終えるか、それとも死ぬか」

「物語を語り終えたら、どうせ殺すのでしょう」

それで王はもう一日、シェヘラザードを生かすことにした。

＊

「じゃあ彼女は、お話を終えたの？」

ぼくはきいた。

「一話だけ。でもそれはアマンの一滴みたいなもの。まだまだ物語は終わらない。それでシェヘラザードは生き延びていった」

「で、シェヘラザードはどんな物語を語ったんだい？」

まるで続きをせがむ王のように、ぼくはきいた。

「Je suis fatiguée（疲れた）」とアーヤ。「あした話す」

そういうと、あごの下にかかえていた足を伸ばし、一瞬のうちに床にすべりおりた。ぼくの身体を押しのけて横になり、マントを枕がわりに頭の下に押しこむ。

「ここで終わりなんて、ひどいよ」

「シェヘラザードと同じよ。続きはまたあした！」

すぐに規則正しい呼吸がきこえてきて、ぼくはひとり取り残された。

お話を語っているとき、アーヤは生き生きとしていた。シェヘラザードになったかと思えば王にもなり、こぶしをぎゅっとにぎり、つばを吐いて顔をしかめる。必死に逃げる花嫁になったときには、顔が恐怖にひきつっていた。

ふたりで缶詰を食べ、水を飲み、アーヤの語る物語に耳をかたむける。それだけで酔っ払ったような気分になった。

ぼくもアーヤのとなりに、頭を逆に身を横たえる。飢えがもどってきて内臓をぐちゃぐちゃにかみ、渇きがのどをこする。腕の皮膚が火傷したようにズキズキ痛んだ。

気をそらすために、アーヤの語ってくれた物語のことを考えようとする。でもだめだった。パンドラの壺から飛び出した悪いものたちがみんなもどってきて、身体の内側に居すわっている。憎らしい飢え、憎らしい渇き、憎らしい疲れ。星を数えていたら、いつのまにか眠ってしまった。

11

アーヤの叫び声が眠りを切り裂いた。

「アラー!」

眠りながら、うめいている。

「アラー!」

片手をあげて、また叫んだ。

「だいじょうぶだよ」

優しくいってやると、アーヤは落ち着いた。ところがしばらくするとまた叫ぶ。

「アラー!」

苦しそうだった。眠りのなかにいながらすすり泣き、何かぶつぶついっている。ぼくには理解できない言葉で。両肩をつかんで、ゆさぶった。

「起きて」

アーヤのまぶたがぱっとひらき、恐怖に脅《おび》える目を見ひらいた。

「ノン」といい、また「ノン」といった。

いきなりぼくの腕をつかみ、爪を食いこませてひっぱったかと思うと、またつかみなおす。悪夢から這い上がるためにに、ぼくの身体をはしごにしているようだった。

「夢だよ、だいじょうぶだから」

アーヤがぼくの顔を見る。ようやく夢からさめたらしい。肩をねじるようにして、ぼくの手から逃れた。

「だいじょうぶかい？」

「ウイ」

ため息をつくアーヤに水をやる。水を飲んでしまうと、マントを身体に巻きつけてくるっと身を丸めた。

＊

うとうとしながら風の音に耳をかたむけている。ボートは静かにゆれている。

物音がして薄目をあけた。アーヤがすわって、こっちをじっと見ている。

ぼくは規則正しい呼吸を続け、眠っているふりをする。

アーヤはしばらくこっちをじっと見ていたが、やがて暗がりにいるネコのように、そうっと収納庫のほうへ移動した。

まだこちらにちらちら目を向けている。ぼくは目をさらに細くし、まぶたのすきまから覗いている。

アーヤはしゃがんで、ひざの上に置いた何かを見ていた。小さなたいまつでも手にしているように、色とりどりのビーズのような光が顔でゆらめいている。海の青、夜の紫、日の橙《だいだい》。

手を動かすと、持っているものどうしがぶつかって軽やかな音を立てた。親指と人差し指でつまみ上げる。白くてつやつや光る、小さなもの。月に向かってそれを掲げ、じっと見つめる。ひざの上にもどし、また別のものをつまみ上げた。緑の光が顔でゆらめく。

全部をひとつにまとめると、収納庫のなかにもどし、また横になった。

すっかり目がさめてしまった。細く流れる雲を見つめ、かすかに感じられる、うれしい風の音に耳をすませながら考えた。

ジュ・マペール・アーヤ。正体は不明。彼女は秘密を隠している。

＊

アーヤより先に目がさめた。ノートをひらき、東の空でほのめく光を頼りに、ペンを取った。

＊

七日目
アーヤは何を見ていた？

どんな秘密を隠している？　秘密はひとつじゃなく、まだいくらでもあるんじゃないか？

しかし、どんな秘密を持っていようと、もう、どうでもいいのでは？

缶詰は、もうわずかしか残っていない。


「夜中にわめいていたよ」

目をさましたアーヤに、ぼくはいった。

「うん。もうだいじょうぶ。新しい一日が始まった」

星々が陽光のなかに溶けていくのをふたりでじっと見ている。

「ちっちゃなダイヤモンドの粒みたいだね」

ぼくはアーヤにいった。

ずっと空を見続けている。海のどまんなかに放り出され、終わりの見えない時間のなかを漂っていれば、そうするより仕方なかった。星を数えながら、その光に色があることにいま初めて気づく。星なんてこれまでさんざん見てきているというのに。東の空にルビーの赤色がほのめいている。しばらくすると、しらじらと夜が明けてきた。空全体が穏やかに、日中のくっきりした青色に染まる。

「きれいだ」

「アラーの神さま、毎日に感謝を捧げます」

そのあとは、どっちもしばらくだまっていた。果てしない空と海を交互に見ながら、ぼくらのボートはあまりにちっぽけだと思う。まるで縮んでいくような気すらする。ボートといっしょにぼくらも。

「残っているのは、明けの明星だけね」

そう、もう星はひとつだけ。のぼる朝日のすぐ近く。空のへりにしつこくしがみついて、最後の最後まで光っている。

来るはずのない飛行機や船を待って、ぼくらはずっとすわっている。

アーヤが、イギリスのことや、ぼくの生活についてきいてきた。冬はどのぐらい寒くなるのか、といったようなことだ。

前はそういうことに関して、ぼくの口は重かった。それがいまはちがう。記憶の底に沈んでいた物事が、話すことで、ふたたび現実感をともなって浮上する。ローストした七面鳥を食べるディナーについて、アーヤにあれこれと語ってきかせるのは、自虐と紙一重の愉楽だった。

アーヤはよく英語の単語の意味をきいてくる。知りたいもののことをあれこれ説明して、こういうのを英語ではなんというのかときくこともあった。教えると、それを一生懸命発音して、ノートにきちんと書き留めておく。毎日何時間もそういうことをしているので、だんだんにアーヤの英語力はあがっていった。それに比べて、ぼくのベルベル語はまったく上達しない。アーヤのほうが物覚えが速いのだ。

「助け出されたら、きみは何をする?」

そうきけば、アーヤの身元について、多少なりとも手がかりが得られると思った。どこからやってきて、なんのために、大西洋のまんなかで船に乗っていたのか。アーヤは多くを語らなかったが、きっと難民なのだろうと、ぼくは当たりをつけていた。

「そうねえ。たぶん。たぶん……」

そこでくちびるをかみ、まゆを寄せる。強いまなざしでぼくの顔を見すえながら、どういえばいいのか、この人に話してだいじょうぶなのか、考えているようだった。

「たぶん、家へ帰る。サッキナに会いたい」

「だけど、家を出てきたんだろ？　それで船に乗っていたんじゃないの？」

「いまは、ちがう……」

「どうして？」

アーヤは答えない。

しばらくどちらもだまっていて、一時間もすると、毎朝の決まり仕事で忙しくなった。アマン・メーカーとテントを設置するのだ。

「故郷でもね、明けの明星が見えるの」

マントをオールにかけながらアーヤがいう。

「光のどろぼう。どうして明けの明星が明るく光るか。知ってる？」

「教えてよ」

「わかった。じゃああとで、そのお話をきかせてあげる」

12

八日目

缶詰が四つ。

これからは一日にひとつだ。

あの手紙を書くべきだろう。

母さんと父さんへ
そんなばかなことがあるか、といわれるかもしれないけど、いまいちばんつらいのは、心配している母さんと父さんの顔が思い浮かぶことなんだ。実際ぼくは無事でいるというのに。

いや、そうでもないか。

一週間以上過ぎてしまった。きっと母さんと父さんは家にはいない。どこかで、ぼくをさがしているんだろう。新しいニュースがないか、毎日ひたすら待っている。

ぼくは生きていると、伝えられたらいいのに。救援はさておき、とにかくぼくはここにいると知らせたい。

そう、生きている！　息をして、食べて、飲んで、太陽に焼かれている。母さんや父さんや家のことをずっと考えて、アーヤが語る話をきいている。きっといつか、アーヤに会わせるよ。

そこでペンを置いた。アーヤをうちの両親に会わせるには、ぼくらが救出されなくちゃいけない。でもこの手紙は、ぼくらが見つからなかったときのために書いている。手紙が見つかったとき、もうぼくらは生きていない。

だから、書けない。

ノートを閉じてすわりなおし、暑さに立ち向かう。

泳ぎたい。アーヤだって、そうにちがいない。あの影が見えないか、ふたりともしょっちゅう海に目をやっている。

何もいやしないと自分にいいきかせ、さあ泳ごうとするものの、いや待てよ、やっぱりたしかに見えたんだと、また思いなおしてすわる。猛暑のなか、冷たい水に一刻も早く浸かりたいというのに、それができないもどかしさ。

じりじりしながら何時間も経ったところで、自分の胸にきいてみた。結局、ぼくは何を見たんだ？　あれはたぶん岩か、大きな魚だ。遠かったし、特徴みたいなものは何ひとつわからない。

「サメとは限らない」

口に出してそういうと、気を取りなおして海に入った。天にも昇る心地とはこのことだ。水晶のように透きとおった海のなかで、つかのまの自由を謳歌《おうか》する。

ボートから離れず、その場で水を踏むようにして立ち泳ぎをした。身体が弱っている。這い上がってボートのなかにもどるのさえ、ひと苦労だった。

アーヤも海に入ったので、ペットボトルや缶詰をたしかめるふりをして収納庫をさぐった。包みらしきものはない。宝石なんかどこにもない。

だいたいあれは、ほんとうに宝石だったのか？　ひょっとしたら夢だったのかもしれない。いもしないサメに脅えたのと同じ想像力のいたずら。

いや、そうじゃない。でも、だったらいま、どこにあるんだ？　ふたりで最後のフルーツを食べる。残りはレモンだけ。小さな蜂みたいなものが飛びまわっているのが目に入った。細身の胴体に黒と黄色の縞が入っている。フルーツのなかにいたにちがいない。

水の入ったペットボトルのてっぺんへ飛んでいき、空中でしばらく様子を見てからボトルの首にとまった。

はたき落としてやろうと近づいていく。刺されたくなかったし、かまれれば傷が化膿する。けれどそこで、蜂がそっと身体をゆらしているのがわかった。ほんのわずかな動きだが、ペットボトルの首にくっついている水滴を吸っている。

よく見ようと、目をぎりぎりまで近づけた。蜂は動かない。

羽に翅脈《しみゃく》が走っている。驚いたようにまん丸な眼をして、頭から小さな触角が伸びている。きれいだ。殺したくない。

13

ぼくらの下で、ボートと同じぐらいの大きさのものが、S字カーブを描くようにゆっくり身体をくねらせている。

「なんだ、これは?」

思わず息を飲んだ。恐怖が頭蓋を電流のように突き抜ける。

そいつが、いきなり動きをとめた。まるでぼくらがじっと見ているのに、いま気づいたというように。しばらくして、また動きだした。海の表面に風がさざ波を立て、影がふるえてすーっと伸びた。輪郭《りんかく》はぼやけているけれど、たしかにまだいる。

「サメか? それともクジラか?」

それがなんであれ、ボートをたたきつぶせるだけの大きさがあるのはたしかだった。

オールを拾い上げ、水の表面をそっとなでるようにして動かしてみる。万が一そいつが水からあがってきて、オールを持っていったら大変だ。

「なんなの？」

アーヤがささやくようにいう。

「もしサメだったら、ぐんぐん先へ進んでいって、動きも速いはずだよ」

いいながら、自分の息が切れているのがわかる。

「もしクジラだったら、空気を吸いにあがってくる。でもこの影はボートと同じ速さで、ボートの進む方向へ動いているだけで……」

太陽を見上げ、それから水中の影に目をもどし、また太陽を見る。なんだ、そうか。オールを放り出し、背をバタンと倒して大笑いした。

「どうしたの？」

アーヤがびっくりしている。

「ぼくらの影だよ。たぶんこのあたりは水深が浅いんだろう。ぼくらは自分たちの影に脅えていたんだ」

アーヤは長いこと水のなかを見つめている。

「ウイ。そうか。なんだ」

ほっとして肩から力が抜けた。また笑いが口からもれてきて、とまらない。アーヤもいっしょになって笑う。

ふたりの笑い声がやむと、むなしい気分に襲われた。不思議なことに、がっかりしている自分がいた。期待が打ち砕かれた。それがなんであるにせよ、きっと生き物にちがいない、生きていると思っていたのに。

「影じゃない！」アーヤが叫んだ。「見て」

みるみる水面に向かって泳いでくる。みぞおちを殴られたように感じながら、急いでオールを取り上げて、こん棒のように構える。

水面を突き破った。

アーヤが片手で口を押さえ、息を飲む。

「まあ」

その正体を見て、ショックから立ちなおるのにしばらく時間がかかった。

ウミガメだ。一メートルほどの。結局ボートほど大きくはなかった。

恐竜を思わせる頭を上下させ、くちばしのような口を開け閉めしている。甲羅《こうら》は汚れをなすりつけたような緑と黒のまだら。深みにいれば影にしか見えないだろう。そうやって海に擬態することで、自然淘汰《とうた》の勝者となって現代まで生き延びてきたのだ。

オールをおろし、ボートの横を泳いでいくウミガメを観察する。きっとわずかな動きにも驚いて逃げてしまうだろう。それでぼくはずっと身体を硬くしている。何もない青い砂漠で何日も過ごした末に遭遇した。奇跡が起きたような気分だった。

「ボートを追い越していかないな。ということは、ボートもウミガメも潮の流れに乗って移動しているということなんだろう」

ウミガメはぼくらの横にずっといて離れない。気づかなかったが、ここにはちゃんと潮流があるのだ。

太陽の位置を確認する。いまがいちばん高い。

「まあどこへ向かっているにせよ、ぼくらにはミスター・タートルという旅の道連れができたってわけだ。やあ、ミスター・タートル！」

さわってみようと、思い切って片手を伸ばした。するとウミガメは軽いひとかきで、ぼくの手が届かないところへ移動した。

アーヤが何やらたくらんでいるような目をして、ウミガメをじっとにらんでいる。

「びっくりだよな」

ぼくがいうと、アーヤがうなずいた。それから収納庫に行って釣り糸を出してきた。アマン・メーカーからナイフを取ってくる。釣り糸から釣り針を切り離し、ぼくに預ける。ぼくはノートを破って、釣り針を包み、ポケットに入れた。

「何をするつもり？」

「見てて」

アーヤがリールから、釣り糸をずいぶん長く引き出していく。途中でくるりと輪をつくり、そのなかにリールを通し、投げ縄のようなものをつくった。投げ縄部分をぼくに預け、糸の端をオールに結びつける。それからリールをぼくに渡し、自分は投げ縄を持つと、座席に腰かけて船べりから足を垂らし、海にするりとすべりこんだ。ウミガメが消えた。

「あーあ、脅かしちゃった」

ぼくはいった。ところがしばらくすると、またへさきのほうへ浮かび上がってきた。アーヤが泳いでそちらへ行く。ウミガメはまた海に潜り、しばらくしてからボートの反対側に浮かび上がった。

アーヤが近づいていくと、ウミガメがするりと逃げていく。しばらくこのゲームが続いた。

「ねえ、何をやってるんだい？」

ぼくがいうと、アーヤはくちびるを指一本で押さえた。

ウミガメがうしろから近づいてきて、一度海に潜ってから、アーヤと並んで泳ぎだす。なんだか楽しそうだった。アーヤの腕と足が流れるように動き、ウミガメは水かきを動かしてゆっくり進んでいく。息の合った泳ぎだった。

だんだんにアーヤはウミガメの信頼を勝ち取っていく。

「つかまえるつもり？」

アーヤはウミガメの真横を泳いでいる。ウミガメの頭の前に片手を突き出したと思ったら、さっと離れ、釣り糸を勢いよくひっぱった。ウミガメの首と水かきの下にひっかかっていた輪がきゅっと引き締められる。

ウミガメは逃れようと頭をぐいと動かす。そして海に潜った。

「ひっぱって」

アーヤがいう。

「だめだ。嫌がってるよ」

釣り糸が、ボートのへりをすべって海のなかへ引きこまれていく。海に持っていかれないよう、ぼくはオールをつかんだ。

オールを片手に持ったまま、ボートにもどってきたアーヤをひっぱり上げる。釣り糸がぴんと張りつめて、海中でウミガメが逃げようとしているのがわかる。

「逃がしてやろうよ」

「だめ」

「どうして?」

アーヤはぼくからオールを奪い、釣り糸を巻き取っていく。前に身を倒して糸をゆるめたかと思うと、また巻き取り、また身を倒して巻き取ることをくり返す。はあはあ息を切らして。

「どうして?」

ぼくはもう一度いった。

「食べる」

一瞬、何をいっているのかわからなかった。

「えっ?」

「食べるっていったの」

「アーヤ、殺すなんてだめだ!」

ぼくはオールをつかんで押さえる。それ以上糸を巻きこめないように。

お互いにらみ合う。アーヤがオールをつかんでひっぱる。ぼくもひっぱり返す。アーヤは顔をしかめる。ともにしぶとくひっぱり合うものの、力はぼくのほうが強い。ウミガメも負けておらず、オールを海にひっぱりこもうとしている。三つどもえの綱引きだ。

「だめだ」

「ウイ」

アーヤがひっぱるたびに、ぼくはさらに力をこめていく。勝負がつかない。

アーヤが前かがみになり、ぼくの手首にかみついた。

「痛いっ！」

オールを放してしまった。アーヤがまた釣り糸をボートにひっぱりこむ。ぼくはナイフを拾い、もういっぽうの手で釣り糸をつかんだ。

「ほら！　見てろよ！」

そういってナイフの刃を釣り糸に当てて切る用意をする。

「あなたは死にたいの？」

アーヤがいった。

「食べるものがなかったら、死ぬのよ」

釣り糸を切ってやりたい。しかし手がいうことをきかない。

「わたしたちは食べる。ヤギやヒツジと同じように」

ウミガメがひっぱる釣り糸が生き物のように激しく動き、手に食いこんだ。もう一度ナイフの刃を押しつける。その気になれば、すぱっと切れる。切らなきゃいけないんだ。

「食べるものならあるさ。少しだけど。それにすぐ助けがくる」

「食べものはもうすぐなくなる。死にたいの？」

「とにかくだめだ。殺すなんて、ぜったいしない。ウミガメを、生で食わなきゃいけないんだ。わかってるのか？　いまに助けがくる……それに……」

声がしわがれて、のどがきゅっと締まる。両手がふるえていた。

「来ない。助けは来ない。食べるか、死ぬか。選ばなきゃ。アラーがわたしたちに与えてくれたの」

ナイフと糸を手から落とした。床につっぷして頭をかかえ、どっと疲れを覚えた。

ナイフを落とした自分が憎い。アーヤも憎い。アーヤのいうことが正しいという事実が憎い。

＊

アーヤが必死にがんばっているのを、ぼくはただ見ている。

十分経ったか？　二十分？　ここでは時間なんて、なんの意味も持たない。

ウミガメを逃がしたいなら、待つしかない。アーヤの力が尽きるまで。けれどアーヤが苦しそうにがんばっているのをだまって見ているのは、彼女がウミガメにしていることと同じぐらい残酷に思えた。

アーヤの目は外に飛び出しそうなほどにふくれ上がり、腕が激しくふるえ、糸を一センチ引きこむごとにあえいでいる。

自分の気持ちにむちを打ち、アーヤにかわってオールをつかんだ。

アーヤは船のへさきにくずれるように倒れ、大きく息を吸った。顔から汗が雨のようにしたたり落ちる。

アーヤがやっていたことを真似して、オールをぐいとひっぱり、それから身を倒して糸をゆるめ、またひっぱって糸を巻きこむ。それを何度も何度もくり返す。

やがて水中に影が見えてきて、まもなくウミガメが顔を出した。

ボートのすぐ横にウミガメが浮かび上がったところで、オールをアーヤに渡し、海に飛びこんだ。ウミガメの下に潜りこんで身体を持ち上げる。回転する爪を避けて慎重に。アーヤが甲羅の両脇に手をあてがってかかえ上げた。

ともに息を荒らげながらの大仕事。ウミガメはドスンと音を立ててボートのなかに収まった。

アーヤはぼくがボートにもどるのに手を貸してくれる。カメは仰向けになり、水かきをぐるぐるまわしている。その両脇にぼくらはひざをつく。

見れば見るほど不思議な生き物だった。ぼくらの仲間だと思っていた。それがいまは、ちがう。

「ふつうの魚だったらよかった」

ぼくはいった。

アーヤはナイフの刃を持って、ぼくに差し出した。

「ハエより大きなものを殺したことがないんだ。無理だよ」

「わたしは、ヤギが殺されるのを見た。何度も」

アーヤが収納庫から空き缶を取り出した。缶のへりをカメの顔の前に持っていく。ガチッとかみつき、放そうとしない。アーヤが缶をひっぱると、カメの首が伸び、その肉にナイフの刃を当てる。

ぼくは顔をそむけた。刃が肉をザクリと切る音がきこえる。花嫁が処刑されるときにアーヤが出した音とそっくり同じ。

ポチャンという水音。

「ごめんよ、カメ」

いったあとで、吐き気がこみ上げてきた。

ガタンという音。アーヤがはあはあと荒い息をしている。見れば、船べりにカメを置いてかたむけ、血を海に流していた。蛇口をひねったように血が流れ、赤い雲のように、もくもくと水中に広がっていく。

「手伝って」

アーヤにいわれ、いっしょに作業をした。

内臓を缶に入れて餌用にとっておく。

肉を角切りにして缶に入れ、レモン汁をかけておく。

それ以外の肉も塩漬けにして缶に入れておく。

細く切った肉を座席に並べて干す。

血まみれの作業が終わると、アーヤがマントの端をいくらか切り取った。海水に浸して、それでボート内に飛び散った血をふたりでふいていく。血はあちこちについていた。まるでぼくらは犯罪の痕跡を消し去ろうとする殺人者のようだった。

*

海に血を流すのは避けたい。でもほかにどうしようもない。

オールをつかってボートを漕ぎ、その場からできるだけ遠くへ離れる。

ぼくの保管していた釣り針をアーヤがまた釣り糸に結びつけ、手を切らないよう注意しながらナイフで缶の蓋を折り曲げてつぶす。それを釣り糸の端近くに結びつけた。

「仲間だと思って、魚が追いかけてくるから」

アーヤがいった。ならばそれはおもりの役目も果たすだろう。

釣り糸の反対端をオールに結びつける。それからカメ肉の小さなひと切れをつかんで釣り針にひっかけた。

「さあ、魚ちゃん来て」

そういってアーヤが釣り針をボートのへりからおろした。

ぼくは座席の板をはずして、それをオールがわりにつかった。ボートが動くと缶蓋のルアーがくるくる回転する。アーヤがゆっくりと糸をくり出していく。ひっぱってはゆるめ、ひっぱってはゆるめをくり返しているので、糸は静止することがない。

ずっとそうしていたけれど、いくら待っても何も起こらなかった。しまいに糸を垂らしっぱなしにした。

「日が落ちてからのほうがいいかもしれない」とアーヤ。

カメの甲羅に乾いてへばりついた肉片を、ナイフをつかってこそげ落とす。完全にきれいに取り去るのはどうしようもなく骨が折れるが、これに水をためておくことができるのを、ふたりともわかっていた。

*

日が落ちた。

アーヤは収納庫に行って、缶に入れたカメ肉のひとつを持ってきた。レモン汁に浸しておいたやつだ。ひと切れつまんで、ぼくに勧める。

受け取った。何かの魔法をかけたみたいに、赤かった肉が灰色と茶色に変わっていて、火を通したみたいに見える。アーヤがひとつ口に入れた。それからもうひとつ。しみ出した肉汁があごにしたたり落ちるのを手でぬぐい、指からなめ取る。

ぞっとする光景なはずだった。それなのに口につばがわいてくる。

アーヤがくれたひと切れを口に入れてみる。塩とレモンの味がする肉。かんでみるとツナとビーフと子牛の肉の味がした。最初は固いが、かんでいるうちに溶けていく。

こんなにおいしいものを食べたのは初めてだった。かむたびに、鉄っぽい味の肉汁がじゅわっとしみ出てくる。

カメの肉から命を吸い出し、自分の肉や骨にしていく。

ふたりともどんどん食べていく。ほんとうにいっぱい食べた。

＊

暗くなってくると、魚が一匹かかった。

オールをつかって大急ぎで引きあげにかかる。まるまる太った銀色の魚。ぼくの足よりも長い。

水面に浮上してくると、カメの甲羅をぼくが持って船べりから身を乗り出して構え、アーヤが糸を引いて甲羅のなかに入れる。

甲羅を持ち上げてボートの床に魚を出すと、身をくねらせながら跳ねた。それをつかまえるのがまたひと苦労。つかまえたと思ったそばからするりと逃げていく。ひとりでは無理で、ふたりがかりでようやく押さえつけた。魚は思った以上に大きく、口をパクパクさせながら尾をボートの床に打ちつけている。

「ナイフを取って」

アーヤがいった。

「どうするの？」

「ここからナイフの刃先を入れて」そういって魚のえらを指さす。「頭を切るの」

「ぼくがやるよ」

それでやってみた。いい気も、いやな気もしない。まさに真剣勝負で、感謝の気持ちがこみ上げてくる。カメも魚も、海から贈られたもの。

魚の内臓を抜いた。鱗《うろこ》を取ってから塩づけにする。

今では殺人者ではなくハンターだ。

「生のカメを食べられるとは知らなかった」

ぼくはアーヤにいった。

「カメ、魚、肉。すべて命」とアーヤ。

「それはわかってる。ぼくだってべつにベジタリアンとか、そういうのじゃないし。ただ……ふだんはこんなことしない、だろ?」

「生きるために、殺す。それはできる。みんなできる。男でも女でも子どもでも」

「うん、そうだね。ただそうしなきゃいけないときが来るとは思わなかった」

「知らないことはたくさんある。生きるために、やるべきことはたくさんある」

「シェヘラザードのように?」

「そう」

「きみのように?」

アーヤはカメの内臓をまた釣り針にひっかけて海に投げた。ルアーは沈んでいく瞬間、きらりと光った。アーヤはすわり、糸をひっぱってはゆるめ、ひっぱってはゆるめる。

「きみがあまりしゃべらないから、きいてるんだ。自分のことや、船で何があったのか。それまで何をしてきたのか」

ふたりの距離が縮まったと、そう感じるたびに、こうやって少しふみこんでみる。ところがそうすると、また距離がひらく。

「どうして話さない？　つらすぎて話せないとか……そういうことなの？」

思わず声が大きくなった。なんでもいい、手がかりをくれと心のなかで叫んでいる。

「アーヤ、きみはぼくを信用してないのかい？」

「信用してるわ、ビル。だけどあなたも、わたしを信用してくれないと」

ききたいことが山ほどあった。けれども、アーヤにはぼくをだまらせる策があって、いつもはぐらかされてしまう。

暗くなってきたので、もう釣りはやめた。食べたおかげで元気が出てきた。自分が強くなったような気がして、気分もぐっと上向きになった。口のなかにまたつばがわいてくる。それでもう少し食べた。今日はごちそうだ。

「今朝はもう無理だと思ったことが、いまはふつうにできている。ここでは物事がどんどん変化していくね」

＊

寝る時間になったので、アーヤの寝る場所をあけて、ぼくは脇に寄った。いつものようにアーヤはぼくに背を向けたものの、上下逆向きではなく、ぼくがいつも頭を置く側に、自分も頭を置いている。

　ぼくも横になったが、なんだかめまいがしてきた。アーヤの頭がこっちにある。いつもと勝手がちがうので、方向感覚がおかしくなってくる。

　この変化は何を意味するのか。彼女はぼくにどうしてほしいのか。わからないままアーヤの背中と、ぼさぼさの髪を見つめている。肩をつかもうと、手を伸ばしかける。ハグでもしてみようと思ったのだ。けれど手が届く前にアーヤがさっと身を引いた。

　そこまで近づきたくはないのだろう。ちょっとさみしくなっただけかもしれない。

14

十一日目
今日で缶詰は終わり。
あの手紙を書き終えよう。
あるいは、あと一日待つか。
この缶詰を食べてしまったら、もうカメか魚しか食べられない。
それだけじゃ、とても持たない。
死にたくない。

太陽の猛攻にさらされて、希望が蒸発していく。
もはや助けが来るか来ないかという問題ではない。とにかく生き続けること、それがいまは大事だった。以前感じていたのは空腹だったが、いまは餓死につながる飢えだ。

最後の缶詰（桃）を食べ終えてしまった。カメ肉と生魚で命をつなぐにも限界がある。栄養が足りないせいで、骨も内臓も飢《かつ》え、気力が衰えてぼうっとしている。

レモン汁に浸したカメ肉も塩漬けにした魚も、この暑さではそう長くは持たない。

アーヤに話をさせようとがんばってみる。どこからやってきたのか、乗っていた船に何があったのか。でも話そうとしない。つらすぎて、思い出せば苦しくなる、だから話せないのか。

アーヤは悪夢にうなされている。何度も何度も。もがいて背中をぼくにぶつけることもあった。足をバタバタさせて、息を切らしているのに気づくと、こっちははっと身を起こし、なんとかして目ざめさせようとした。するとアーヤはぼくの手や腕をつかみ、しがみついて放そうとしない。

一度ハグもしてみようとした。アーヤも腕を伸ばしてきたものの、次の瞬間、いきなりぼくを押しのけた。最初はハグをしてもらいたかったのに、突然気が変わったというように。

＊

夜明け前に起きて、ふたりで星を見つめる。最後のひとつが、太陽の光に飲みこまれてしまうまで。

「明けの明星」

ぼくはいった。

「そうね」

「お話があるんだよね。ほら、前にそういってただろ」

記憶をつっついて思い出させれば、話をしてくれると思った。また今日一日を、飢えと強烈な日差しから生き延びるために、気をそらすものが必要だった。

「あのお話、きかせてくれないかな？　そうすれば……」

「待って。しーっ」

アーヤが片手をあげ、水平線をじっと見る。まるで海のなかに記憶が眠っていて、それを自分に引き寄せようとしているみたいだった。

「太陽がのぼってくる。まずは隠れないと。お話はそのあと」

マントでつくったテントのなかにふたりしてすわり、アーヤの声が白昼の夢に色をつけていくのを見ている。

語るのに必要な言葉をアーヤはもうほとんどわかっていた。たまにわからない言葉が出てくると、ぼくにきいたり、推測してみたり、別の言語でいってみたり。とぎれとぎれに言葉をつむいでいくのだけれど、ぼくの記憶のなかでは、アーヤのお話はよどみなく続いていた。

「シェヘラザードはそれからも生き続けて、たくさんのお話を語っていきました。

ある夜、王がいいました。『どうして夜が明けなければならないのだ？　さしてくる光のなかに、おまえの言葉がとけていってしまうではないか』

するとシェヘラザードはいいました。『王さま、どうして夜が明けなければいけないのか、なぜ明けの明星が輝くのか、これからわたしが語っておきかせしましょう』

それでシェヘラザードは、ルンジャの話を語りだしたのでした……」

光どろぼう

昔、空の向こうのとある町に、どろぼうを生業《なりわい》にしている女の子がいた。ルンジャという名前で、家もなく家族もいない。犬たちといっしょに納屋で寝起きし、盗んできたパンとハエのたかる肉の切れ端で食いつなぐ毎日だった。どろぼう仕事はお手のもの、おまけに頭も切れたが、ルンジャは欲張りではなかった。欲をかくとどうなるか、城壁の外に出ればすぐわかる。並木通りの木々のように、そこには大釘に刺した頭がずらりと並んでいるのだった。

ルンジャの所持品はたったひとつ。目玉のように大きく、火のように赤いルビー。「ファイヤーハート」という名前の宝石だ。

ルンジャはそれをチェーンにつけて首からつり下げ、着ているぼろの胸もとに隠していた。

＊

それってアーヤ、きみが隠している、袋に入った宝石みたいなものかい？　話をききながらぼくは思った。この目で見た宝石。あれはやはり夢だったのか。

＊

その町はあるスルタンが支配していた。本来の支配者を殺して自分がその座におさまった男だった。支配者の妻はスルタンの兵から逃れ、娘は行方知れずとなっている。

スルタンは税をたんまり取り立てて富を増やしていった。取り巻きたちと宴会をひらき、空の向こうにある宮殿を、さまざまなスパイスや金の彫像など、金持ちが大好きな贅沢《ぜいたく》品でいっぱいにしていった。

このスルタンが何よりも愛してやまないのが、宝石だった。ダイヤモンド、ルビー、ラピスラズリ、真珠《しんじゅ》。

スルタンの宝庫にはそういった宝石がぎっしり詰まっていて、すでに満杯状態だったが、いくら増えても、この男は決して満足しない。結局のところ、このスルタンもルンジャと同じどろぼうに変わりないわけだが、この男の頭は、大釘に刺して通りに飾られることはないのだった。

ある日スルタンは、自分が支配している人々にいった。

「わたしは最上級のネックレスや冠を持っている。どれも目がくらむほどに美しい。わたしより裕福な人間はどこにもいない」

ところがそこで、スルタンに仕える高官がこんなことをいった。

「しかし、賢明なる閣下、あなたはあの素晴らしいルビーを持っていらっしゃらない」

「どんなルビーだ、それは？」

「アラーがおつくりになった、ありとあらゆる宝石のなかで最も美しいもの。かつてこの国の支配者だった男の妻が所有しております」

「どうしてだれもそれを、わたしにいわなかったのだ？　もうどこかへ行ってしまったではないか！」

　スルタンはそういって、ルビーのことは忘れようとした。けれども考えまいとすればするほど、そのルビーは心のなかで雑草のように繁茂《はんも》し、息ができなくなりそうだった。

　しまいには夢にまでルビーが出てくる始末。スルタンは他のもので自分の目を楽しませようと、すでに自分のものになっている、さまざまな宝石、杯《さかずき》、皿、美しく輝く金属でできた指輪などを見ていく。しかし、そういう日々を重ねるうち、だんだんに自分の所有する宝物が、安っぽい金属か、ガラスに色を塗ったまがいものに見えてくるのだった。毎晩見る夢はもうルビー一色。しかも夢に出てくるたびに、目玉大だったルビーは大きさをぐんぐん増していき、どんな炎よりも激しい光を放つようになって、太陽さながらにまぶしく輝くのだった。

　そこでスルタンはある法律をつくった。この国の民はすべて、自分の持っている宝石を献上しなければならず、それができなければ処刑されるという法律だった。そういう法律を発布することで、あのルビーが見つかり、さらに国内のありとあらゆる宝石を手に入れられると思ったのだ。

　宝石職人はつらい仕事をすることになった。何日もかけて、何千というネックレスや指輪から宝石をはずしていく。それが終わると仕立て職人が、はずした宝石をすきまなく飾り立てた絢爛《けんらん》豪華《ごうか》なローブをつくっていく。

じきにうわさが広がった。スルタンは、星々や太陽や月をはじめ、水の光や魚の鱗《うろこ》、日没の黄金までを奪い去り、そういった世界の宝をすべて、たった一枚のローブにちりばめて身にまとうのだと。スルタンは仕上がったローブを着て通りを練り歩くことにした。

ローブはじつに重たいものとなり、一ダースの奴隷が、その裾を捧げ持って歩いていく。スルタンが通りにさしかかると、あまりのまぶしさに人々は目を伏せ、地面を見るよりほかなかった。もちろんスルタンはそんなこととは露《つゆ》知らず、みなこちらの偉大さに恐れをなして直視できないのだと誤解した。そんなわけで、スルタンは「太陽の将軍」と呼ばれるようになった。

太陽の将軍が豊かになればなるほど、国民はどんどん貧しくなっていく。それでもまだスルタンは満足しない。もう他のものは眼中になく、あのルビーが欲しくて欲しくてたまらなかった。そのルビーの持ち主は、もちろん、ルンジャ。しかしその宝は、いまや最も危険なものに変わっていた。こうなってしまっては、売るわけにいかないのはもちろん、人に見せることさえできない。

ここに至って、秘密は呪いに変わった。

ある日、ルンジャは屋根にのぼって桃を食べていた。下の通りを、果物屋とその友人たちが正気を失った犬のように走りまわっており、それを見物しながら、ルンジャはケラケラ笑っている。とそこへ、通りの角からスルタンが現れ、腹を立てる果物屋とぶつかった。

スルタンは激怒した。果物屋がその前にひれ伏す。

「どうか、お許しを。うちらはどろぼうをさがしてるんです」

「どろぼうだと？　それらしき男はこっちには来なかったぞ」

するとと群衆のなかから声があがった。

「どろぼうは娘だよ」

それをきいて、兵士たちがゲラゲラ笑った。

「その娘はどこだ？」スルタンがきく。「おまえを出し抜いたやつ。大の男が小娘ごときにばかにされてどうする」

果物屋は深く頭を垂れた。

「それが閣下、その娘ときたら大したもので、盗めないものは何ひとつないという、凄腕の持ち主なんです。どんな男も見つけられず、見つけたと思っても、すぐ見失ってしまう」

これをきいて、ルンジャはうれしくてならなかったが、果物屋がそういうのは、自分が愚かな男だと見られたくないためであることもわかっていた。

話をもっとよくきこうと、ルンジャは屋根の上からさらに身を乗り出した。

その瞬間、ルンジャの背後から日がさし、スルタンの顔にルンジャの影が落ちた。スルタンが見上げると、ルンジャの首からつり下がる、ルビーが目に飛びこんできた。

「あの娘を連れてこい。それと、娘の着けている宝石も」

スルタンは命じた。

ルンジャは評判にたがわぬやり手で、身のこなしも頭の回転も速い。しかし、何百という兵を出し抜くことはできなかった。

スルタンの前に引っ立てられながら、ヘビのように身をくねらせて暴れるルンジャから、兵はルビーを奪い取って、スルタンに渡した。領主は飢えた目でルビーを見つめるものの、どうも納得できない。数知れぬ夢で見てきたそれは、もっと美しかったからだ。

「答えろ、どろぼう」スルタンが吐き捨てるようにいう。「この宝石をどうやって手に入れた？教えろ、さもないとおまえの頭を大釘に刺してやるぞ！」

「そうおっしゃるのでしたら、わたしがこれから、〝ファイヤーハート〟にまつわるお話を語ってきかせましょう」

それでルンジャは、兵士や店主やスルタンを前に、通りで語りだした。すると……。

＊

アーヤがため息をついた。肩を動かしてはあはあ呼吸している。汗の粒が額を伝い、鼻先からしたたり落ちた。

「身体から力が抜けて。もう話せない。暑すぎる」

やめてほしくなかった。しかし、この暑さは耐えがたく、いまにボートが炎上するか、ぼくらの身体から水が蒸発して、みるみるしぼんで消えても不思議ではない。

「わかった。きっとルンジャはローブを盗む方法を見つけるんだ。ちがうかい？　で、宝石を取りもどす、そうだよね？」

「知らないほうがいい。わたしが話すまで」

ぼくはテントから出た。日中の日差しをまともに受けると、オーブンのなかにいるようだった。からのペットボトルに海水をくんで、ふたりの頭からかける。

アマン・メーカーを確認して、缶のなかにたまった水をペットボトルに入れ、塩をかき出しておく。

またふたりでちょっとずつ水を飲む。そうせずにはいられない。舌はサンドペーパーみたいにざらざらで、手足はおもりのようだった。

生きている一日一日を感謝するべきだとアーヤはいう。けれども、これは生きているというより、ゆっくり死んでいっているというべきだろう。まるっきりちがう。

でもぼくらには物語がある。ただしいまは話せない。物語を語るにはあまりに暑すぎる。

*

そのあと、涼しくなってきたところで、ぼくはアーヤの話をノートに綴りはじめた。アーヤはぼくのやることをじっと見ている。

「ビル。そのノート。もし助けがやってきても、だれにも読ませちゃだめ。だれにも見せないで。絶対に。わたしのことはだれにもいわないで。わかった？　大事なことなの。誓ってちょうだい」

「べつに大したことは書いてないよ。きみのことは何も書いてないし」（うそだった）「缶詰の数や、今日で何日目だとか、どのぐらいの距離を漂流しているか、ざっと計算した結果とか、そんなことしか――」

「誓って！」

「わかった、誓うよ」

「見てて」

アーヤはアマン・メーカーからナイフを取ってきて、自分の指先に傷をつけた。小さなルビーのように血が盛り上がる。それをアーヤは自分の胸にぎゅっと押しつけた。

「こうするの」

「誓うよ。きみが人に話してほしくないことは、絶対いわない」

「いうんじゃなくて、誓うの！」

そういってぼくにナイフを差し出す。

これをやれば、もう少しアーヤはぼくを信用してくれるかもしれない。そう思って、ナイフを受け取り、ぎこちない手つきでやってみる。鋭い痛みが走って、思っていた以上に大きな傷ができて血があふれだした。胸の、心臓のあるあたりに押しつけて、Ｔシャツに暗い赤のしみが広がっていくのを見つめる。

「ぼくは誓う」

「ボン」

「けど、どうして？」

「わたしがまだ生きていることを知られたくない人たちがいるの。助けが来たら、あなたはイギリスの人だから、きっと新聞やテレビで報じられる。そうでしょ？　だからよ、わかる？」

「うん、わかる。だけどなぜ？」

「家に帰るときには、わたしはどろぼうのように、暗がりにいないといけない」

「ルンジャみたいに？」

「そう」

＊

空は晴れて星が光っていた。どこかから、低いうなり声のような音がきこえる。ふたりして一心に耳をすませる。音がやんだ。しばらくして、またきこえた。腹にずしんとひびくような音で、十秒かそこら鳴って、また消えた。

「灯台の霧笛じゃないかな」

そうはいったものの、黒々とした海がつくる水平線はどこまでも一直線で、さえぎるものは何ひとつない。それにこんな音は、いままできいたことがなかった。

またた。うめき声を長く引き伸ばしたような音。

しかも音は段々と大きくなって、こちらへ近づいていた。ボートでも霧笛でもない。そういった人工的な音じゃない。ぼくらの頭上から、ぼくらの内側から、ぼくらの下からきこえてくる。姿の見えない獣《けもの》のうめき声といった感じだ。

しかも音自体にものすごいパワーがあって、船までがふるえている。

またた。さっきより大きい。また近づいている。頭ではなく心がそう感じている。

アーヤが背筋を伸ばし、ぼくの腕をつかんだ。

「これは何？」

「わからない」

音がやんだ。

ボートのへさきの前方に、影のようなものがある。水面から、ゆがんだ三角形が浮かび上がり、また沈んだ。ぼくは何もいわない。まだそうだと決まったわけじゃない。

巨大なサメのひれ。

また音がひびいた。ボートが激しくゆれ、まるでいまにもバラバラになってしまいそうだった。音はボートを貫いてひびき、ぼくの皮膚から骨にまで入ってくる。アーヤがぼくから手を離し、ボートのまんなかでひざをかかえて身を丸める。

「なんなの？」

泣きだしそうな声だった。

さっき見えたひれをさがして、ぼくは海に目を走らせる。前に見た影と同じように、正体を見極めたいのと同時に、知らずにいたい気もする。

水面を突き破った。

「うわっ！」

腹《はら》に熱い鉛《なまり》が満ちていく。

ひれがぐんぐんあがってきて、水面からすっかり顔を出した。

「見て、アーヤ、見て！」

ひれの下に巨大な背中が広がっている。シューッと音がして、噴気孔から潮が吐き出され、空中に霧の柱が立った。そのうしろに、また別の背中が浮かびあがった。まるで島がひとつ現れたような、とてつもない大きさだ。

腹にひびく音の源がどんどん増えていく。シューシュー、キーキー、すさまじい音の洪水。海もボートもぼくらも、音の嵐に翻弄《ほんろう》される。

「これ、全部クジラだよ、アーヤ！」

いちばん近くにいるクジラが背を弓なりにして飛び上がり、ダイブする。V字形をした尾が、バシャンと海面をたたき、そのあおりで波がぐいぐい押し寄せてきて、ボートの船体にぶつかった。

アーヤが驚きと喜びの混じった歓声をあげる。互いに手を伸ばして抱き合った。

青白い影がボートのすぐ横を漂っている。手で触れられそうな近さだ。アーヤにしがみつくと、向こうもしがみついてきた。身体がふるえている。

「きっと何か恐ろしいものだと思っていたのに……こんなの初めて」

アーヤがそっとささやいた。

「ぼくも初めてだよ。悪さはしない」

いいながら、ほんとうにそうかと思う。頭でひと突き、あるいは尾でバシンとやられたら、ボートはひとたまりもないだろう。

また白い皮膚がボートの下をかすめた。泳いで浮き上がってくる。こちらは子どもらしく、他のクジラより身体が小さい。とはいえ、ぼくらのボートに比べればやはり巨大だ。頭がぐるっと回転した。まるでバイバイをするように、ばかでかい水かきを水面から突き出した。目をきらりと光らせ、ヒューヒュー、キーキーいっている。

「ぼくらに話しかけているんだ」

アーヤはぼくにしがみついたまま、息をととのえようとしている。

とそこで、低い、切羽詰まったような呼び声がひびいた。

子どものクジラが海の暗い底へと沈んでいく。

そのあとはもう、クジラの背中は現れず、潮を吹く音もしなかった。しばらくしてまた姿を現したときには、もっと先のほうへ移動していた。

「きっとあのクジラたちは――」

海が爆発した。ロケットのようにクジラが飛び上がった。ぼくらのすぐ目の前で、空を覆うように。

クジラが着水すると、泡立つ白い高波が生まれ、ボートに迫ってきた。

ボートのへさきが持ち上がり、いきなり強い波に襲いかかられて船尾が海に浸かった。水がどっと流れこんできて、前もうしろも、そこらじゅうが水浸しになる。

ボートが横ゆれし、ふいにかしいで振動する。

ウミガメの甲羅をつかんで、大急ぎで水をくみ出していく。

「もう一度やられたら、ボートは沈むぞ」

アーヤは完全に固まっていた。水平線に目を走らせ、はあはあと荒い息をしている。

遠くに弓なりの背中が見えた。プシューッと潮を吐く音がする。

「だいじょうぶだと思う」とアーヤ。

クジラたちは行ってしまった。

ボートから水をすべてくみ出すと、ぼくはウミガメの甲羅を置いてアーヤのそばに寄った。手をぎゅっとにぎる。

「すごかったよな？」

アーヤはぼくの顔に目を向けたものの、しばらく焦点が合わないようだった。まるでいつも見る悪夢から、たったいまさめたばかりのように。

「だいじょうぶかい？」

アーヤがいきなり抱きついてきて、ぼくの首に顔を埋《うず》めた。

これには、クジラが潮を吹いた以上に驚いた。

固く抱き合って、濡れた身体がひとつになった。

ひと晩中抱き合っていた。アーヤの生まれ育った国の文化や習慣はわからない。でもたぶん、たったこれだけのことも、よくないとされているかもしれない。けれど、この場所では、社会の決まり事はなんの意味もなさない。

15

*

十二日目。
あるいは十三日目？
十四日目？
わからなくなってしまった。
餓死という結末が、もう間近に迫っている。

太陽がぼくらを罰している。隠れ場所はなく、日陰さえも見つからない。

アーヤもぼくも、話す気力を失っていた。息をするのがやっとで、こらしめられた犬のように、ふたりしてボートのへりから顔を出して、うなだれている。

水をつくる。飲む。つくる。飲む。何度くり返しても、渇きが癒えることはない。

魚は底をつき、ここ数日一匹も釣れない。

目の前で点が躍る。それでも、起きていなきゃいけないともがく。眠れば悪い夢にうなされる。

太陽が邪悪なスルタンとなって、ぼくらをむち打つ。

「ビル……ビル！」

「何？」

「どうして泣いてるの？」

泣いていたとは思わなかった。眠っているつもりだった。それとも眠ってはいなかったのか。どちらかわからない。

「女の子……学校でいっしょだった。好きだったんだ。でも……思い出せない……なんていう名前だったのか。顔もわからない。思い出そうと、いくらがんばっても、どうしても、どうしても、思い出せない。あの子の顔と……」

ぼくは口を閉じた。アーヤが目をつぶっている。もう話をきいていなかった。

また学校のことを考える。思い出せない女の子のこと。学校、家、パンドラに置いてきた本。水に浸かってバラバラになっている本。

「なんだってこんなところにいるんだ。迷うなんてあり得ない」

ぼくはビルという男の生活をふり返ってみる。迷うなんてなかった。一度だけ、子どものときイタリアへ家族で旅行して迷子になったものの、危ない目には遭わなかった。いつでも自分の置かれた状況がわかっていて、不安など感じずに、一日、一日を過ごしていた。ぼくの将来はカーペットのように目の前に敷かれていて、その上を歩いていくだけでよかった。

そのカーペットはだれがつくった？　一度も考えたことはなかった。いま思えば、そのカーペットも自分ではコントロールできない力がつくっている。ここでもそれは同じで、嵐はでたらめに起こるわけじゃない。人間には予測も理解もできない、自然の複雑な摂理が働いている。そうじゃなかったら、悪霊の仕業だ。

そして太陽もまた、悪霊のひとつ。

そいつが笑い声をひびかせて、頭上の遙《はる》か高い空に浮かんでいるのが見えた。ぼうっとしていて、はっきりした形はない。でもたしかにそこにいる。にやにやしながら、ぼくらを待っている。

あらゆる悪霊が壺のなかから出てきた。でも壺に希望は入っていなかった。

ぼくらのうち、どっちが先に死ぬんだろう。

＊

真昼になり、太陽の猛攻がピークに達するころ、ボートにちらちらと影が差した。

ぼくはテントの下から這い出した。何も見えない。しかしそれから――。

「悪霊だ。来るぞ。いや……あれは――」

言葉がのどにつっかかって出ていかない。アーヤが這い出てきて目をこらした。

いた。高い空で弧を描きながら飛んでいる。鳥だ。

アーヤがにっこり笑った。そうやって笑顔をつくると、骨の上に張った薄紙みたいな皮膚がぴんと張る。目はすっかり落ちくぼんでいて、丸い眼窩《がんか》が黒々としている。

ぼくは水を飲んだ。そうしないとしゃべれない。

「来るぞ」

鳥は弧を描きながらおりてくる。白い翼と黄色いくちばしが見えた。カモメだ。羽ばたきながらギャーギャー鳴いて、まっすぐ降下してくる。ところがこちらに近づいたところで、急に方向を変えてさっと離れていく。

近づいたかと思うと離れていく、それを数回くり返した。

「ぼくらのところへ来たいんだ」

「そう。わたしたちに死んでほしいの」

アーヤの言葉に気分がしおれた。単なる一羽のカモメだ。ブライトンの港町によくいる、すきあらば人間からフライドポテトを盗んでいくような。けれどぼくらにフライドポテトはない。あるのは目玉と舌。

「こっちが弱ってきてるのがわかるんだ」

「わたしたちが……つかまえることもできる」

アーヤの言葉にぼくはうなずいた。

嫌だとは思わない。ウミガメとはわけがちがう。殺して食べればいい。簡単だ。

「あなたはすわってて。わたしが横になる」

ぼくはアーヤの作戦を理解した。ボートのへりに背中をつけてしゃがみ、前へかがむ。アーヤはテントをたたむ。マントはぼくが丸めて持っている。

アーヤがぼくの足もとに頭を置いて横になった。

ふたりともじっと動かないでいる。彫像のように固まって待つ。

鳥がどこからやってきたのか、空に目を向けてたしかめたい。けれど動いてはいけない。ぼくはアーヤに目を向けた。

片目が薄くあいて、また閉まった。

「動いちゃ、だめ」

くちびるをできるだけ動かさずにアーヤがそっといった。

あとはひたすら待つ。アーヤが息をしていない、と思ったそばから、縁起でもない考えを頭から払いのけ、自分にいいきかせる。彼女は生きている。死んでいるように見せかけているだけなんだと。

アーヤの指がぴくっと動いた。ほら生きている。ぼくはふるえる息を長く吐き出し、できる限りじっと動かないでいる。

カモメがぎこちない足取りでぴょんぴょん跳んで、アーヤの胃の上に乗っかり、頭をめぐらせた。

冷たいビー玉のような目に、笑っているような表情が浮かんでいる。

おまえは何が欲しい？　心のなかで声をかけた。

ダイヤモンド。カモメはそう鳴いて、いきなりアーヤの目をつっつこうとする。そのくちばしをアーヤがさっとかわし、脚をつかんだ。

ぼくが上からマントをかぶせる。

ふたりで力を合わせ、もがくカモメの体をマントでくるみ、床に押さえつけておいて、その上にすわる。はあはあ息が切れて、これだけで大変な労力を要した。

「食べる？」

ぼくはいって、手を口に持っていって、仕草でも示した。ウミガメよりも、うまいか、まずいか？　そんなことはどうでもいい。

「食べない」とアーヤ。「殺さない」

「じゃあ、どうするの？」

魚をつかまえるのに、カモメをつかうつもりだろうか？　そんな芸当を、カモメにどうやって仕込む？　それに、なぜ殺さないんだ？　こっちは飢え死にしかけているっていうのに。

ぼくはカモメをぎゅっと押さえている。手を守るためにマントの上からカモメの翼をつかむ。力はほとんど互角。それだけ自分が弱っているということだ。

アーヤが釣り糸を持ってきた。マントの下を手でさぐって水かきのついた脚に釣り糸の端を結びつけた。釣り糸をさらに長く引き出してから、それをオールに結びつける。

アーヤがうなずいた。

「一、二の三――」

ぼくはカウントして、マントをひらいた。ギャーという鳴き声と、すさまじい羽音を立てて、カモメが舞い上がった。そのままぐんぐん空高くあがっていき、やがて釣り糸がぴんと張った。まるで凧揚《たこ》げの凧だ。

「どういうこと?」

ぼくはきいた。

カモメは北の方角へ飛ぼうとしている。ぐいとひっぱってもそれ以上進めないとわかると、旋回しながら低い位置までおりてきて糸をたるませ、また北を目指して行けるところまで行く。

アーヤは空が海とぶつかる地点に目をやっている。

「鳥は高いところを飛ぶ」そういって指をさした。「だから見える」

「何が見えるの?」

アーヤがにっこり笑った。

答えがわかった。

1　陸

カモメのあとについてボートを進めていった。コンパスのように正確な道案内だった。

ぼくがオールをつかって漕いでいると――

突然アーヤが立ち上がり、ボートがゆれた。

「ほら！　見て！」

遠くに小山のようなものが見えた。クジラの背中のように海面から突き出している。でもクジラではない。目の錯覚でもない。

ふたりして抱き合って大喜びし、歓声をあげた。ジャンプして小躍りし、危うくボートのへりから海へ落ちそうになる。アーヤが泣き笑いの顔になったのを見て、ぼくは彼女のほっぺたに流れた涙にキスをした。しょっぱい味。

それからオールを動かしてボートを漕いでいく。ただし途中でエネルギー切れにならないよう、力は小出しにする。島を目前にして力尽きて死んでしまったら元も子もない。アーヤが座席をオールがわりにして、反対の船べりからも漕ぐ。波が立って、風も強くなってきたので、なかなか骨が折れる。

真昼を過ぎると、島の全貌が目に入ってきた。灯台がある。ほとんど瓦礫《がれき》になっていて、上半分はとうの昔になくなっている。それでも、これは証拠だ。ここに人がいて、暮らしを営んでいたという。

灯台が建っているのは、岩でできた崖の上で、崖は端から端まで、一キロ以上の距離がありそうだ。近づいていくと、海の色が、紫がかった青から、浅瀬を示す空色に変わってきた。ごつごつした黒い溶岩が水面から飛び出していて、疲れた心にはそれが、自分たちの世界を守ろうとする恐ろしい獣《けもの》のように見える。

水のなかに影が見える。何か大きくて力強いものが岩と岩のあいだをかすめていく。砂地の上を通るときにかすかに見えるのだが、また奥の深いところへ入ると見えなくなってしまう。水面近くにはあがってこないので、そのうち海藻や岩のあいだに紛れて見失ってしまった。アーヤには何もいわずにおいて、おまえはなんでもないものを見て脅《おび》えているのだと、自分にいいきかせる。それでもできるだけ早く離れたくて、オールを動かす手が速くなる。疲れ切っているはずなのに。

岸から二百メートルほど距離を置きつつ、海岸伝いに島をぐるりと巡っていく。どこかに湾のようなものか、そう険しくない崖があれば、そこから上陸できる。

岬のようになっている細長い陸地の突端をまわると、弓なりになった海岸が見えてきた。岩とぎざぎざしたサンゴ礁《しょう》のあいだに明るいブルーの海が入りこんで細い湾をつくり、その先に砂浜が広がっている。砂浜の先はなだからな丘だ。

いまでは何もかもはっきり見えた。たしかにこれは島だ。海岸線に目を走らせ、何か生き物のいる気配はないか必死にさがす。まるで一個の巨大な不毛の岩。けれど、ぼくらが上陸した場所には木々が生えていた。

生命が息づいている。

＊

岩をよけて慎重にボートを進めていく。小さな銀色の魚の群れが浅瀬を素早く泳いでいく。大きな魚もいる。海底を彩る紫色の貝や黄色のサンゴ。潮の流れに海藻が葉っぱのようにゆれている。

「食べられそうなものがあるかい？」

「うん。食べものはある。それにきれいなものも」

アーヤはボートのへりから身を乗り出して水面に近づき、口をぽかんとあけて、目を大きくみはっている。水の透明度があまりに高いので、魚たちはまるで空中を飛びまわっているように見える。

ほんとうにきれいだ。何もない不毛の大海を漂流してきた身には、楽園のような場所だった。

砂浜までくると、ふたりとも海に入って、ボートをひっぱっていく。水から揚げるために、なけなしの力をふりしぼる。重いけれど、砂の上をひきずって砂利の上に出て、さらに岩のほうへひっぱっていく。ほんとうはもっと遠くまで移動させるべきだが、ここまでが力の限界だった。

ふたりしてバタンと倒れ、あえぎながら息をする。ぼくはほこりっぽい砂を片手でつかんだ。

「黄金よりも貴重だな」

アーヤが砂の上に頭を休める。ぼくのほうへ腕を伸ばしてきて、手と手をつないだ。あまりにうれしくて、ふたりして声をあげて泣いた。

「きっと……水がある」ぼくはいった。

「そうね」アーヤがいう。「きっと……すぐに……」

アーヤのまぶたが閉じた。自分のまぶたも重くなってきた。数週間の疲労が頭にのしかかってくるようだった。

ふたりとも眠りに落ちた。

2

のどが焼けるような渇きを覚えて目がさめた。

デッキシューズをボートの収納庫に入れておいたのを思い出す。嵐に襲われた最初の日に脱いでから、一度も履《は》いていない。足を入れてみたが、なんだかしっくりこない。からのペットボトルをつかんで、ゆるい斜面を歩きだした。よろめいて転び、立ち上がったものの、また転ぶ。足が思うように動かない。長いこと歩かなかったせいだ。

けれども胸には希望が燃えている。転んでは立ち上がることをくり返しながら、一歩ごとに足を慣らしていく。嫌がる足を頭がせき立てている感じだ。

波に洗われてつるつるになった岩の上で足をすべらせた。ほこりっぽい地面に着地して、そこから丘をあがる。

てっぺんまで来ると、目の前にちょうど自分の頭の高さぐらいの岩があった。それにのぼって腰をおろす。それだけで老人のようにはあはあ息が切れた。

高いところから見ると、不毛の島であることが一目瞭然だった。村や道路のようなものはまるでない。住人はいない。岩と砂があるだけだ。日が差していて、すでに霧が晴れていた。海岸の先は全方向に海が広がっている。船もなく、ほかの島々もなく、遠くに別の陸が見えることもない。

岩の上にくずおれた。陸地は見つけたものの、これまで同様ぼくらはふたりきり。

「ここにはだれもいないぞ！」

アーヤに向かって叫んだ。

東側には岬のように細長い陸地が延びていて、その先は黒い溶岩のリーフになっている。岬の根元の、土地がいちばん高いところに灯台が建っている。その上を海鳥が飛び交い、ときに急下する。

西の海岸は湾のようになっていて、狭い砂浜の奥まったところにぼくらが見た木々が生えている。

「木には水が必要だ」

だれにともなくいう。下を見ると、アーヤがボートに寄りかかっていた。つながれたカモメが甲高い声で鳴いている。自由になりたいのだろう。

「アーヤ！　こっちへ来て！」

わかったというように、アーヤが手をふった。

おぼつかない足取りで崖に沿って歩いていき、アーヤがちゃんとついてきているか、ときどきふり返ってたしかめる。下におりようとしたところで、足をとめて頭をめぐらせる。物音がきこえ、何かが視界の隅をよぎったような気がしたのだ。けれど、それがなんなのか、わからない。

「だれかいるのかい？」

自分の声がこだまするだけだった。

錯覚だと自分にいいきかせる。

熱い岩が集まっているところを越えて、砂浜へおりていく。砂に足が着いたところで、さっきと同じ気配を感じた。ちがうのは、さっきよりもはっきり感じられること。もう一度頭をめぐらせてみる。

しばらく待ってみることにした。木々に顔を向けていると、浅瀬の魚を見ているような気分になる。めまいがしてきた。よろめきながらも、歩き続ける。どうしても正体をつきとめないと、気が済まない。なんだろう。なんだろう。くらくらする頭で、そればかり考えている。

海にいちばん近いところに、シュロやヤシの木が砂からぬっと生えていた。腕を広げた巨人のようで、葉ずれの音がささやき声のようにきこえる。生きている奇跡。固い樹皮に両手を置き、それが本物の木で、命を持っていることをたしかめる。

枝には緑のココナッツが実っていた。地面は枯れ葉と発育不良の植物が埋めている。一本の木の根もとからアリが一列になって這い上がっていた。

何もかもがぼくの目には驚異に映り、口をあんぐりあけて見ている。

足が小枝を踏みしだき、足まわりに黒い水がしみ出てきた。地面が泥で埋まり、湿地のようになった。

木々のあいだを抜けて奥まで進んでいくと、急な岩の斜面にぶつかった。ぼくの背丈の二倍ぐらいの高さのところに洞窟が口をあけていて、そこまでなら簡単にのぼれそうだった。洞窟の口は、幅も高さも二メートルほど。黒々していて、音はもれてこない。

近づいてみると、なかはひんやりして真っ暗だった。ポタポタと水滴が落ちる音がする。

「もしもし？」

大声でいってみた。両手両ひざをついてなかに入っていく。

洞窟は先へ行くほど細くなり、平らになっていく。なめらかな岩の表面を両手で手探りしたところ、つるんとすべってつんのめり、手首まで水に浸かった。

「どうか、神さま。雨水でありますように」

いくらかすくって目に近づける。見たところ、にごりはなく、きれいそうだった。次から次へすくって飲んでいき、それからペットボトルに水を入れる。

「ビル？」

アーヤの声が洞窟内にひびいた。

「だいじょうぶ？」

「アマン！」

ぼくは大急ぎで洞窟の入り口にもどっていく。アーヤがペットボトルを見て、手を伸ばした。

アーヤはよく飲んだ。最初はおっかなびっくりだったものの、やがてがぶ飲みしだし、顔に水がかかっても気にしない。ふたりして、腹がはち切れそうになるまで飲みに飲んだ。

よたよたしながら砂浜を歩き、岩にのぼり、水を飲み続ける。

「次はどうする？」

ぼくはアーヤにきいた。

「灯台」とアーヤ。

「そうか。雨風をしのぐのにいいかもしれない。それから食料のことを考えよう」

十分かそこら歩いて、南東の隅までやってきた。海に突き出した細い岬の根もとに灯台が建っている。

ある程度の距離まで近づくと、その全貌が見えた。てっぺんはとうの昔になくなっていて、石組みの壁にはすきまがあいている。灯台のふもとには石造りの古い小屋があって、荒れ果ててはいるものの、あそこなら雨風がしのげそうだ。

「そうだ、ヤシの枝やなんかを集めたら、ここで、……アーヤ？」

アーヤはその場に凍りついて、タカのような目で灯台を注視していた。

「どうした？」

「見て」

アーヤが指をさす。

小屋の壁沿いに丸太や枝が積み上げられていた。地面に穴を掘って炉もつくってある。灰で黒くなっているまわりに石が並んでいる。

ふたりして、ゆっくりそちらへ近づいていく。そばまで行くと、屋根の片端に防水シートがかけてあるのが目に入った。

その前で足をとめ、なかに声をかけてみる。

「こんにちは？」

返事はなかったが、かわりになかから、カシャンという奇妙な音がきこえてきた。何かがそっとぶつかり合うような音だった。

なんだ、いまのは？　人がいる？　いない？　骸骨《がいこつ》になっている？

ドアはなく、くずれた壁に大きなすきまがあるだけだ。なかを覗いてみる。床の上に、乾いたシュロの葉と海藻でつくったベッドが置いてある。棚にずらりと並ぶ、水の入った缶。屋内の地面にも炉がひとつ切ってある。屋根の一部はなくなっていた。骨と羽根でつくった風鐸《ふうたく》が草で結ばれてつり下がり、そよ風にゆれて小さな音を立てている。

「さっききこえたのは、これだ」

「食べものはある？」とアーヤ。「外を見てきて」

ぼくは外に出て、だれだか知らないが、石の小屋に暮らす住人の痕跡をさがす。

アーヤは小屋のなかで食料をさがしていたが、何も見つからなかった。

そのあと灯台も確認したのだが、そのあいだも始終周囲に目を走らせ、たびたび、うしろをふり返った。薄気味悪くてならない。灯台の壁をつくる石は古く、風雨にさらされて傷《いた》んでいる。

鍵穴のついた、ずっしり重たげなドアがひとつ。動かそうとしてみたけれど、どこかにつっかえているのか、鍵がかかっているのか、びくともしない。

ぐるっとひと巡りしてみた。出入り口はひとつしかない。

「ここに人が住んでいるんなら、食べものを持っているはずだ。たぶんこのなかに」

「きっと隠れたんじゃない？　わたしたちを見て」

食料のことは考えたくなかった。考えるべきは救出のこと。この小屋に住んでいるのがだれで、その人物が外の世界とつながっているのかどうか。けれどどうしたって考えてしまう。もしだれかがここで生きているなら、食料を持っているはずで、持っているなら、分けてもらえる。口につばがわいてきた。

「どこにいるんだろう？」

「たぶん、ここじゃない別のところ。もうみんな死んでいるのかも」

「いやそんなことはない……妙な感じがしたんだよ。まるでだれかに見張られているような。ずっとだよ。ここに着いてボートから――」

「ボート！」

ふたり同時に叫んだ。

手に手を取り合って駆けだし、転びそうになる相手を支える。

カモメがギャーギャー鳴く声。警告だ。

細い入り江にたどりつくと、ボートのなかに人影が見えた。収納庫のなかをあさって、缶やペットボトルを取り出している。

「おい！」

声をかけたそばから、恐くなった。ここに暮らしているのは野蛮な人間で、しかもひとりじゃないかもしれない。だれであれ、なんのためらいもなく、ぼくらの持ち物をあさり、ぼくらのボートに侵入した。

アーヤがぼくより先に走っていって、ボートの手前でとまった。

「おい！」

ぼくが怒鳴《どな》ると、人影が立ち上がった。褐色の顔に、燃えるような目。黒い髪はぼさぼさで、飢えたオオカミのように痩《や》せている。ボートのへりを跳び越えて、ぼくらの目の前に立った。短パン一枚という格好で、それ以外何も身に着けていない。片手を口に当てて、もぐもぐと食べる真似をする。

相手が何者か、ひと目見ただけで、だいたいのところはわかった。ぼくより年上で、ほぼ大人の男といっていい。この島に来てからかなりの日数が経っているのだろう。何やら必死な感じで、ちょっと気がふれているかもしれない。

男は収納庫をあさって、あらゆるものをひっぱり出し、ボートのなかに散らばしていく。からっぽの缶やペットボトルが散乱するものの、そのなかに、ぼくらが最後まで残しておいた、まだ食べられるカメ肉を保存していた缶はない。散らばっているのは餌にする肉ばかりだ。

「カメ肉は隠しておいたから」アーヤが声をひそめていう。「それとナイフも」

3

若い男がぼくらのほうへ歩いてくる。

「こんにちは」

ぼくがいうと、男はうなずいた。

立ったまま、正面から向き合い、互いの顔を見つめる。ぼくは片手を差し出して、もう一度「こんにちは」といった。ほかにどうしていいか、わからなかった。男はぼくの目に強いまなざしを向けてから、ようやく握手をした。奇妙な感じだった。

「ドイチェ？」

ひどい訛《なま》りのある発音。

「は？　何をいっているのか、わかりません」

「ドイツ？　オランダ？　イングランド・ボーイ？」

「イギリス人です」

「なんでここにいる?」

「ヨットが嵐に遭って。ふたりでずっと海を漂っていました。何日も何日も」

「ほかの人間は?」

「いません。ふたりだけです」

「タンビエン。同じだ。嵐」

「ひとり?」

「そうだ」

「どこから来たんですか?」

相手は答えず、ただぼくを上から下までじろじろ眺めまわし、アーヤにも同じようにしている。ぼくのすぐうしろに立つアーヤは、こちらの右腕を両手でぎゅっとつかんでいた。

「食べものはあるのか?」

男がいった。アーヤの手に力がこもる。あると答えて、カメ肉のことを話したかった。そうしてそっちは何を持っているのかきくのだ。けれどアーヤに強い力で腕をつかまれているので、何もいわないほうがいいのだとわかった。

「ありません」うそをついた。「でも釣り糸があります」

「糸は見た。鳥がつながれていた。なぜだ?」

「鳥がぼくらをここまで案内してくれたんです。あなたはどうやって生き残ったんですか?」

いいながら思っていた。痩せてはいるけれど生きている。ということは今日まで何か食べてきたということだ。

「前は、船に積んであった食料を食べていた。いまは海から貝をとって食べている。ココナッツも」

「ぼくはビルといいます。こちらはアーヤ。あなたは？」

「ステファンだ。腹が減っている。テンゴ・アンブレ。エンティエンデス。食いものを持っているなら出せ」

まるで当然のことのようにいった。ここでは自分が支配者だというように。

「食べものはないの」

アーヤがいって、男を警戒する目でにらんだ。すると相手はにやっと笑い、アーヤに向かって何か話しかけた。たぶんアラビア語だろう。アーヤは男の顔を一心に見つめ、まばたきひとつしない。そして、何も答えない。男はまたもアラビア語で矢継ぎ早にアーヤに質問を投げつけ、それから英語に切り替えた。

「モロッコ？　リビア？　シリア？」

男にきかれ、アーヤはまたぼくの腕をつかむ手に力をこめた。さっきより、いっそう強く。ぼくはだまっている。アーヤのかわりに勝手に答えてはいけない気がした。

ステファンはひとりうなずき、にやっと笑った。その笑い方がなんとも感じが悪い。

「どうやってここに来たんですか？」

そうきいたぼくにくるりと背を向け、男は歩きだした。

「来れば、わかる」

ぼくらはあとについていった。アーヤとぼくは足がもつれ、互いを支え合わないといけない。まだ歩くのにすっかり慣れたわけではなかった。歩きながら、ふたりともあたりにずっと目を走らせている。岩場や、わずかな茂みや木々、空を飛ぶ鳥たち。何ひとつ見逃すまいと、むさぼるように見ている。

男は島の北側へ向かっていた。崖の上まで来ると、そこから青いグラスファイバーの船体の一部が見えた。船底が上になり岩と岩のあいだにはさまっている。残っているのは全体の四分の一か、それ以下で、あとは食いちぎられでもしたように、へりがぎざぎざになっている。

「漁船ですか？」

「ああ」

一瞬間を置いてから、「いっしょに乗っていた人たちは？」ときいた。

ステファンは海に向かって手を払った。

「嵐にやられた。ここから何キロも先で。きっと死んだ」

「ぼくたちも同じです。ということは、苦難を乗り越えて生き残った、サバイバーということですよね？　ぼくら三人とも」

ぼくはアーヤにうなずいて見せた。アーヤ、ほかに人間を見つけたぞ！　そういってやりたかった。ところがアーヤは男の顔をじっと見ているだけ。相変わらずぼくの腕をつかんでいる。

「あなたのこと、みんながさがしていますよね？」

ぼくはいった。

「いいや。それはない。さがすとしたら、おまえだろう。だが、さがしているなら、もっと早くに来ているはずだ。わかるか、イギリスの少年？」

「ぼくの名前はビルです」

「ああそうだな、イギリスの少年」

嫌な展開だった。ようやく生きている人間を見つけた。いっしょに力を合わせて、生き抜けるはずの相手が。だがこの男はぼくらを歓迎していない。ぼくらから身を隠し、ぼくらの所持品を荒らした。カモメが魚の内臓を食い荒らすように。

「ついてこい、すみかを見せてやる」

「ぼくらは荷物を取ってきます」

男は歩きだし、灯台のほうへ向かった。ぼくはアーヤをふり返る。

「どうしたの？」

「あの人、漁船になんか乗ってない」

「どうしてわかるんだい？」

「わたしの乗った船が港を出る前に、あの人を見たの。その港からはたくさんの船が出航する。わたしが乗ったのはそういう船のひとつ。あの人は魚をとっていたかもしれないけど、人を売り買いする男たちのひとりかもしれない」

「人身売買ってこと？」

「たぶん。そういう人たちといっしょに働いているんじゃないかしら」

「相手はきみのこと、わかった？」

「いいえ」アーヤは何か思い出そうとするように目を細め、頬の内側をかんだ。「あれは悪い男」

「どうしてわかる？」

アーヤは顔をしかめ、ステファンの背中を強いまなざしでにらんだ。

「わかるの」

所持品を集めに自分たちのボートにもどっていく。ボートのまんなかにカモメがいて、缶に入った餌をついばんでいた。

「ナイフは？」

はっとして、アーヤにきいた。

「いったでしょ。ちゃんと持ってるって。鳥をどうしよう？」

「逃がそう」

ふたたびカモメをつかまえ、目隠しをするように頭をくるむ。アーヤがマントのなかから魔法のようにナイフを取り出し、カモメの脚に結わえつけた糸の結び目を慎重にほどいていく。

「ほら、行きな」

ぼくがそういっても、カモメはいちばん近くの岩までしか行かず、そこにじっとすわって、首だけを動かしてぼくらを見ている。

餌の入った最後の缶をはじめ、もろもろの物をひとつにまとめて、アーヤのマントを袋がわりにして入れる。釣り糸、釣り針、リールは、ぼくのレインジャケットのポケットに入れておく。アマン・メーカーにつかった樽《たる》と、カメの甲羅《こうら》は置いていく。

「あの男のこと、信用するしかないよ」

ぼくはアーヤにいいきかせる。

「たぶん過去には人身売買をしていたかもしれないし、そういう人間の下で働いていたかもしれない。でもいまはちがう。そうだろ？　もう何者でもない。ぼくらと同じだよ」

＊

そのあとステファンのすみかに行った。灯台のふもとにある石の小屋だ。

外に切ってある炉のそばの岩に、ふたりで腰をおろす。ステファンの前にはココナッツがふたつ、地面に置いてある。最初に小屋のなかを覗いたときには、こんなものはどこにもなかった。いったいどこから取ってきたんだろう。ステファンはココナッツのひとつを取り上げた。

「ココナッツを地面で押さえていろ」

ステファンがいい、ぼくはいわれたとおりにする。ステファンは先の鋭い短い棒を拾い上げ、ココナッツのてっぺんについている三つの目のうちのひとつにそれを刺した。それから炉のまわりから石をひとつ拾い上げ、それをハンマーがわりにして棒を目に打ちこむ。ぼくは一瞬ひるんだものの、ココナッツは放さず、しっかり押さえていた。素早く、残酷に思えるほどの強さでステファンは棒に石をたたきつける。こちらがまばたきをして、またひるむと、ステファンがにやっと笑った。もうひとつの目に対しても、同じことをする。てっぺんにふたつ穴があいたところで、ココナッツを取り上げ、果汁を飲む。ずいぶんたくさん飲む。それからぼくに渡してきた。ぼくはまずアーヤに勧める。アーヤはいくらか飲み、それからぼくの番になった。あまりのおいしさに頭がくらくらした。そうやってみんなでからっぽになるまで飲んでしまうと、もうひとつのココナッツも同じようにして果汁を飲み尽くした。これなら一ダースでも飲めそうだ。

ステファンがさっきよりも大きな石を持ってきて、ぼくに渡す。

「ココナッツを割ってみろ」

ぼくはココナッツの前に石を持って構えた。頭上へ石を持ち上げ、力をこめてココナッツにぶつける。石はココナッツの脇に当たってはね返った。もう一度やってみる。今度はココナッツがラグビーボールのように飛んでいった。

ステファンがゲラゲラ笑う。ココナッツを拾い上げると、両脚のあいだにはさみ、満足する角度になるまで何度も向きを変える。それから頭上に石を持ち上げて、ココナッツにたたきつけた。ココナッツが割れた。白い果肉が日差しを受けてギラリと光る。ひとかけらをぼくによこし、もうひとかけらをアーヤに渡そうとするが、アーヤは受け取らない。ステファンはぼくにはわからない言葉でアーヤに受け取れと強要する。

「英語で話せばいいじゃないですか」

ぼくはいった。

ステファンはココナッツの果肉をアーヤに押しつけ、命令口調で怒鳴った。

「ちょっと！」

ぼくが抗議すると、ステファンがいう。

「彼女も食べなきゃいけないんだよ、イギリスの少年」

「だからって、そんなに強くいわなくても」

アーヤがぼくに鋭い目を向け、しぶしぶココナッツの果肉を受け取った。

ぼくは白い果肉をかんだ。おいしい。果汁と同じ味だった。食べ終わって、しばらく休んでからぼくはいった。

「さて、魚を釣りにいかないと」

「もっと休みたくないのか？」とステファン。

「いや、お腹がすいてるから」

ぼくは釣り糸と紙に包んである釣り針をレインジャケットのポケットから取り出し、マントのなかから、最後の餌が入った缶を取り出した。

ねばついた内臓のにおいが鼻をつき、吐き気がこみ上げる。もう海を漂わずに済んでよかった。これを食べなくていいのだから。

＊

アーヤが海岸で見守るなか、ぼくとステファンはボートに乗る準備をする。ふたつに切った樽は置いておくが、カメの甲羅は持っていって魚を入れる容器にする。

ボートを押して、水のなかをずぶずぶ進んでいき、ある程度の深さになったところで乗りこんだ。

不思議な感じがした。こんなに早くまたボートにもどってくるなんて。しかもアーヤがいっしょじゃない。

ぼくが前に乗ってオールをにぎり、ステファンはうしろに乗る。海はぼくらが上陸したときよりも荒れていた。潮の流れが強くなって、風と波が立っている。外海に出ていくには危険があった。大きな岩がいくつもあって、そのあいだに狭い空間がある。前方の岩で波が砕けると、ボートのへさきが持ち上がり、押し返されてしまう。

「その座席をはずして、オールがわりにつかってください」

ぼくはいった。

「ふたりで漕いだほうが、もっと楽に進むから」

ステファンは首を横にふり、荒い息をしている。ぼくは肩をすくめ、外海を目指してオールを動かし続ける。

得意な作業をしているのは気分がいいものだった。なんでもかんでも自分が上だと威張り散らす、ステファンに頭に来ていた。彼はこの島に先にすみついて、年もぼくらより上だ。だからといって、偉そうにふるまう権利はない。とりわけさっきのアーヤに対する態度はひどかった。

ぼくはしょっちゅううしろをふり返った。ステファンは緊張しているようだった。

「漁師だったんだよね。魚を釣るにはどのへんへ行けばいい？」

「知るか！　オレは大きな船に乗っていた。こんなボートじゃない」

きっとうそだろう。でもそこで考えた。昔は実際に漁船に乗っていたのかもしれない。それがいまは人身売買をして働いている。自分の仕事を明かさないのも無理はない。だれだって、悪いことをしていれば隠したくなるものだ。救援が来たとして、何をやっている人間か、知られたら困るのだろう。

岸から百メートルほど離れたところまでやってきた。岸辺に小さく群がって生える木々が見え、アーヤが崖の上にすわってこちらを見ている。

ボートのへりから覗くと、岩や海藻のあいだを、魚が身をくねらせながら、すいすい泳ぎまわっていた。大量の魚。銀や金の魚体。何万という小魚の群れが雲のように沸き立ち、そういう魚たちを捕食する太った大きな魚も身をひそめている。

ステファンが何もせずに見守るなか、釣り糸とルアーを準備する。針に餌をつけてから、糸をオールに巻きつける。

手を忙しく動かしながら、海をあごでさしていう。

「サメはいない？　大きなやつが？」

ステファンはボートのへりを片手でしっかりつかんだ。海を覗き、首を横にふる。

「オレを脅かすのはやめるんだな、イギリスの少年」

「あなたはどこから来たの？」

「カナリア諸島」

「スペイン？　だけど、アラビア語もしゃべる。それともあれは、ベルベル語？」

「母親がスペイン人で、父親がアラブ人だ。おまえと、あの娘は？　おまえはイギリス人、あの娘はなんだ？」

「ぼくは知らない」

うそじゃない。正確なところはわからないのだから。ベルベル人だといいながら、アマジグ族ともいっていた。

「ベルベルだな」とステファン。「なかにはひどい暮らしをしている部族もいる」

ぼくはオールから釣り糸を引き出すのに集中する。

「名前はアーヤだといってたな。どこの出身だ？」

ステファンはあきらめない。

「どうして知りたいの？　彼女は自分のことをあまり話さないんだ。話したくない理由があるんだと思う」

「おまえの女か？」

「どういうこと？」

「とぼけるな。手をつないでいるのを見たぞ。何日もひとつのボートでいっしょだったんだ。おまえの女なんじゃないのか？」

「何をいっているのか、よくわからない」

この男はアーヤがぼくのものになると思ってるのか？　人を自分のものにするなんてできない。

彼女が何を考えているのかさえ、よくわからないことが多いのに。

ステファンがにやにやしている。

「まあいいさ、イギリスの少年。どうしてあの娘は自分の国を出たんだ？」

ぼくはため息をついた。いい加減にしてほしい。

「だから、知らないって」

ステファンは島に残っているアーヤに目を向け、「チッ」と舌打ちした。

「あの娘は貧乏じゃない。貧しそうに見えるが、ちがう」

「どうしてわかるの？」

ステファンは自分の頭をつっつく。頭に指を強く突き刺すような、妙な仕草だった。憔悴《しょうすい》しきった感じで、考えに集中できないようだった。ちょっと異常だ。あるいはただ腹が減っているだけなのかも。

「貧乏人の娘はヨーロッパに出られない。ムイ・カロ（渡航費がバカ高い）」

ステファンは指をこすり合わせた。

「あいつは金を持っている」

それから自分の目を指さす。

「見ればわかるんだ。あのしゃべり方、それに態度」

しかしアーヤはステファンに向かって、ほんの二言か三言しか話していない。

そこで釣り糸に当たりがついた。強い力で魚がひっぱっている。ぼくは糸をひっぱってたぐり寄せた。ステファンは手を貸さない。こちらも助力は頼まない。魚は体長こそ短いものの、ずんぐり太って食べ応えがありそうだった。ナイフを持っていないので、とどめを刺すことはできない。それで針からはずして甲羅のなかに入れ、しばらく勝手にばたつかせておく。頭を一撃してやるほうがいいのかもしれない。ステファンがココナッツの実を砕いたように。でもやりたくなかった。

それでふたりのあいだの会話は途絶えた。釣り糸を垂れればすぐ魚がかかる。入れ食い状態でずっと忙しい。数匹逃した魚もあったが、全体的に見て抜群の釣果《ちょうか》だった。作業のほとんどは、ぼくひとりでやった。餌をつけ、糸をゆるめては引くことをくり返し、魚をおびき寄せる。そのあいだステファンはぎこちない手つきでオールをつかい、ボートが潮流に運ばれて岸から離れすぎてしまうのを防いでいる。

一匹、大きな魚が針を奥まで飲みこんでしまい、針が頰を貫いてしまった。もがく魚を押さえてなんとか針を抜いた。魚はその後も暴れ、甲羅のなかでじっとさせておくのが難しい。ぼくの両手は血まみれになり、血のしずくが床に落ちた。

「海に流せ！」

ステファンがいう。

「だめだよ」

「なぜ？」

「サメ」

そのひと言でステファンはだまった。

血の臭いと物音に引き寄せられて、海鳥が小さな群れになって頭上に飛んできた。カモメがボートに飛びこんできて、へさきにとまった。新鮮な魚をじっと見ている。

「まだだよ」

ぼくは鳥にいった。

ステファンはカモメにひるんで後ずさり、座席の板をつかむと、それで追い払おうとする。あるいは殴るつもりなのかもしれない。

「やめて。そんなことしないで。彼はぼくらの友だちなんだ」

「鳥がアミーゴ？　トント（バカな）。そんなことを考えるのはイギリスの少年だけだ。じゃあそのウミガメの甲羅はなんんだ。カメは友だちじゃないのか？」

ステファンがゲラゲラ笑う。

「どう思われようとかまわない。だけどカモメを痛めつけるのはやめてくれ」

そのカモメをつかまえたとき、ぼくらはなんのためらいもなく、殺して食べることを考えた。でもいまはちがう。


ステファンは小屋のなかにも、外にあるのと同じような炉を切っていた。壁に沿って、乾いた葉や草が積まれている。それを片手にたっぷりつかんで外に持っていき、地面に置く。それから古いガラス瓶のかけらを持ってきた。海岸で拾ったんだといって。

太陽が雲の陰から顔を出すと、ステファンはガラスをつかって熱を増幅させにかかった。スポットライトのように光を一箇所に集め、焚《た》き付けから煙がくすぶって、炎があがるまで待っている。煙をあげる焚き付けのかたまりをつかみ上げると、そこにそっと息を吹きかけ、小屋のなかへ素早く運んでいった。炉にそれを置き、最初は草を、次に小枝を次々と足していって、大きな炎に育てていく。

「オレは魔法をつかえる」

ステファンがいって、目をきらりと輝かせた。

ぼくは自分たちが樽をつかって水をつくったことを思い出した。だとすると、ぼくらも魔法をつかえるということになる。

三人が火を囲んでしゃがんだ。その熱と光は、たしかに魔法のように感じられる。ぼくらは夜に飲みこまれるのではなく、追い払う力を持っている。

ボートで漂流しているときにはあまり寒さは感じなかった。朝早くにときどき冷えるなと思うぐらいだった。小屋のなかもさほど寒くはないが、外では強い風が吹いている。風や寒さから守られて、パチパチ音を立てて燃える小枝や薪《まき》から暖を得ていると心が落ち着いた。屋根に穴がたくさんあいているので、煙抜きには困らない。

焼いて食べる魚もある。ほんとうはナイフをつかって魚をさばき、きれいにしてから焼きたかった。けれどナイフを持っていることは秘密だったので、ここでつかうわけにはいかない。少なくともステファンがどういう人間かわかるまでは、秘密にしておいたほうがいい。それで岸に近い潮だまりまで出ていって、貝がらをつかって魚の腹をひらき、内臓を抜いた。それを小屋に持ち帰って串に刺していく。

串刺しにした魚を火のなかに突き刺すと、アーヤが声をはりあげた。

「まだダメ！」

するとステファンがアーヤに言葉を投げつけた。よくもオレのやることに文句をつけたなというように。アーヤがしゅんとうなだれてしまった。こういうアーヤは初めてだった。ぼくの知っているアーヤは、怒るときには口から火を噴くほどに激しかった。けれどステファンが相手だと、そうはならない。なぜこれほどまでに用心しているのか。

炎のなかで魚は真っ黒に焦げてしまい、煙臭い。アーヤのいうことは正しかった。そのあとは、時間をかけてゆっくり火を育て、くすぶる薪のベッドから火がちろちろ燃える状態を維持した。それから炎の両側に石を積み上げ、そこに串刺しにした魚を渡して火にかざし、ゆっくり回転させながら焼いていく。そうすると、魚の皮が茶色くパリッと焼けて、なんともいえない、おいしそうな匂いが室内に漂った。

ココナッツのからを、お椀がわりにし、焼けた魚の身をむしって夢中になって食べた。熱くて手がべたべたに汚れ、ぼくは指を火傷《やけど》した。

魚は食べ切れないほどあった。それでもぼくとアーヤは目玉も食べ、頭の身も吸い出した。皮もよくかんで、鱗《うろこ》だけ吐き出す。そんなぼくらをステファンが、気持ち悪そうな顔で見ている。

食べ終わったときには、指はべとべとに汚れ、目の前に魚の骨や頭が山のように積み上がっていた。じつにいい気分だった。単に腹がふくれたからではなく、これからも魚はいつでも食べられるという安心感で、心も満たされている。魚と水とココナッツ。それ以外にもステファンは何か持っているかもしれない。ここならいられる。暮らすことができる。

助けの船が来るまで。あるいは飛行機が来るまで。

ステファンが何やらアラビア語でいったのに答えて、アーヤが立ち上がり、宴のあとの片づけをはじめた。自分がつかっていたココナッツの椀に、ゴミを集めて積み上げていく。

「そんなこと、しなくていいよ」ぼくはいった。「放っておけばいい」

アーヤは肩をすくめるだけで、片づけを続ける。

「鳥に持っていくの」とアーヤ。

手伝うべきなんだろう。ステファンに命令されてやっているんだとしたら。でも手伝わなかった。お腹がいっぱいで、くたくたに疲れている。全身に疲労が染み渡っていた。それに肩の荷がすっかりおりたような気もしていた。食料や水や、またやってくるかもしれない嵐のことをつねに心配していた毎日だった。陸も救援部隊もまったく目に入らず、いったい自分たちの未来はどうなるのか、そもそも未来なんてあるのかと、気に病んでいた日々。そんな恐怖以外何もない毎日が終わった。

いまはお腹いっぱいになって、島があり、明日がある。

「お腹がいっぱいになるってどういうことなのか、これだけ飢えて初めてわかった」ぼくはいった。「ぼくのいう意味、わかるかな？」

「バカなやつだ」

ステファンにそういわれて、ぼくは笑った。めまいに襲われることもなく、譫妄《せんもう》状態に陥ることもないのがありがたい。もしこの島を見つけられなかったら、どうなっていたんだろう。恐怖、暑さ、飢え、疲労。それらが頭のなかに潜りこんできて、生きながら食われていったにちがいない。

それから横になった。

「長いこと、しっかりした地面に足を着けていなかったから、立つと不思議な感じがする。じっと動かない感じと、まだ動いている感じ。両方いっぺんに感じられる」

「ますますバカだ」とステファン。「ボートの上で何日間も、何をしていた?」

「釣りをして、水をつくって、泳いだ」

「海はひでえところだ」

「うん。そう思うことが多かったけど、でも……」

「でも?」

「怪物になることもあるけど、最高に美しいものになることもある。朝は霧が立ってミルクを流したようになる。満月の下では、光の川ができて、硬質の光を放つ海の上を歩いて、その川を渡れそうな気がしてくるんだ」

「つまり、詩で時間をつぶしていたってわけか?」

「いや、実際は物語」

「物語?」

「シェヘラザード。盗賊やスルタンの話。アーヤが語ってくれたんだ。そうだよね、アーヤ?」

アーヤは相変わらず床掃除に余念がなく、ごしごしこすって、何もかもきれいにしようとしている。

「もうすわったら? そうだ、ぼくらに何かひとつ、お話をしてよ」

するとアーヤはステファンの顔をうかがった。

「お話。おまえ、物語を語るっていうのか?」

ステファンはいって、ああそうかと、物のわかったような顔でうなずいた。

「どうせ、子どもだましの話だろ?」

アーヤがぼくのとなりに腰をおろした。

ステファンが身を乗り出してアーヤにささやく。

「語ってきかせてもらおうじゃないか。おまえの乗った船の話がいいな」

それからアラビア語に切り替え、前より優しい口調で話しかけ、アーヤのひざに片手をのせた。

するとアーヤは鋭い口調で何かいい、さっと身を引いた。ステファンがゲラゲラ笑う。

「アーヤ、話してくれるかい?」

ぼくがいうと、アーヤがうなずいた。

「彼、いまなんていったんだ?」

するとアーヤがかすかに首を横にふって見せた。きかないで、というように。それからステフアンに向かって、母国語、あるいは自分が不自由なくしゃべれる言語のひとつで語りだした。ふたりは何やら話しこんでいる。ぼくは話に聞き耳をたてながら、炎を見つめていた。いつまでも話は続き、問題はないように思えた。以前よりいい雰囲気で親しげなので、なんだかほっとした。

眠る時間になると、アーヤがぼくから離れて身を丸めた。炎をはさんで、その反対側にステファンが身を横たえた。

*

今日は何日目？　毎日が重なって溶けていくようだった。

もう数える必要もない。

生きていけるのだから。

ボートと太陽の日々は、思い出というより、悪夢だった。

いまではこの島で新しい生活をはじめ、楽園にいる気分を味わっている。

ふつうの世界からやってきたら、そうは思えないだろう。ここはほとんど何もない。あるのはわずかばかりの木々と、岩と砂ばかり。夜明けには、島はピンク色に染まるものの、日中はただひたすら暑い。日没には、空全体が火事になったように真っ赤に燃え上がる。

沖合は水平線まで濃紺に染まる。

アーヤは浅瀬で釣りをする。

ステファンはオーツ麦の入った袋を持っている。でもどこに隠しているのか、ぼくにはわからない。

ステファンに、蜂の巣を見つけた場所に案内してもらった。巣の下で火を焚いて煙でいぶすと、ほとんどの蜂が外に飛び出すから、そのあいだにハチミツを盗むのだ。

アーヤとステファンが崖のてっぺんに立って、何か怒鳴り合っている。ぼくはそのとき、海鳥の卵を採りに崖をおりていた。

三人それぞれ、身体に肉がもどってきた。アーヤの身体にも少し丸みが出てきた。ぼくもそうだ。入ってくる食物を余すところなく、すべて血肉にしようと、身体が栄養を吸収していくのがわかる。

アーヤの英語も上達した。学んだ言葉をすべて使いこなしているようだが、怒っているときだけは言葉が短く鋭くなり、ときにベルベル語が出ることもあって、そういうときに、ぼくはアーヤの言葉を覚えた。ぼくらがそうやって〝レッスン〟をはじめると、ステファンは退屈になって、ふらりとどこかへ行ってしまう。そうしてまたぼくらは、ふたりだけになる。

ふたりだけというのは、気楽だ。ぼくらのあいだでしかわからないことがある。それをなんと呼んだらいいのか。アーヤが悪夢にうなされているときにぼくが力になり、ぼくがふるえて汗びっしょりになっているときに、アーヤが頭を押さえてくれた。クジラの歌がボートをふるわせる場に居合わせた、あの体験もふたりだけのもの。どれだけ長いこといっしょに暮らしたところで、そういう強烈な体験をひとつも共有しない関係もあるだろう。そんなものがなくても、人と人との距離が縮まることはいくらでもある。でもぼくらは同じ体験をして近しくなった。そうなるしかなかったのだ。ボートで過ごしたあの時間は、アーヤのなかにも、ぼくのなかにも蓄積されて、これからもずっといっしょに生き続けることだろう。

ボートでふたり過ごした、あの最後の夜。ふたりいっしょに眠りに落ちるようなことは、しかしここではもう起きなかった。

ぼくらにはふたつの大きな心配がある。

ひとつはステファン。機嫌がよくなったり悪くなったり。彼がぼくらの上に立ちたいことはわかっていて(実際、リーダーづらをしているときがほとんどだ)、それがこの先どうなるのか。

もうひとつは、飛行機も船も、まったく見かけないこと。

晴れた日の夜、イギリスでは空を根気よく見つめていると、人工衛星が見えた。でもここではどうだ？　一度も見えたことがない。

いったいぼくらは、航路や空路から、どのぐらいはずれたところにいるのだろう？

嵐によって、別世界へ連れ去られてしまったような気がする。だれも到達できず、見つけられない場所に。あるいは二度と出られない場所に。

アーヤが以前の生活について話してくれた。楽しいこと、うれしいこと。丘で過ごす夏の日のこと、冬の村落の暮らしのこと。

ぼくは緑の草や木々が生えるニューフォレストを散歩したことを話した。飼い犬のベンジーを連れて歩いていると、雄ジカに出くわして、ベンジーがリードをぐいぐいひっぱるのを尻目に、シカのほうはじっと立ち尽くして、しばらくのあいだぼくらを見つめていた。

母さんと父さんは、いまごろどうしているだろう？　カナリア諸島にやってきて、いまもぼくをさがしているのだろうか？　それとも家にいて、からっぽの椅子を見つめながらテーブルについている？　どうやって話題をさがすのだろう？　ふたりはまだ、希望を持っているのだろうか？

そこで気分が重くなった。つらい思いをさせてすまないと、心からそう思った。

ぼくもつらい。それなのに、どんな生活をしていたのかとアーヤにきかれて、あれこれ思い出し、語り、感じるのはうれしかった。

4

海藻と葉っぱをつかって巨大な十字架をつくった。飛行機が上空から見えるように。ほんとうなら焚き火をしたいところだが、木切れは、小屋に火を絶やさずにいるだけの量しかない。これが次善策というわけだ。

最初は毎時間交替で、灯台近くのいちばん高い場所にあがって水平線に目を走らせる計画を立てた。でも結局その仕事は、ぼくとアーヤがほとんどやることになった。ステファンは薪を切ってこなきゃいけないとか、貝を採ってくるとか、さまざまな理由をつけていなくなるからだ。

ある日、アーヤとふたりで岬の突端にすわって釣りをしていた。ぼくは木で浮きをつくってあり、それで魚を釣ろうとしていた。餌はまったくないが、手ぶらで帰るつもりはなかったから、見張りの時間になっても、ずっとそこで粘っていた。

するとステファンがうしろから近づいてきた。

「おい！」

「しーっ」ぼくはいった。「魚が脅《おび》えて逃げちゃうよ」

ステファンがそばまで来て、腕組みをしてぼくらの前にぬっと立った。

「何?」ぼくはいった。

「どうして見張りをしない?」

「ああ、もうそんな時間か。だけど昨日は二食も貝だったから、今日はなんとしてでも魚を釣りたいんだ」

「船が来たらどうするんだ?」

浮きが水面で上下に動いている。どうか魚が食いついて海中に沈んでくれ。

「おい、きいてんだよ。船が来たらどうするんだ?」

ステファンがアーヤの肩をつかんだ。アーヤがもぞもぞ動いて立ち上がる様子を見せる。

「ぼくの番だ。アーヤは行かなくていい」

アーヤがステファンの顔をじっと見る。

「見張りは必要ないわ」

アーヤにいわれてステファンがかっとなった。

「行けよ!」

指をさし、地団駄《じだんだ》を踏んだ。アーヤは鼻でせせら笑っただけで、水面をじっと見つめている。

ステファンが恐い目でぼくらをにらみ、命令に従うのを待っている。けれどぼくらは動かない。

ステファンは立場がなくなっている。不思議なことに、ぼくはそれを気の毒に思った。

「船が来たらどうするんだ?」

またいった。

ぼくらは答えない。答える必要はなかった。船なんてこないとわかっている。ステファンだってわかっているはずだった。しばらくつっ立っていて、そのうち歩み去った。

それからは、日を経るごとに見張りの回数は減っていき、持ちまわりの計画など無視して、見にいきたくなったら見にいくという、それだけになった。ステファンに行けといわれたときは、絶対行かない。

しばらくすると、もうまったく行かなくなった。助けが来るとか来ないとか、そういう話も一切しなくなった。もう語り尽くしたという感じだった。

5

向こうはひとりで、こっちはふたり。しかもこっちは強い。もはや島はステファンのものではなくなった。灯台のふもとにある小屋はもともと彼のもの。そこに寝かせてもらえるおまえたちは幸運なんだとステファンは大きな顔をし、おまえたちにそばにいられるのは、ほんとうは迷惑なんだという態度を取っていた。こちらがムラサキイガイをむさぼるように食べ、魚の目玉も脳みそも吸い出して食べるのを見て、野蛮人だという。けれども、ぼくらが野蛮でなければ、ステファンだって困るのだ。獲物をつかまえて殺し、ココヤシの木にのぼって実をたたき落とす仕事を、彼は自分ではやりたがらなかった。それに、やっぱり話し相手が欲しいのだ。ぼくらがべつに自分たちのすみかをつくろうという話をしていたら、それは難しい、必要な材料もないのにどうやってつくるのかといってきた。彼が口にする言葉には多分にうそが混じっていることを、ぼくらはもうわかっていた。

何週間もひとりで過ごしてきたステファン。きっと彼が何よりも恐れているのはそれだ。またひとりになりたくないのだ。

＊

ぼくらは外で焚いた火を囲んですわっている。

「今日はよく釣れた。手作りの浮きがいい仕事をしてくれた」

その日釣れたのは巨大な魚だった。目玉がぎょろっと飛び出して、口をあんぐりあけた姿は、魚というより獣《けもの》じみていて、身もステーキ肉を思わせる灰色だった。素晴らしい釣果に、みんなでラム酒を飲んでお祝いすることにした。

ラム酒は魔法で出したように、いきなり出現した。ほかのものといっしょに、ステファンがどこかへ隠していたのはわかっている。ほかにどんなものを隠しているのか、興味をひかれる。けれどぼくらはきかなかった。

「こういう魚はいままでまったく釣れなかった。今日は浮きをつかって、水深の深いところへ針を沈めたから釣れたんだ。で、これはなんていう魚？」

ぼくがきくと、ステファンが肩をすくめた。

「さあ、なんだろう」

「漁師なのに、どうしてこういう魚の名前もわからないの？」

ばかにする口調でぼくがいうと、アーヤににらまれた。

「こいつは網にかかったことがない」

「へえ、そうなんだ。じゃあどんな魚をとっていたの?」

ラム酒が胃を刺激して焼けるように熱い。もうひと口飲んでみる。

「どんな種類の網をつかってたの?」

「おまえは質問が多すぎる」

ステファンが穏やかにいう。手を伸ばしてきて、ラムの入った瓶をつかみ、ぼくに飲ませないよう自分で持っている。

「もう正直に話してしまったらどう?」

「正直――に、だと?」

まるで言葉の意味が理解できないように、まゆを寄せる。

「そう。自分のことを。身の上話をききたいな」

ステファンがにやりとした。

「オレには話すことなんてない。物を語るなんていうガラじゃないんだ。だがアーヤ、おまえは語り部だとビルがいってたぞ。ひとつ語ってみてくれよ」

話題を自分からそらそうとしている。

「でもそれは子どもにきかせる話。あなたはそういう子どもだましの話はききたくないんでしょ、ステファン」

いわれたほうは皮肉を感じ取り、にやっと笑ってうなずいた。

「ああ、だが夜は長い」

「たのむから、話してよ」

ぼくはアーヤにいった。あれからもうずいぶん時間が経っている。話をきいた最後は、ボートで海を漂っていたときだ。

「ほら、話せよ」とステファン。

「だめ」とアーヤ。

それでもふたりしてしつこくせがんでいると、とうとうアーヤが折れた。ため息をひとつつき、火の向こう側にある岩の上にしゃがんだ。ひざをあごの下に入れ、頬をかんでまゆを寄せ、しばらく考えてから語りだした。

「朝日がのぼってきました。けれどもシェヘラザードはまだ、どろぼうの女の子、ルンジャの話を終えていません」

「え、そうなの？　じゃあ、ルンジャはどうやって命拾いしたの？　どんな話をスルタンに語ってきかせたの？」

ステファンはわけがわからないという顔で、ぼくらを交互に見つめている。ルンジャがルビーを持っているのをスルタンが見つけ、そのルビーをどうやって手に入れたのか、ルンジャに説明させようとする。そこでボートでの語りは終わっていて、そこからアーヤが話を始めたからだ。

「ビルはだまってきいていて」

アーヤに叱られた。

「その夜、シェヘラザードは王に、ルンジャが恐ろしいジンから自分の命を守り、ルビーを手に入れるまでの話をきかせました。そのジンは、太陽から生まれた悪魔シャイ・タンの僕《しもべ》。人間には決して屈服せず、悪行は収まることがありませんでした。このジンを倒せる人間はどこにもいないと、書物にも書かれていたのです！

王はシェヘラザードにいいました。『負け知らずだというのなら、どうしてそのジンはいま、地上を歩きまわって悪さをしていないのだ？』

『結局、彼は負けたのですよ』

『しかし、だれが負かしたのだ？　倒せる人間はいないといった。王が倒したのか？』

『いいえ』

『偉大な兵士か、王に仕える闘士か？』

『いいえ。影の戦士という少女です』

『少女にジンは倒せない。ばかげた話だ』

するとシェヘラザードがいいました。

『どうぞ、お好きに。信じたくなければ信じなくてけっこうです』

『王に向かって、その口の利き方はなんだ！』

『あら、ではわたしは首をはねられるのですね』

王はだまりこみました。プライドの高い王は、シェヘラザードが生意気な口を利くのが気に入らなかったのです。それでも王は……なんていえばいいの、ビル？　もっと、もっと知りたがる人」

「好奇心いっぱい」

ステファンがアーヤをじっと見つめ、話に熱心に耳をかたむけながら、ラムを口にふくむ。

「そう、王は好奇心いっぱいでした。あなたと、あなたみたいにね！」

アーヤはぼくらふたりを指さした。

「それに王はシェヘラザードの語る話が大好きでしたから、どうしても先を知りたいのでした。

『その少女はどうやってジンを負かしたのだ？』

『王さま、スルタンもそれが知りたかったのです。スルタンに乞われて、ルンジャは語りはじめました……』」

影の戦士

まだモスクも、教会も、シナゴーグもなく、書物も法律も生まれていなかった時代には、悪魔や怪物たちが跋扈《ばっこ》して、海や空を君主のように支配していた。

けれども長い年月が経つうちに、悪魔や怪物を恐れながら生きてきた人間が君臨するようになり、森の木々を伐採《ばっさい》して、いくつもの町をつくり、あちらこちらの海を航海して海図もでき上がった。

馬が飼い慣らされるように、土地も人間に管理されるようになり、ジンはとらえられて壺のなかに閉じこめられ、怪物は殺されるか、追放されて、人間はどんどん豊かになって肥《こ》え太っていった。

まさに人間の黄金時代。しかしジンはまだひとり生き残っていた。そのジンはかつて天国で天使に仕えていたのだが、人間に屈服しないために追放された。負けを知らないジンだった。

長いこと姿を見せないので、別の世界に行ったのだと人間たちは思っていた。それが突然、海に現れる夏の嵐さながらに地上に現れたのだった。

ジンは巨大な波を発生させて、海岸の一村を丸ごと打ち砕く。平野ではつむじ風を起こして畑の作物を台無しにし、家々を木っ端微塵《こ ぱ み じん》にする。瓶に詰めたベリーのように、人がぎっしり集まって暮らす都会には、伝染病をばらまいた。

ジンはまったく容赦なく人間を殺していき、行く先々で、詩人の耳にささやいて、あるメッセージを残していく。

オレは真夜中の墓よりも暗い。

オレは炎よりも強く恐ろしい。

オレはシャイ・タンよりも悪辣《あくらつ》だ。

このジンについては、さまざまな話が伝わっていた。人間が恐れるものには、必ず逸話がついてまわるものだ。

「かぎ爪のついた腕が無数にあって、自分に刃向かう人間の肉をがつがつ喰《く》らうらしいぞ」

「巨大なヘビで、口から太陽のような炎を噴くんだそうだ」

「美しい女で、歌をうたって船乗りを死に追いやるんだ」

「姿は人間の男だが、剣を持って戦うとき、その体は鋼《はがね》の盾《たて》に変わるらしい。水のなかで戦って、溺れ死にさせようとすると、魚に変身するんだって」

しかしジンがどんな姿をしているのか、ほんとうはだれも知らない。その姿をひと目でも見たものはもう生きてはおらず、人に話してきかせることもできないからだ。

この時代は、ある偉大な王が国を治めていた。民はなんの不満もなく、この王のいうとおりに暮らしていたのだが、ひとつだけ、王に願い出たことがある。あのジンをこの世から追放してほしいというのだ。

するとは民に向かって宣言した。

「真の勇者よ、ジンを倒せ！　いかなる武器、宝物でも、望むものはすべて与えよう！」

ジンの息の根をとめるのは、あらゆる民の願いだったが、だれも自分が戦いたいとは思わない。それで王はまた新たな宣言を出した。

「ジンを殺した者は、わたしの娘と結婚して我が息子となり、わたし亡きあと、娘といっしょにこの国を治めるものとする」

これをきいて多くの者が立ち上がった。最初に勝負に出たのは弓の名手。遠くから弓矢を射れば、一撃でジンを仕留められると自信を持っていた。

しかし何日もかけて山へ向かったものの、もどってきたときには、ジンの放つ光に目をやられ、盲目になっていた。

「あっけなくやられた。もう自分は二度と弓を構えることはできない」

敗者はそう語った。

次に挑戦したのは、この国で最も凄腕の騎手だった。馬を駆って、素早くジンの脚を切り取り、木のように倒してやると、これまた自信満々。倒れたジンの心臓をひと突きしてやるつもりだった。

しかし、何日も経ったころ、この男もやはりもどってきた。片脚と片腕を失って、杖をついて歩いている。

凄腕の騎手は泣き叫んだ。

「もう自分は馬にも乗れず、剣をふるうこともできない」

こんなありさまだったから、人々は以前にも増して恐怖に縮み上がった。

「ジンはどんな姿をしてるんだ？　どんな力があるんだ？」

「遠くから見たんだ。動く影が木々をめった斬りにしているのをな。こっちは驚いて、剣を放り出して馬を全速力で走らせた。それでも追いつかれてしまった！」

次に挑戦したのは、この国でいちばん頭が切れると評判の学者で、やはりこの男も山へ向かった。ジンは腕っぷしが強いだけでなく、誇り高く、剣や、いかなる剛力をもってしても倒すことはできないとわかっていた。学者が頼りにするのは自分の知能だった。

それでさっそくジンになぞかけを出して挑戦する。もし答えられなければ、ジンは誇りを傷つけられ、この地を去って、シャイ・タンのすみかである太陽に帰るだろうと思ったのだ。

しかしそれからしばらくして、この男ももどってきて、わけのわからないことをわめき散らした。頭脳をやられて赤ん坊程度の知能しかなくなっていたのだ。

こういうことが何度も何度も起きて、結局挑戦者がどんな技術を持っていようと、どれだけ腕っぷしが強かろうが、頭がよかろうが、ことごとく打ち負かされてしまうのだった。

そんなある日、チーヤという、「美」を意味する名を持つ少女が、このジンに挑戦することになった。少女はジンと話をすることで、この国から去らせるという。

　王は声をあげて笑った。

「おまえは単なる小娘じゃないか。馬にも乗れず、剣をつかうこともできず、弓を引く力もない。貧しさゆえに、ろくな教育も受けておらん。頭が切れるどころか、まったく物がわかっていないから、身の程知らずにもジンを倒せるなどと考えるのだ」

　チーヤは王の前に立ち、王の目をまっすぐ見つめた。そうして力強い声で、はっきりこういった。

「わたしはタカのように、油断ない目を持っています。力だってあります。オークの木のような力ではなく、若木のような力が。風に枝をしならせて、どんな嵐にも耐え抜くのです。頭だって切れます。ただし人々から盗みを働く商人のように切れるのではなく、商人から盗みを働くどろぼうのように切れるのです」

「もしおまえがジンを打ち負かしたなら、どんな褒美が欲しいのだ？」

「王さま、わたしの家族はひもじい思いをしている使用人で、奴隷に変わりありません。わたしは望みもしない相手と結婚することが決まっています。わたしたちが欲しいのは自由です。わたしたちはひとところに縛られない放浪の民なのです」

　これをきいて、廷臣たちは息を飲んだ。放浪の民のなかには、人間に屈しない獣や怪物や天使を崇拝する者がいるときいていたからだ。

「だめだ！　それはできない。かわりに宝石を受け取れ！」

「わたしたちに宝石は不要です。必要なのは自由です」

「それはやれんといっておる」

「それならジンは倒せません」

王は折れた。自由をくれてやったところで、自分の懐《ふところ》は少しも痛まない、そう思ったのだ。それに、この小娘が山からもどってくるとはとても思えなかった。もしもどってきたとしても、手足をもがれているか、盲目になっているか、正気を失っているか。もっと恐ろしい状態でもどってくるかもしれない。

チーヤはひとりで出発した。村や畑から遠く離れて歩き続ける。木々が一本も生えない荒れ地をさまよい、空と岩と雪しかない高い山にものぼった。狩りをする男も女も子どもも、だれも足を踏み入れず、火を焚くことさえない場所まで来ると、そこで足をとめた。ここにジンがいる。チーヤにはわかった。ひざをつき、太陽に顔を向ける。

「さあ、出てくるがいい。

真夜中の墓よりも暗く、
炎よりも強く恐ろしく、
シャイ・タンよりも悪辣なジンよ」

すると、詩人の耳もとでささやく、あの声がひびいた。

オレはここにいる。

「でも、わたしには見えない」

それでも、ここにいる。オレをだれも打ち負かせない。

「あなたがどういうものか、わたしにはちゃんとわかっている。どんな力を持っているかも。だから、あなたをあれこれ想像して脅《おび》えるようなことは、わたしにはない。わたしの家族は飢えて貧しい奴隷で、わたしの人生は、望まぬ男との結婚に縛られる。もし殺してくれるなら、それこそありがたいの」

「おまえたち人間に、オレは倒せない。なぜなら、おまえたちは絶えず恐怖につきまとわれているからだ。弓矢を射る者は、視力を失うのを恐れ、馬に乗る者はスピードを失うのを恐れ、学者は知能を失うのを恐れる」

「わたしには、恐れるものなんか何もない。わたしはあなたの秘密を知ってる。名前だって知ってるんだから!」

地面がゆれ、大気がふるえた。

オレの名前を知ってるだと?

ジンがそういうのをきいて、チーヤは勝てると思った。

「そう。あなたの名前は〝ない〟よ。

真夜中の墓よりも暗いものは、ない。

炎よりも強く恐ろしいものは、ない。

シャイ・タンよりも悪辣なものは、ない。

あなたの光は燃えるように強烈だけれど、そういう力が通用しない場所があるの。それは、わたしの心のなかの影。恐れるもののないわたしの心は、からっぽだから」

このチーヤを前にしては、さすがのジンも形なしだった。チーヤのいうことはまさに正しかった。恐怖心がこれっぽっちもないのだから、それが怪物に化けることもないのだった。

正体を知られたなら、オレの負けだ。だから、オレは消える。だがその前に、贈り物をやろう。

そういって、ジンは一個の宝石をチーヤに渡した。

これはファイヤーハートといってな。太陽でつくられた炎で燃えている。これでおまえの心のなかから影を追い出し、光を満たすがいい。恐怖を持たずに生きていくのは、必ずしも賢明とはいえないからな。

それだけいうと、ジンはそこを去り、主人のもとにもどって太陽のなかで永遠に燃え続けた。チーヤは王のもとにもどり、王は約束を守った。つまりチーヤと家族は自由になったのだ。


話を終えたルンジャはスルタンにお辞儀をした。

スルタンはルビーを見つめる。まじまじと、穴のあくほど真剣に。けれど、自分の着ているローブがまぶしすぎた。人々から盗んだ大量の宝石が放つ、強すぎる光に目がくらんでいた。まるでスルタン自身が太陽のようだった。そして、この太陽が放射する光があまりに強いので、ファイヤーハートのルビーはスルタンの目には輝いて見えない。夢に見たルビーとはちがった。

スルタンはいう。

「このルビーをどうしておまえが持つことになったのだ?」

「じつは、いまのお話に出てきたチーヤが、わたしの母親なんです」

ルンジャがいうと、スルタンは大笑いした。

「たいそうな話だな。だが、どろぼう、わたしはおまえの話を信じない。おまえは盗んだのだ。その……その……」

そこでスルタンはもう一度ルビーを見つめた。

「そのガラス玉を」

「いいえ、偉大なるスルタンさま。これは世にも珍しい、素晴らしい宝石です。スルタンさまの美しいローブのなかで、きっとこの上ない輝きを放つことでしょう。どうか、お受け取りください」

そういって、ルンジャはルビーをスルタンに差し出す。スルタンがルンジャの顔を見る。そして考えた。こんな小娘にばかにされてなるものか。それでスルタンはルンジャの手をはねのけ、ルビーは土ぼこりのなかに落ちた。スルタンは高らかに笑い、兵士たちもいっしょになって笑った。

そして彼らは歩み去った。

朝が来るたび、太陽は、あらゆる星々から光を奪う。スルタンは、自分のローブを飾るために、民の宝石をことごとく奪った。しかし彼には明けの明星の光は見えない。すぐ目の前にあるというのに。それで、毎日、永遠に、さがし求めるのだった。

＊

「それでルンジャはどうなったの？」

ぼくはアーヤにきいた。

「自由になった」

「だけど、ルンジャのお母さんは、逃げた王妃だ。チーヤが自分の母親だっていったのはうそだよ。最後は、ルンジャがこの国を治めるようにならなきゃおかしいって」

「そう。でもルンジャは自由になれただけで充分だった。たぶん他のお話では、ルンジャが女王になるという結末もあるかもしれない。だけど、この話はちがうの。ルンジャがお話をつくって、それで命拾いをしたというだけで充分なの」

「ねえアーヤ、太陽の将軍とか、王さまとか、スルタンとか、お話のなかにお話が入っていて、ややこしいよ。これってきみがつくった話なの？」

アーヤがにやっと笑った。

「ある部分は、そう。べつにいいでしょ？　だけどほとんどは記憶のなかからひっぱり出したものよ。お話はここに入ってる。これが本なの」

そういってアーヤは自分の頭を指さした。

「おまえの話のなかで活躍するのは、女ばかりなのか？」

ステファンがいって、ラムを一気飲みした。

「ぼくがきいたのは、みんなそうだった。どれも面白いんだ。ねえ、アーヤ、そういう話は全部、叔父さんから教えてもらったの？」

すわって自分をじっと見ているステファンにアーヤはちらっと目を向け、少し考えてからいった。

「そう」低く、やわらかな声だった。「叔父さんからきいた。それに母さんからも。寝る前にいつも話してくれた。何年も何年も」

「テレビや映画はないのか？」

ステファンがきく。

「映画は観たことがある」

「どこで？」

「もう眠る時間よ」とアーヤ。

「まだ寝たくない。おまえ自身の話をきかせろよ」

「話したくない」

アーヤがあごを突き出した。

「なぜ？　人に知られたくない秘密でも？」

「ステファン、そういう自分はどうなんだよ？　船が出るときに、あんたを見たって、アーヤがいってるぞ」

うっかり口走って、まずかったと気づいた。でもぼくは怒っていた。ステファンのアーヤに対する態度に。

ステファンはラムをぐびぐび飲みながら、アーヤをにらみつけている。アーヤも負けずににらみ返していて、表情に敵意と恐れの両方がにじみ出ていた。

「心配しなくていいよ」ぼくはいった。「あなたのことは、人にいわないから。たとえ救出されてもね。だけど、あなたは漁師なんかじゃない、そうだよね？」

ステファンがラムの瓶を地面に置いた。一瞬殴りかかってくるのかと思ったけど、そうじゃなかった。ただため息をついて、背中を丸めた。

「オヤジが漁師だった」

ステファンは相変わらずアーヤを見つめている。まるでいま初めて見るかのように。余計なことをいわなきゃよかったと後悔した。

「それで、あなたは？」

ぼくはさらにつっこんだ。

「オレはいろんなことをやってる。食わなきゃいけないからな。みんながみんな、金持ちの家に生まれて、楽な道を歩んでいけるわけじゃないんだよ、イギリスの少年。オレのオヤジは漁師で、タルベス、オレもいつの日か漁師になるかもしれない。船を買えるだけの金が貯まったらな。だが、漁師の仕事は命がけだ、わかるだろ？　そう年も取らないうちに死んじまうかもしれない。どんなにがんばっても、一匹も釣れないときもある。釣れなきゃ金は入ってこない。わかるか？」

「うん」

「いいや、おまえにはわからない。で、そういうおまえはなんだ？　全部オレたちに話したのか？」

「ああ、何も隠すことなんてないから」

「じゃあ、おまえは運がいいってことだ。それで？」

「それで何？」

「おまえの生活だ、おまえは何をやってたんだ」

「ええっと……ぼくは学校に行ってた。いい友だちがいた。犬を一匹飼ってた。母さんと、父さんがいて……まあ、どうってことのない、ふつうの暮らしだよ」

「ふつうって……？」

「うーん……どういえばいいんだろ」

そこで思った。ぼくの暮らしはそんなにふつうじゃないのかもしれない。少なくとも、ステファンやアーヤの暮らしとはぜんぜんちがっているはずだ。ふつうに見えていただけなのかもしれない。かつて、そのさなかにいたときには。

6

次の日の夕方、薪を集めていて、あたりが暗くなってきたので、小屋にもどった。

火がほとんど消えそうになっている。

「おいおい、しっかり見ててくれなきゃ困るじゃないか」

思わず文句が口に出た。

「アーヤ、ステファン、どこだ？　火が消えそうになってるぞ」

熾火《おきび》の上に薪を二本くべて、また大声で呼ぶ。

「アーヤ！」

外に出ると、風が強くなっていた。雲がびゅんびゅん流れ、夕日が空をオレンジ色に染めている。

ステファンの姿はどこにも見つからなかったが、崖にアーヤが立っているのが目に入った。

風にあおられて、顔まわりと肩まわりで髪が躍っている。

「何やってんだよ?」

　ぼくがいうと、アーヤがふり向いた。妙な笑みを浮かべている。手をつなごうと、自分の手を差し出した。

「見て!」

　黒い波がうねって、リーフに砕けている。海がまた元気を盛り返してきた。この島にたどりついて初めて見る大波だった。

「想像できる?」とアーヤ。「もしボートに乗っているときに、こんな波が来たら?」

　ああ。ありありと目に浮かぶ。

「嵐に遭ったときは運がよかった。けど、二度も幸運が巡ってくることはない」

「そうなの?」

「そうだ。でももう、危険な目に遭うことはないよ」

「だけど、船も飛行機もやってこなかったら?」

「来るよ、いつかきっと」

　アーヤがまゆを寄せ、マントの前をかき合わせる。

「ぼくらは運がよかったんだよ、アーヤ。嵐を乗り越え、お互いを見いだし、この島を見つけた。幸運といったけど、むしろミラクルのように感じる」

「ミラクルって?」

「まずあり得ないこと。まったく信じられないようなことさ」

「ふーん。ねえ、ミラクル、見たい？」

そういって、アーヤは秘密めいた笑みを浮かべた。

マントの下に手を入れて、小さなココナッツのお椀を取り出す。なかに布で包まれたものが入っていた。いっしょに腰をおろすと、アーヤがごくごく慎重な手つきで包みをひらいた。

夕暮れの光のなかで見るそれは、ボートのなかで見たときよりも、いっそう輝いていた。サファイヤ、エメラルド、コバルトブルーの宝石。どれもきらきら、ぴかぴか光っている。

「きみがこれを持ってるところを見たよ。ボートに乗っているとき。もしかして夢じゃないのかってそう思った。きみはお金持ちだったんだね」

「いいえ、そうじゃないの。これはわたしの村の宝物。お金を宝石に替えておいたほうが、持ち歩くにも隠しておくにも便利だから」

「どうして、きみが持つことになったの？」

「それはあとで話す。わたしの物語。Mais, ils sont magnifiques, non?」

「どのぐらいの価値があるの？」

「さあ。でもかなりの額になると思う。大金。悪い人たちがいた。そういう人たちが、うちの村から盗んでいった。それを取りもどしたの。いつの日か、この宝石を持って家に帰ろうと思ってる」

アーヤが手の上に広げた布から、ぼくは宝石をひとつ取り上げた。小さな青い小石みたいで、中心にちろちろ燃える光が見える。沈みかけた夕日にかざしてみると、その光が爆発するみたいに、ぱっと広がった。

「ワオ」

思わず感嘆の声がもれた。アーヤも真珠《しんじゅ》のような光沢がある白いオパールをつまんで、ぼくと同じことをした。

「そうね、ワオ」

いいながら笑っている。

宝石にすっかり魅入られて、うしろから近づいてくるステファンの足音に気づかなかった。

「おっと。スルタンが持っているような宝石だ」

キャンディの入った大瓶に、手をつっこんでるところを見られた子どもみたいな気分だった。驚いて宝石を手から落としてしまい、あわてて砂とほこりのなかをさがす。アーヤは宝石の包みを背後に隠した。

ふたりしてステファンの顔をまじまじと見る。向こうもこちらの顔をじっと見ている。だれも何もしゃべらない。

ステファンが一歩前に出てきた。ぼくらは下がり、身を寄せ合う。

風がぼくらのまわりを吹き抜ける。

ステファンがさらに一歩進み出た。ぼくらは動かない。

狂気と飢餓《きが》をはらんだ目でステファンがにらむ。ここで狩るのは得策かどうか、飢えたオオカミのように考えている。

地面につばを吐くと、くるりと背を向けて歩み去った。

＊

その晩、小屋にはもどってこなかった。

帰りを待ったが、さがしにはいかなかった。きっと気分がくさくさしているのだろう。ふたりが秘密を持ち、自分のいないところで、こそこそやっていたのだから。それでも気が晴れればもどってくるだろうと思っていた。

「さがしにいってくる」

アーヤがいった。

「やめなよ。いまは放っておいたほうがいい」

そのうち、うっかり眠ってしまった。寝るつもりはなかったのに。目がさめると、火が小さくなっていて、小枝が赤く光っているだけだった。

目をこすりながら起き上がり、薪を一本火にくべる。

アーヤの姿がない。外では風がヒューヒュー鳴っている。波が絶え間なく岸に打ちつけている。

嫌な予感がする。

「アーヤ、どこだ？」

もしかしたら薪を集めにいったのかもしれない。外は月がこうこうと光を落としている。それとも、ステファンをさがしにいったのか。

「アーヤ！」

もう一度大声で呼んだ。立ち上がると、身体がこわばっていた。

なんなんだ。心がもやもやする。小屋を出ていき、灯台とそのまわりをさがす。ふたりはどこに行った？　ボートの置いてある場所に行ってみようと思い、島のはずれを目指して走った。そう遠くまで行かないうちに、ふたりの怒鳴り合う声がきこえてきた。

ボートからもどってくるところらしい。ステファンはアーヤの腕をつかんでいる。アーヤはそれをふりほどいて離れようとしている。けれどステファンは手を離さない。

「彼女から離れろ！」

ステファンはぱっと手を離し、降参するように両手をあげ、にやっと笑う。

アーヤに駆け寄ってふりはらわれた手を取ろうとしたら、目を血走らせ、歯のすきまからヘビのようにシューシュー音をもらしながら、腕をさすっている。アーヤがうしろに下がった。

ぼくは走っていって、ステファンの胸をどんと突き、こぶしをふり上げて殴る構えを取る。ステファンは両腕をあげてうしろへ下がり、にやにやしている。

「わかった、わかった、イギリスの少年。だがおまえは弱い。ばかな真似はよすんだな」

そのとおりだった。ステファンのほうが身体も大きく、戦っても勝てる見こみはない。アーヤのことだって、好きなようにできただろう。ぼくがそばにいなければ。けれどいくらステファンでも、ふたりをいっぺんに倒すことはできない。

「何をしてた？」

「彼女はおまえに、自分の乗った船の話をしたか？　なぜ船に乗ったか？　どうして逃げたのか？　男たちが彼女をさがしてるんだ。港でな」

「男たちってだれ？　港ってどこ？」

「わかった、わかった、知りたいなら教えてやるよ」

ポケットに手をつっこんで、大きな鍵を取り出した。

「見せてやる。食料や火炎信号の道具。船がやってきたときのために持ってるんだ。全部見せてやったあとで、金の話をしようじゃないか」

ステファンはずかずか歩いて、灯台へもどっていく。アーヤは腕をさすっている。

「何かされたの？」

アーヤは首を横にふった。

ぼくはステファンの背中に向かって怒鳴る。

「金って、なんのことだよ？」

「女は金を持っている。とうの昔にわかっていたことだ。金がなきゃ旅行なんてできやしない。案の定、そいつはダイヤモンドを持っていた」

一度足をとめてふり返った。

「いくらかをオレに寄越すというなら、島を出るときに彼女を助けてやってもいい」

「島を……出る？」

相手の言葉が信じられなかった。

「出るって、どうやって？　彼女を助けるってどういうこと？」

「ひとりで故郷にもどるんだぜ。その身にどんなことが降りかかると思う？　そいつにはオレが必要なんだよ」

わけがわからないまま、答えが知りたくて、つまずきながらステファンについていく。いったい何を見せようっていうんだ？　どうやって島を出る？　自信たっぷりの口調だった。もとの世界にもどって当然というように。

ようやく追いつくと、ステファンは灯台のドアの鍵をあけた。なかから冷たい風が吹き出してきた。いったいなかはどうなっているのか。好奇心に駆られて足を踏み入れた。

「何も見えないよ」

自分の声が湾曲した壁に当たってひびく。

「火を取ってくる。そうすりゃ見える」

ステファンが小屋へ向かった。ぼくは暗闇に目が慣れるまで目を細め、暗がりのなかに手を伸ばした。湿っていてひんやりする。

「もしもし？」

なんでそんなことをいったのか自分でもわからない。答えは返ってこず、ただカビ臭い空気を風が洗っていくだけだった。それ以上奥に行くのはやめる。ステファンに閉じこめられるかもしれない。

「火、持ってきた？」

大声でいう。

強い力で背中をどんと押された。倒れて地面に顔を打つ。ドアが閉まって鍵がかかった。一巻の終わりを告げる大きな音。

闇のなかに取り残された。

＊

「アーヤ！」と声がかれるまで叫んだ。何度もドアを押して、たたいて、蹴りつけていると、しまいに両手両足が痛みに悲鳴をあげた。鍵穴を覗いてみると、鍵がまだ差しこまれていた。静寂。無音の中に、山ほどの疑問と、愚かな自分への憎悪がひしめいている。なんのために、ステファンはぼくを閉じこめたんだ？　アーヤから何を奪いたい？　彼女に何をするつもりなんだ？　アーヤがどこかに隠れていることを祈るしかない。もし見つかったなら、ステファンと戦え。アーヤはナイフを持っている。

そこで急に恐ろしくなった。彼が殺すか、彼女が殺すか。結局そこに落ち着くのだ。この島にルールはない。法律はない。これ以上やってはいけないという、歯止めをかけるものは何もない。灯台のなかに設置されている螺旋《らせん》階段はとうの昔になくなっていた。壁には穴があいていて古い窓もあるけれど、どれも脱出口としては位置が高すぎる。出口はどこにもなかった。

ここは密室。筒形の牢獄だ。

声を限りに叫び、もう一度ドアを蹴る。痛いだけだとわかっている。この場所の安全を疑わず、ステファンに島を出る手立てがあると信じた自分の愚かさに腹が立ってしょうがない。

イギリスの少年。結局自分はそれでしかなかった。

怒りが次々と爆発する。ステファンに対して、自分に対して、あらゆる物事に対して。

ここを出て、ステファンと戦わなければならない。必要なら殺してもいい。

「それは考えるな」

自分で自分にいった。

*

目が暗闇に慣れてきた。灯台の壁には、思った以上に多くの穴があった。以前は窓だったのだろう。そのひとつに手が届けば、外に抜け出せる。けれども、低いところにあるものでも、頭上を何メートルも超える。壁の表面に両手をすべらせてみると、錆びた金属の大釘が水平に突き出しているのがわかった。重いものを支えられるほど頑丈ではない。でもぼくは軽い。それにもう退路はすべて断たれている。

最初の釘は、足をかけたとたんに折れた。けれども二本目の釘はしっかりしていて、そこを足がかりに、素早く次の釘に足をかけ、そのさらに上の釘をつかんだ。壁にしがみつくようにして、つかんでいる釘と足をのせている釘で体重を支えながら、いまにも落ちるんじゃないかとびくびくしている。

釘が足に食いこんでくる。まるで拷問だ。なまくらなナイフの刃でできたはしごをのぼらされているような。それでもあせらず慎重に、釘の一本一本を試しながら、少しずつあがっていく。一歩進むごとに、痛みは増していった。ひとつ、錆がひどくてざらついた釘があり、それに足の裏を破られた。爪先に血がしたたり落ちてくる。それでものぼる、のぼらなきゃいけない。ようやく窓のところまであがり、そこに乗り上がる。向こう側へ身を送り出すと、石でこすられた腹から血が流れた。窓枠にあたる石の壁はもろくなっていて、不安定だった。ぐっと勢いをつけて両脚をふり上げ、外におろす。地面までかなりの距離があった。吐き気がしそうなほどの高さ。けれども腹の下にある石の壁はいまにもくずれそうで、やはり飛びおりねばならなかった。落ちながら飛ぶような形で、地面にドスンと着地した。

痛くてたまらない。足首を捻挫《ねんざ》し、足の裏も切れていたが、よろめきながら、薄闇のなかを駆けだした。

「アーヤ！　アーヤ！」

足をひきずりながら、海岸目指して走っていると、カモメのギャーギャー鳴く声がきこえてきた。それを追ってさらに走っていく。

東にそびえる崖の北にふたりが立っていた。背後には、岩の層が巨大な階段をつくって海に落ちている。カモメがふたりに向かって急降下をしかけるものの、すぐそばまで来るといきなり方向を変えて離れる。

ふたりは向き合って、アラビア語で怒鳴り合っていた。ステファンがアーヤに突進していく。

アーヤはさっとよけた。ステファンは激怒している。どうしてアーヤは逃げないのか。近づいてみて、初めて理由がわかった。アーヤはナイフをにぎっていて、それをめちゃくちゃにふりまわしてステファンを近づけまいとしているのだった。つかまってしまえばひとたまりもない。けれどアーヤにはナイフがある。月光を反射してナイフがぎらりと光った。アーヤは血走った目に激情をみなぎらせ、歯をむき出している。負けるよりは、ナイフをつかう。それがアーヤだ。

「ビル！」

アーヤがぼくに気づいた。その一瞬のすきに、ステファンがアーヤの手首をつかんだ。ふたりはもみ合ったが、ステファンが勝つに決まっていた。

「やめろ！」

もみ合うふたりは、身体を激しく回転させて、めちゃくちゃなダンスを踊っているみたいだった。いまではステファンがアーヤの両手首をつかんでいた。

ステファンがアーヤを崖のほうへ押す。両手の自由を奪われながら、アーヤは身体をねじって必死に抵抗する。しかしステファンは力任せにどんどんアーヤを押していく。崖の端に立たせるつもりらしい。

アーヤがナイフを落とした。ステファンがアーヤの身体をはねのけ、ナイフを取ろうとかがんだ。アーヤを寄せつけまいと、もういっぽうの手は上に伸ばしている。無理な姿勢でナイフをつかんだせいか、そこでぐらりとバランスをくずし、消えた。

アーヤはステファンが落ちた崖の下を見おろしてから、ぼくのもとへ走ってきた。ぼくらはぎゅっと抱き合った。アーヤがぼくの首に顔を押しつける。

「乱暴されたのか?」

「ノン。わたしはだいじょうぶ」

ぼくはアーヤから離れ、崖のへりへ走っていく。

ステファンは崖のふもと近くに、仰向けになって落ちていた。リーフの岩に手足を投げ出し、フジツボや海藻のなかに横たわっている。片腕が逆L字形に、片腕が直角に曲がっている。目も口もあいている。潮だまりに頭を垂らし、海水が血で暗くなっていくのが月光の下でわかる。

苦労して崖をおりていき、ステファンの横たわる数メートル手前まで近づく。

名前は呼ばず、息をしているかどうか、口もとをたしかめることもしなかった。わずかでも生きている気配がないか、まぶたを見ることもしない。死んでいる。はっきりわかる。樽《たる》にかぶさって浮いているアーヤを見つけて、死んでいるんじゃないかと思ったときがあった。けれど、これはそのときとちがう。明らかに死んでいた。

これはステファンじゃない。命の抜けがらだ。

アーヤも崖をおりてきた。ふたりして、何もいわずに長いこと死体を見ている。

「どうして?」とうとうぼくは口をひらいた。「どうして、もみ合っていたの? ステファンがぼくらのボートを寄越せといいだした?」

「ちがう。あの人は自分ひとりでボートに乗って海に出ることはできない」

「じゃあ、何？」

アーヤの顔に浮かんだ表情にぞっとした。まるで悪魔でも見たような、あるいは彼女自身が悪魔であるような、そんな表情だった。

「わたしの持っている宝石を欲しがったの。もどったときに、助けてやるからって。でも渡さなかった」

吐き捨てるようにいい、冷たい視線を死体に注ぐ。それから目つきをやわらかくして、ぼくに顔を向けた。

「もみ合いになったの。わたしは何も——」

「だいじょうぶ、あれは事故だった。ぼくにはわかる。見たんだ」

しかし、あっというまの出来事だった。実際に何が起きたのか、ちゃんと見ていたのだろうか？　それとも、自分の見たいようにしか、見ていなかった？　ステファンが落ちたのは、いったい……？

「彼が自分から落ちた。これは事故だ」

さっきよりもきっぱりといい切りながら、ステファンともみ合うのが自分じゃなくてよかったと思っている。もしぼくだったら、どうなっていた？　ぼくはどうしただろう？

波が岩と潮だまりに押し寄せた。潮だまりから、血に染まった水が海に流れだす。

「ここに置いておくわけにはいかないな。潮が満ちてくる」

岩場の斜面は急だった。自分ひとりでのぼりおりするのは問題ないが、死体を運んであがるのは無理だ。

「お葬式をするべきかな？　死に目に居合わせた者として――」

「水が来る」とアーヤ。「海が持っていく」

アーヤにとって、彼の死はそれだけのことなのだ。

ふたりでその場に立ち尽くし、じっと見守っている。

最初は影が見えた。次にひれ。海面が上昇するにつれて、岩棚の広い部分が水に覆われて、潮だまりは海と同化した。

さらにたくさんやってきた。浮き上がってはダイブし、あちらへ、こちらへと、素早く泳ぎまわっている。巨大というわけではない。それでも小さくはない。必死になって血の臭いの源をさがしているが、彼にはまだ近づけないでいる。

「ここで、ただつっ立っているわけにはいかない」

ぼくがいうと、アーヤがさらに下までおりて、ステファンの死体に近づいていった。岩棚に沿って歩きながら浅瀬のなかを少しずつ押していく。最後に力いっぱい押した。死体は海のなかに転がっていった。

潮の流れがそれを受けとめ、ベルトコンベヤーのように外海へ運んでいく。

海水が激しく泡立った。無数のひれが海面に突き出してうごめき、尾が水にたたきつけられる。

「見るな」

ぼくはごくりとつばを飲んだ。アーヤはまばたきひとつしない。それから影がやってきた。濃紺の海に灰色の影。巨大としかいいようがない。死体が、水のなかに引きこまれた。海が爆発する。

「見ないほうがいい」

でもアーヤは目をそむけない。それはぼくも同じだった。

＊

サメたちがいなくなったあとも、ぼくらは長いこと海を見ていた。

こんな結果になろうとは思いもしなかった。まったくの予想外。あまりに恐ろしいことが、いきなり起きた。いまと同じように、胃を殴られたみたいに嘔吐《おうと》しそうな気分になったことが以前にもあった。おばあちゃんから、自分は癌《がん》だと打ち明けられたとき。そして、父さんから、仕事を失ったといわれたとき。ロープがぴしっと切れて、船長や仲間たちが波のなかに消えたとき。

「恐ろしいことは起きる」ぼくはアーヤにいった。「何がなんだかわからないうちに」

何も感じない。一種のショック症状なんだろう。ただそのショックが、どこか遠くに感じられる。

ステファンとは長いつきあいじゃない。それでも、もっと強い感情にゆさぶられるのがほんとうだろう。なのに無感覚。いったいどうしてしまったのだと、自分の神経を疑うのが自然なはずだ。それがそうじゃない。ただ受け入れている。

もはやぼくは、「イギリスの少年」ではなかった。

7

嵐が近づいている。パンドラを見舞ったような嵐ではない。あれはどこからともなく、突然やってきた。この嵐は徐々に姿を現していく。波は着実に大きくなり、風も着実に強くなっていく。ぼくらは薪にする木をできるだけ多く集めた。海岸からヤシの木の葉を取ってきて、それをほうきがわりにして床も掃いた。ふたりで空き缶を洞窟に持っていって、水も満たした。

ここをステファンの小屋ではなく、ぼくらのすみかにする。彼の残したTシャツは取っておけば着られるだろうが、そうはせず、火をかき立ててから、棒をつかって炎のなかに押しこんで灰にした。

灯台のなかで、オーツ麦の入った袋と、ココナッツの実をいくつかと、あけていない缶詰数個を見つけた。瓶に入ったハチミツを見つけたときは、思わず歓声をあげた。どれも船が沈む前にステファンが持って出たんだろう。ぼくと同じように。ただし火炎信号を焚く道具はどこにもなかった。あれもまたステファンのついたうそのひとつだったのだ。

もろもろの作業を終えると、ぼくはオーツ麦とココナッツミルクと水を缶に入れてポリッジをつくった。ナイフの刃をつかってハチミツをすくって垂らす。ハチミツは天国から落ちてきた黄金のしずくのような味だった。

それをぼくらは急いで食べた。炎を見つめ、風のうなりに耳をかたむけながら。

食料も水も火もある。支配者づらするステファンはもういないが、かわりに小屋のなかに、からっぽの空間と沈黙が生まれた。外に出るたび、どうしても北に目がいく。あそこまで行って、また海中を覗きこみたい。その気持ちに歯止めをかけるのが大変だった。あの場所で釣りをしてはいけないと自分にいいきかせもした。サメがいて、そのうちの少なくとも一匹は巨大なのだ。影や妄想ではない。実際に現場を見たのだから。

ステファンは死んだ。どこにもいないのがわかっていながら、どこを見てもいるような気がした。彼に対するやましさも感じていた。ああいう事故が起きたせいではない。自分たちは、他の巣から盗みを働くカモメと同じだからだ。

カモメのほうは、そんなことは気にも留めていないらしい。小屋のまわりを気取った様子で歩きまわり、我が物顔で土をつっついている。そうかと思ったら、いつのまにか小屋の隅に自分の居場所をつくって落ち着いてしまった。

壁にあいた穴は防水布でできるだけ覆い、割れ目にもつっこんで、石のおもしをつけた。薪の山は風に飛ばされないよう小屋のなかに運び入れた。

地面に落ちているココナッツを拾い集めている最中に、上からもいくつか落ちてきて、ドスン、ドスンとすごい音がした。これが頭の上に落ちてきたらどうなるのだろう。

数日はしのげるだけの食料をたくわえた。

ボートについては、一度ならず確認しにいき、高い位置までひっぱって移動させて、裏返しにしておいた。

四六時中忙しくしているのは、迫り来る嵐のせいばかりではなかった。忙しくしていれば、あの事故について話さないで済むのはもちろん、考えないでも済む。

ふたりでだまってすわり、嵐の訪れを待っている。何か時間を埋める話題が必要だった。

「きみが持っている宝石、それにまつわる話をしてくれないか？　きみの物語を語ってほしい」

それでアーヤは語りだした。

＊

「高原でも町でも戦いがくり広げられていた。遠い昔から戦争はいつでも起きていたから珍しいことではないの。盗賊や密輸業者のあいだでも、ときには異なる部族間でも争いが起きる。いまに始まったことではないけれど、ちょうどいま起きているこの戦いは、これまでにないほど激しかった。

ある将軍は大軍を率いてやってきて、麦畑で麦を刈るように、次々と新しい土地へ踏みこんで剣をふるった。あらゆるものを破壊してまわり、どこに現れるのか、何をしようとしているのか、だれにもわからない。どの兵士がどの軍に属するのか、まったく見分けがつかず、争いのもとが信仰のちがいだったりすることもあって、ときにひとつの村のなかで、家どうしが戦ったりもした。あちこち移動して戦う軍もあって、そういった軍の兵士は、やることがとにかく素早い。村村を襲ったかと思うと、あっというまに丘のなかに姿を消す。男たちを山ほど殺し、女たちを奴隷にする。襲撃は無差別なのだけど、とりわけアマジグ族は徹底的にやられた。そしてこの戦いは、伝染病のように、町から村へ、村から野へ、野から丘へと広がっていった。

わたしたちは移動民族だけど、今では年がら年中移動しているというわけではないの。定住する場所を見つけて、しばらくほかのアマジグ族といっしょに暮らしている。まあ一年のうち数か月は旅暮らしなんだけどね。わたしたちは不毛の山にある高地のことを知っていた。そこにはかつて栄えた村があったのだけど、もうほとんど忘れ去られている。でも戦いが起こるとわたしたちはそこへ行くの。これといって何もない場所で、岩とわずかな樹木があるだけ。だれもこんなところには住めないといわれている。でも……」

アーヤがぼくの顔の前で指を一本立てて横にふる。

「わたしたちアマジグ族は、そこで暮らした。アルガンの木が生えていて、その葉をヤギが食べて、実からオイルを抽出する。ウサギを狩ることもできた。テントを張って、凍てつく夜は温かく過ごし、燃えるように暑い日は涼しく暮らす。ヤギはミルクを出してくれるだけじゃなく、その肉を野菜と交換することもできた。

ここなら安心だって、みんなそう思っていた。同じ山に軍隊も駐留していたけど、わたしたちは上へ、上へと移動して、道路などまったくなく、踏み分け道が通っているだけの高地までのぼって、そこにテントを張って数週間を暮らす。

ある日、わたしはいとこのサッキナといっしょにいた。彼女は十三歳。ふたりでニワトリを連れて山を歩いていた。わたしもサッキナもその仕事が大好きだった。これといってすることもなく、何時間も外にいられるから。ニワトリがいなくならないように、キツネに襲われないように、見張っているだけでよかったの。しばらくふたりで遊んでいると、下の野営地から兵士たちがあがってきた。わたしたちのテントへと近づいていく。黒い軍服を着て銃を持って。五人、いや六人はいたと思う。どうしてわたしたちの居場所を知ったんだろうと不思議だった。争いは起きず、怒鳴り声もきこえなかったから、ただ様子うかがいにやってきたんだろうと思った。

男たちが兵士と話をしているのが見えて、そのなかにわたしの叔父さんがいた。叔父さんは兵士たちに、火のそばにすわるよう勧め、お茶の用意もしている。それがわたしたちのやり方だった。たとえ銃を持っている相手でも、お客さんが来たらそうする。

でも兵士たちはすわらなかった。きっと簡単な話をして、すぐ帰るのかもしれない。それか、何か食料が欲しいのかもしれない。わたしはそう思っていた。ところが叔父さんを相手に、兵士たちの話はいつまでも続いて、どんどん声が大きくなっていく。しまいにひとりの兵士が銃を構えて、パンパン！」

アーヤが銃を撃つ真似をした。

「みんなはすっかり脅えて、うちの叔父さんが男たちを取りなして、なんとか和解しようとした。サッキナが、『もう放っておけない！』といって、父親のほうへ走っていこうとするのをわたしは腕をつかんでとめた。サッキナが声をあげそうだったので、口も押さえた。サッキナは勇敢な女の子なの。でも兵士たちは女だからって手加減はしない。わたしはいろいろ話をきいて知っていた。サッキナと自分の身に危険を感じたし、みんなのことも心配でならない。

それから兵士たちは、わたしたちのテントを家探しした。でも所持品なんてほとんどなかった。わたしたちの部族はそれほど貧しくはないけれど、かといって裕福でもない。移動生活をしているわけだから、そもそも物をそんなに持ち歩けなかった。お金は宝石のあいだに、結婚式なんかのときに身に着けるネックレスや指輪のなかに隠してあった。

自分たちは聖なる戦士だと兵士たちはいっていたけど、ほとんどは犯罪者だったと思う。食料や、銀や金、わたしたちの持っている宝石を奪うつもりだった。

お金は遠いところにいる、うちの部族の人間が持っていると、叔父さんはそういったけど、兵士たちは叔父さんの顔に銃を向けて、持っているものをすべて寄越せという。それでみんなで宝石をさがしてこないといけなくなった。出てきた宝石は兵士たちに奪われた。わたしたちが貝からをつかって貝から身をえぐり出すように、兵士はナイフをつかって欲しいものを手に入れる。

わたしとサッキナはだまって見ていた。はらわたが煮えくり返ったけれど、こうなったらもう、さっさと帰ってほしい。願いはそれだけだった。けれども連中が欲しがったのは金品だけじゃなかった。アマジグというのは、自由な民という意味。兵士たちは、その自由も奪いたかった。わたしたちが自由に暮らしているのが気に入らなかった。わたしたちは色とりどりの衣装に身を包み、宝石や黄金できらびやかに飾って歌をうたい、ダンスをする。わたしたちには音楽があった。

ナイル川から西の海まで、ひとつの国には属さない。たったひとつの国で生きることはしない。それにわたしたちには、古くから信じている信仰があって、たくさんの習慣があった。兵士たちはそういったものをすべて毛嫌いする。

まるでヤギでも追うように、兵士たちはアマジグの民をまとめて柵囲いのなかに入れた。わたしはサッキナと隠れているつもりだった。兵士たちが去るまで待つ。それから旅に出れば、また新しい村が見つかるだろうと思った。でも、兵士のひとりが銃で叔父さんを殴ったのを見て、サッキナが怒鳴って飛び出していった。それでわたしたちは見つかってしまった」

アーヤが言葉を切り、眉間にしわを寄せた。その先の言葉を見つけること、あるいは記憶をさぐることが、壁を突破するに等しい難行であるかのように。

「わたしもサッキナのあとに続くしかなかった。みんなといっしょになって戦うしかない。兵士たちは、空みたいにからっぽの目をしている。それを見て、この人たちは、なんのためらいもなく、あっさり人を殺せるんだとわかった。何かしないと、わたしたちは殺される。なんの理由もなく。

兵士はわたしたちを山からおろし、道路や畑のある町へ連れていく。おまえたちはここで暮らさねばならぬと兵士たちはいった。新しい生活。そして山ほどの決まり事。

数週間はいわれたとおりに暮らしていた。そこでわたしは男がふたり殺されるのを見た。自分のすぐ目の前で。

それから、ある男がもっと大きな軍を率いてやってきた。この男はものすごく地位が高いらしい。見た目はほかの兵士と同じ。同じ目をして、同じ黒い軍服を着ている。けれど命令権はすべてこの男がにぎっていて、なにかいうと、ほかの兵士たちは犬のように男を見つめ、この人に気に入られるためならなんだってするという感じだった。

その男が、人を数人連れていくといった。男だけだろうとわたしは思った。ところが……兵士たちは大人の女や若い女をかたっぱしから物色しだした。まるで市場で売られているヤギのように。

三人が選ばれた。そのうちのひとりがサツキナ。

どうしてサツキナが。まだこんなに幼いのに。叔父さんは兵士たちに抗議した。けれども、こういう男たちに逆らってはならないと、それはだれもが知っていることだった。それでもわたしはいった。『この子はまだほんの子どもですから、連れていくならわたしを連れていって』と。男たちは声をあげて笑った。こいつを連れていっても意味がないと思ったのだろう。わたしはなんでもいわれたことを従順にやる女じゃなかったから。でも、そのときにはもう村じゅうの人たちが怒っていて、兵士たちを恐れながらも、幼い娘を連れていこうとすることに対して、次々と抗議の声があがっていた。

力尽くで好きな女を連れていくこともできた。けれども、ここは波風を立てずに、サツキナをあきらめるほうが得策だと兵士たちは考えたらしい。そのいちばん偉い男がわたしに目を向け、よろしいといった。

その男には指導力があった。頭がよく、無駄に事を荒立てない。それでわたしが兵士たちといっしょに村を出て、海へ向かった。兵士たちは、わたしに何をさせようというのか。意図はわからない。それでも着いたところには船が並んでいて、どの船もヨーロッパへ向かうらしいことがわかった」

「じゃあきみは、兵士たちをだましたんだね？」

ぼくがいうと、アーヤの目に怒りが燃え上がった。

「やつらは、わたしたちから奪ったの。それをわたしが取りもどしただけ。連中はわたしたちをある家に隠した。兵士たちが四六時中出入りしてる家に。窓から外を覗いていると、兵士たちが港の男たちと話をしているのが見えた。そのなかにいた若い男のひとりがステファン。わたしたちはその家のなかにいて、夜になると兵士たちのために料理をつくった。料理ならわたしにできるからと、自分から進んで動いた。なぜって、兵士のなかに、宝石と部屋の鍵を持っている者がいるのを知っていたから。実際に取り出して見ていたの。それでわたしは兵士たちにどんどん酒を飲ませ、料理をたくさん食べさせた。

その男が眠っているときを狙おうと思った。何時間も待って、勇気をふるいおこした。夜中に起き上がって、男に近づいていく。実際に行動を起こすと、思っていた以上に恐ろしくなった。男が目をさましたら、わたしは殺される。けれども、このままずっと男たちといっしょにいたら何が起こるか、それを考えたら、行動しないわけにはいかなかった。

とにかく鍵を奪って逃げる。奪うのは鍵だけ。ところが同じポケットに、男は宝石も入れていた。その宝石はわたしたちアマジグ族のもの。

そのときは、何が正しくて、何が悪いことなのか、わからなかった。

それで宝石も奪って逃げた。男たちはわたしが盗みを働いて逃げるなどとは思ってもいない。そんなことをしても、必ず見つける自信があったんだと思う。わたしの胸からはもう恐怖心は消えていた。ほかの女たちのなかに、目をさましている人がひとりいて、いっしょに逃げようと手招きしたけれど、相手は首を横にふった。恐ろしくて、とても逃げる気にはなれなかったみたい。わたしはそこに居残るほうが恐ろしかった。

ドアをそうっとあけて、それから走った！　すぐに追っ手が現れた、わたしはゴミのなかに隠れた。日中ずっと隠れていた。日が沈むと、女の人がひとり近づいてきた。『わたし、ここから逃げるの』と、その人にいったら、『このあたりは不毛の土地で、逃げた女には追っ手がつくし、身を隠す場所などどこにもない』といわれた。『ここにいれば、必ず見つかる。何もない場所で逃げ続けても、必ず見つかる。けれど船に乗りこむという手がある』と、その人は教えてくれた。お金を持っているなら船に乗って逃げればいいって。それでその人に宝石をひとつ渡して、助けてくださいと頼んだ。するとその人のお兄さんが明日の朝、船を出すという。わたしが船に乗って逃げるとは、まさか男たちは思わない。きっと家に帰りたくなったのだろうと思うはず。だからわたしは船で逃げることにした。

宝石ひとつと交換に船に乗せてもらえることになった。それで男たちに見つかる前に、わたしは逃げた。

ステファンはダイヤモンドを見て、わたしがその逃げた女だとわかったの」

＊

夜になって嵐が襲来した。雨、風、稲妻《いなずま》。

嵐は以前にも経験した。ぼくはそのとき、海で手漕ぎボートに乗っていて、アーヤは石油樽《せきゆだる》にしがみついていた。いまはさっぱり乾いた暖かな小屋にいて、マントの毛布にふたりでくるまっている。

雷鳴がひびいたときには、思わずヒッと声をあげた。アーヤはまるでジェットコースターに乗っているように甲高い悲鳴をあげた。

屋根をたたく雨が、穴やすきまを見つけて小屋に侵入する。濡れないように、ふたりして小屋のなかを始終移動してまわる。雨は炉の火にも降りかかっていき、炎がジュージュー音を立てる。

まあ、この程度なら心配はない。

いつもより早い時間に眠ることにした。ぼくがアーヤの背中側に横になって、ふたりの身体をマントでくるむ。

そのころになると雨の攻撃が一段と激しくなって、壁のすきまから飛びこんでくるなり、炎を蹴散らし、火の粉を宙に舞い上げる。ジュージューシューシュー音がして、ぼくは眠れない。小枝と海藻でつくったベッドに、火が燃え移るんじゃないかと、気が気じゃなかった。けれどそのうち、うとうとしてきて、不思議なことに心も落ち着いてきた。ここにいれば安全だと、そう思えたのだ。

＊

未明から、本攻撃が始まった。これまではすべて警告に過ぎず、これからが本番だというように。

稲光が、小屋を一瞬、白昼に変えた。稲妻が地をびりびりとふるわせる。風に滅多打ちされて、小屋までがふるえ上がっている。

アーヤが目をさました。

風がドアがわりにしている防水布を押しのけて入りこみ、炉の火を吹き上げて床に広げる。防水布が壁から引きちぎられ、バタバタ暴れる。飛ばされると思い、あわてて飛び出していって押さえるものの、手からすり抜けて宙に飛んでいった。

カモメがよたよた歩いていって、小屋から飛び立った。

外に出た瞬間、風になぎ倒されそうになった。白い閃光《せんこう》のなか、水の壁が崖を殴打しながら上陸しようとしているのが見える。

大波が向かってくる。津波だ。海がみるみる盛り上がって高さを増してくる。

「缶を集めろ！」ぼくは怒鳴った。「あるもの全部！」

こけつまろびつしながら、缶やナイフを集めてまわり、全部をマントにくるんだ。

外は風が激しすぎて、立っているだけでも大変そうだった。ふたりいっしょに前のめりになって飛び出した。両足を地面に強く踏ん張っていないと、あっというまに飛ばされてしまう。

「灯台へ！」

アーヤが怒鳴った。

「だめだ！　小屋が浸水したら、灯台だって……洞窟へ行こう」

頭を低くして、一歩一歩先へ進んでいく。容赦ない突風に襲われると、もう一歩も先へ進めず、お互いの身体に必死になってしがみついているしかなかった。

「ボート！」アーヤが怒鳴った。「安全な場所に移さないと」

稲光を頼りにボートが置いてある場所へ向かう。まもなく目に飛びこんできた光景に、一瞬にして背筋が凍った。水平線が巨大な瀑布《ばくふ》に変わって落下している。風がボートをぐいぐいひっぱり、岩の上をひきずって海へ持っていこうとしている。海がその指でボートをつかむ寸前に、ふたりで飛びついていって押さえる。

ボートを苦労してひきずっていき、できるだけ高いところへ持っていく。ここまでが精一杯という地点までくると、ひっくり返してから、岩陰にしっかり押しこみ、へさきのロープを大きな石に結びつけた。櫓と甲羅《こうら》もボートの下に隠し、あちこち手探りしながら風が下から入りこんで持っていかれないよう固定した。

そこまでやっても、風は執拗にボートに吹きつけ、押しやろうとしている。

「ここに置きっぱなしにはできない！」

ぼくの怒鳴り声に発奮《はっぷん》するかのように、風がなおも激しく吹きつける。またもや稲妻が落ちて空を切り裂いた。アーヤが地面にしゃがんで身を低くし、風に吹き飛ばされないようにする。

木が空を飛びまわるという、信じられない光景が目の前に出現していた。自分にどれだけの威力があるのか、嵐が腕を見せつけているようだった。

「洞窟へ！」アーヤが叫ぶ。「ここにはいられない」

風がわずかに弱まった一瞬に乗じて、ぼくらはつまずきながら、お互いを自分の錨《いかり》にして先へ進んだ。

どうやって浜辺に出る道を見つけたのか。岩を下り、風にしなって身をたわめる木々のあいだをすり抜け、足首まで泥に浸かりながら歩いていたのは覚えている。木が折れるパーンという鋭い音を耳にしながら岩を這い上がっていって、洞窟の入り口に身体をつっこんだ。地上からこれだけ高い位置にいられるのが、ひたすらありがたかった。

四つん這いになって、奥へ奥へと進んでいく。ある程度までいったところで水たまりの横にマントを敷き、ふたりで横になる。荒い息づかいとため息が洞窟の壁にこだまする。アーヤは恐怖とショックで、哀れっぽい声で泣いていた。

水たまりの左側は岩棚になっている。そこへあがっていって、アーヤもひっぱり上げた。濡れていないのを確認して、そこでまた横になる。

「きっと……わたしたち……もう死ぬんだわ」

アーヤが歯をカタカタふるわせながらいった。

「いいや、まだだ。ぼくらは平気だ。死なないよ」

そういったつもりだが、ぼくのほうもふるえていて、口から思うように言葉が出ていかない。

「だいじょうぶ。だいじょうぶ」

そこでふと思った。海はここまで手を伸ばしてくるんじゃないか？　そればかりはわからない。

アーヤの服が濡れて冷たくなっている。どうしようもないほどふるえている。

闇のなかで手を伸ばし合い、固く抱き合う。だんだんに暖かくなってきて、ついには眠りに落ちた。

8

翌朝は遅くに目ざめた。嵐は去っていた。洞窟の入り口から外を覗くと、新しい世界が広がっていた。

木々はほぼ壊滅状態で、完全に姿を消したものもある。土や砂の地面に、根だけがぎっしり詰まった穴が口をあけていて、風に引っこ抜かれて地上部分だけがどこかへ飛んでいったとわかる。地面のそこらじゅうに散らばるココナッツの実。

ぼくらのボートも移動していた。風のせいか、波のせいかわからない。なんらかの奇跡が起こったように、海ではなく、内陸へ移動していた。船体にひびが入っている。

思わず怒鳴ってボートを蹴った。これをどうやって直せというのか。とはいえ、ボートに乗って海に出たいとは思わない。サメがいるのを知ったいまとなっては。

ぼくらのすみかだった小屋は荒れに荒れていた。床は水に浸かって、灰と海藻と小枝が散乱している。棚は消えていた。出入り口が大きくなって、壁をつくっていた石が、土の上にばらまかれている。

岬の突端まで歩いていく。引き潮で岩が顔を出し、何千という貝がらや死んだ魚が散らばっている。あのカモメも岩場におりて、ほかの海鳥たちといっしょに腹いっぱい食べている。鳥たちがあれだけの嵐をどうやって乗り切ったのか、不思議だった。

＊

数日が過ぎた。

生活は通常にもどった。ぼくらにおいての通常だ。

防水布が海岸の岩にはさまっているのを見つけた。木の葉や、木から折れて落ちた小枝を拾い集めてベッドをつくりなおした。

ココナッツの実と木を積み重ね、太陽と割れた瓶をつかって新しく火も熾《おこ》した。充分な日差しがないと成功しないので、二日間は生の魚を食べた。

強烈な熱を嵐が洗い去ったようだった。相変わらず暑いけれど、そよ風が吹いてきて、空に雲がかかり、ときどきにわか雨も降った。嵐のあとの静けさなのか、季節が変わる印なのか、ぼくらにはわからない。

＊

ぼくとアーヤの関係にも大きな変化があった。

あの嵐の晩、洞窟で抱き合って眠ったとき、ぼくらはこれまで以上に近づいた。恐かったし、きっと死ぬと思ったからだ。でも、近づきすぎたんだろう。雷が世界を攻撃するあいだ、ふるえながら、ふたりずっと抱き合っていた。それはアーヤにとって正しいことではなかったのだ。ひょっとしたらステファンもまた、彼女に近づきすぎたのかもしれない。そのことをアーヤは何もいわなかったけれど。嵐がぼくらをひとつにしたと、あの晩はそう思っていた。けれど実際はそうじゃない。あれ以来ぼくらがそこまで近づくことはなかったから。アーヤがそうはさせなかった。ぼくと自分とのあいだに新たな壁を築いた。以前よりもっと頑丈な壁を。

飢え死にすることはなさそうだったが、相変わらず腹はすかせていた。食べるものはあるが、ハチミツはそんなに残っておらず、オーツ麦がなくなれば口に入る炭水化物といえば、ぐしゃぐしゃにつぶした海藻だけだった。

ぼくらはステファンから島を受け継ぎ、陸と海を制したと思っていた。これで生き残れると思った。

そして来る日も来る日も、生き抜いた。

でも、いったいいつまで続くのか？

9

アーヤがそれをいいだしたのは、あの嵐から一週間ほど経った日だった。ぼくも考えていたことだが、口に出しはしなかった。どう考えたってあり得ないことだったから。

小屋のなかにいるときだった。夕食の魚を前に、アーヤはいっこうに食が進まない。

「だいじょうぶかい？　なんか、ずっと……静かだから」

アーヤは指の汚れをきれいになめ取っていく。

「ビル、わたし、あなたに……話があるの」

「話せばいい」

すぐには切り出さず、頰を吸って炎を見つめている。

「わたしたち、ここを出るべきよ」

「嵐が来たら安全じゃないから？　だけど、ここを出てどこへ行く？　洞窟か？　あそこは湿気が多い。灯台は雨風をしのげる屋根がない。この小屋よりしっかりしたすみかをつくるのは無理だよ」

「ここを出て、もとの世界にもどるの」

　ぼくは椀を置いた。

「アーヤ。いまのところ、飛行機も船もまったく来ない。だけど、もしみんながぼくらをさがしているんだとしたら……必ずここに来るはずだよ。最終的にはね。たぶんステファンの仲間がさがしている。きっと連中はこの島をつかっていたはずだ。だからステファンの乗った船がこの近くで沈没したんだ。きっとそうだよ」

「人が来るとは、もうとても思えない。わたしたちが出ていかなきゃ」

「きみだって、あの嵐を体験した。ボートに乗っているときに、あれが来たらどうする？　ここにいるのがいちばんだ。だいたい、ボートにはひびが入ってる」

「出ていかなきゃだめ」

「危険すぎる。死ぬかもしれない」

「やってみなきゃ」

「ここは安全だ」

「だけど、安全じゃなくなる場合もある。それがわかったでしょ」

「ここには食べものもある」

「それだけじゃ充分じゃない。それに、もしどちらかが病気になったら？」

「だいじょうぶだよ。だれから風邪が伝染《うつ》るっていうんだ？」

「とにかく、わたしたちは家に帰らなきゃいけない」

もう心を決めているようだった。ずっと静かだったのは、考えに考え抜いていたからなのだと、ようやくわかった。

「家に帰りたいの。もし人を見つけたら。もし人に見つかったら。きっと……」

そこでアーヤはため息をついた。うまい言葉が見つからないようだった。もう一度大きなため息をつく。

「家に帰りたい。宝石をお金に換えて、故郷のみんなを助けたいの。それに、もしかしたら、いつかまたいっしょになれるかもしれない。あなたと、わたし」

〝いっしょ〟というのが何を意味するのか、ぼくにはわからない。

「何が起きるかなんて、先のことはわからないさ」

ぼくはいった。本音だった。

「ねえ、アーヤ。きみとぼくは、いま、ここではいっしょだ。この世界には国境も国も法律もない。でも前の世界はどうだった？　とにかく、何が起きようと、ぼくはきみといっしょにいる」

アーヤは首を横にふった。

「無理よ。イギリスの少年が行方不明になれば、新聞に出るでしょ。前にもいったけど、わたし、報道されたら困るの」

両手をひらき、上に向けた手のひらを上下させて強調する。きっぱりといい切った。

「たとえ最初はいっしょにいられても、それからどうなるの？　そのあとは？　あなたはイギリスへ行く。わたしは家族をさがしにいく。必ず家族を見つける。だけど、おおっぴらには帰れない。人目を避けてこっそり動かないといけないの。だって、わたしが宝石を持っていることを、あの男たちは知っているんだから」

「だけど、いったいきみはどうしようっていうんだい？　どうやってみんなを自由にする？」

「影の戦士みたいにして」

真面目な顔でいう。本気のようだった。

自分は彼女といっしょにいられるか？　いや、アーヤのいうとおりだ。ぼくだって家へ帰らなきゃいけない。先の展開が目に見えるようだ。それはさみしい。

「わかった。ぼくはきみのもとへ必ずもどる。きみのほうの状況がわかったら、ぼくがきみをさがしにいく」

アーヤは両手をおろし、壁をまじまじと見つめる。ぼくはますますいらだってくる。

「もどってくるよ。ぼくにできることはなんでもする」

「あなたに、何ができるの？　結局、わたしじゃなくて、あなた。世の中のことをよくわかっていないのは」

ぼくはナイフを取り上げた。ルビーの誓いをするつもりだった。けれどアーヤはぼくからナイフを取り上げ、地面に置いた。

「あなたは自分のいっていることがよくわかっていない。誓いなんてやめて。破るかもしれない約束なんてしないで」

「ちがう、ぼくは本気だよ」

炎がはじけてパチパチいう音と風のそよぎがきこえる。

「あなたの生活はどうなるの？　イギリスにもどったら？」

「次は六学年ってことになるな」

「どういうこと？」

「高校三年ってこと。それから大学に入る。ぼくは研究者になりたいんだ。海洋生物学を研究しようと思ってる」

口に出して初めて、そういう未来を自分が望んでいないのに気づいた。今回のことで――ボートと島の生活体験によって、すべてががらりと変わってしまった。もう自分が何になりたいのか、何ができるのかわからない。もとの世界にもどったとしても。

「で、きみのほうはどうなんだ？」

「さあ。でも、家族や仲間を助けなきゃいけないことはわかってる。あなたとわたしには、ちがう旅が待っている。だけど、とにかくいっしょに出発しなきゃ。ここを出なくちゃいけないのよ」

アーヤはそういって、自分の前から食べものを押しやった。

「こんな話はばかげてるよ、アーヤ。絶対成功しない。ここを出るなんて、あり得ない。助けが来るのを待つしかないんだよ」

「感情抜きで論理的に考える。事実を受け入れるのが得意なあなたなら、当然わかっているはずよ。助けは来ない。わたしたちが自力で帰らないといけないの。帰れると信じて」

「たとえ出発するにしても、そのためには長い準備期間が必要だ。何週間もかけて、魚の干物やカモメの卵をたくわえて、ぼくら自身も長旅に耐えられるだけの体力をたくわえないと。長旅に必要なものを山のように用意しなきゃいけない」

「すぐ出発しなきゃだめ」

「いま？」

アーヤの瞳と声に悲しみが重くにじんでいる。

「そう。できるだけ早く」

「アーヤ、ぼくらふたりはいつもいっしょだ。けど、きみの意見に従って、ふたりいっしょに死ぬことはない」

「お願い」

火明かりが反射して、涙に濡れたアーヤの目が光る。

外に飛び出したいと思った。この状況から逃げ出したい。こんなアーヤを見ているのは嫌だった。それでも……。ぼくは火にかがみこんで、自分の頭を指でたたいた。

「アーヤ、よくきいてくれ。きみのいうことには論理がない。道理に合わないんだ。事実から目をそむけちゃいけない。真実と向き合わないと。ここを出たら、ぼくらは死ぬ」

「もう一度いうわ。たしかにあなたは、その論理ってものがわかってる」

アーヤの声がだんだんに大きくなる。

「だけど、すべてをわかっているわけじゃない。ここを出て、わたしたちが生きていけるかどうか、それはあなたにだってわからない。この先にも長い人生が、幸せな毎日が待っているかもしれない。だいたい、ここにいたって死ぬ可能性はあるのよ」

「わかってるさ。そんなことはわかってる。そういうことも考えたさ。けど、海に出たら、何が起こるかまったくわからない。ぼくらが予想しない、とんでもないことになるかもしれないんだ。だからぼくはここを出るつもりはないし、いますぐなんて冗談じゃない。きみだって前に自分でいってたじゃないか。もしこの嵐が、ボートに乗っているときにやってきたらどうするって？　ちょうどハリケーンのシーズンに入ったかもしれないんだぞ」

アーヤは腕組みをした。

「そもそも人生なんて、わからないことだらけよ。わたしはひとりでここを出る」

「あのボートに乗って海になんか出られない！　穴をふさいで修理したところで、持ってせいぜい一日か二日だ。きみひとりで行かせるわけにはいかない。話は以上」

ぼくはナイフをつかんでイガイの身をえぐり出し、口に入れた。

アーヤがぼくの真似をする。

「ナイフでガンガン。ココナッツをクチャクチャ。ヤギみたいな食べ方！」

それだけいうと立ち上がって、外へ出ていってしまった。

次の日は口をきかなかった。お互いを避け合うままに日が暮れた。そのあとも、わずかに言葉をかわしただけだった。

「ここから出なきゃ」

アーヤがいう。

「出ない、きみひとりじゃ出られない」

「出る。あなたが行かないなら、わたしひとりで行く」

「だめだ」

「行く」

「だめだといってる」

「行くの」

「だめだ！」

「行く！」

ぼくは深いため息をついた。

「ビル、わたしは家に帰る。サッキナを見つけたいの。わかるでしょ？」

わからない。ぼくだって家に帰って、母さんや父さんに会いたい。だからといって、無理なことに挑戦して死ぬつもりはなかった。

嵐のあとからずっとそうだったように、その日も火をはさんで、ふたり別々に眠った。

＊

朝になると、ノートを持って岬のへりに腰をおろした。自分たちに残された選択肢について考え、起こり得ることのすべてを検討してみることにした。

アーヤはここを出ると、もう心を決めている。その決心を変えることもできる。ぼくがそう望むなら。ずっと見張っていて、アーヤが夜明けにこっそり出ていくのを阻止することもできる。

アーヤは本気なのか？　本気でここから出て、たったひとりで海を漂流するつもりなのか？

ぼくらに残された選択肢を箇条書きにしてみる。

1　ふたりでとにかくここにいて、助けが来るのを待つ。あるいは死ぬのを待つ。
2　ふたりでここを出て、もといた世界にもどる。
3　ふたりでとにかくここを出る。そうして太陽という悪魔、海という怪物、嵐と対決する。そして死ぬ。

それから、これまでに経験したことをリストアップしていく。


ウミガメを殺した。

手漕ぎボートに乗って嵐を切り抜けた。

魚をとって、生で食べた。

ボートから出て海で泳いだ。

クジラたちに囲まれた。

王や悪魔の物語をきいた。
無数の星が散らばる夜空を見上げた。
野生の海鳥を手なずけた。
女の子を救出した。
女の子にずっと助けられた。
死体を見た。
サメを見た。

どうしてこれまで、こういうことについて、何もノートに書かなかったのか不思議だった。それで、いつか必ず書こうと自分に約束した。きちんと書き留めておけば、ぼくらの経験は守られて現実に起きたこととして永遠に残る。そうしないと、記憶は時とともにみな薄れて、現実感も希薄になっていく。

そこでステファンのことを考えた。アーヤともみ合っていた場面がよみがえる。思い出しただけで恐ろしくなるものの、あれは痛ましい事故だったのだと自分にいいきかせる。

事故。そう、まさにそうだった。ステファンがアーヤを突き飛ばし、ナイフを拾おうとかがんだところで、崖から落ちたのだ。

それとも、突き飛ばしたのはアーヤのほうだったのか？　それともふたり同時に相手を押した？

実際どうだったのか、正確なところは思い出せなかった。ほんとうに一瞬の出来事だったから。
でも、あれは事故だった。

将来の断たれた夢——

大学へ行く。
酔っ払う。
結婚する。
子どもを持つ。
山に登る。

もう二度とできないこと——

ピザを食べる。
映画を観る。
ベンジーを散歩に連れていく。
母さんと父さんに会う。
風呂に入る。

サッカーをする。

そこでペンを置いた。このリストは果てしなく続くとわかったからだ。

最初に書いた三つの選択肢にふたたび目を向ける。

どれも〝ふたりで〟から始まっている。

はたして、この三つ以外に選択肢はないのか。

アーヤがオールをつかってボートを漕いでいるところを想像する。ボートがみるみる小さくなっていき、水平線上の小さな点に変わって、ゆっくり姿を消す。

ぼくは火のそばで食事をする。目がさめる。ひとり。

行かせないこともできる。やっぱりとめよう。しかしそれと同時に、ぼくに彼女をとめる権利はないとわかる。それにじつをいえば、もう魚をとるのに、ぼくはボートを必要としなかった。

それが事実だ。

そこでステファンのことを考える。ぼくらがこの島に到着したときの彼の様子。この島でひとりで生活することになったら、ぼくはいったいどうなるのだろう。

考えながら、無意識のうちにTシャツの裾を指でひねっていた。コットンの布地がすっかり薄くなり、胸の部分についているアヒルの漫画の絵はもうインクが消えかかっていた。指に目をやれば爪の先が欠けている。髪をさわると、あちこちからまっていて、ぼさぼさだった。

数か月後の自分の姿が想像できる。髪がもっと伸びて、さらにからまってもつれ、爪は割れている。服は朽《く》ちはてて形が残っていない。わけのわからないことを、わめき散らしているかもしれない。

ステファンのゴーストに向かって。

わかっていることがふたつある。

ひとつ。ここを出ることを望んでいるなら、アーヤは必ず実行する。ぼくは一度ならず、二度、三度と、やめろという。いや何回だってとめるだろう。

でも結局は……。

自分が以前にノートに書き記した文言を読んでみると、もう何年も前に書いたように思えた。

たとえ骸骨《がいこつ》になって見つかったとしても、二体ある。この何もない世界に、何がしかの意義が残る。


それでまたペンを取って書いた。


だけどアーヤ、ぼくらはどうなる？　たとえもとの世界にもどれたとして。

それからどうなる？

そういうことまで、すべて考えた上での決断なのか？

きみとぼくは、嵐によって否応なく巡り合った。ここにいれば、あたりまえのようにいっしょに生きていける。生活は楽じゃない。そればかりはどうにもならない。でもいつもいっしょだ。

助けが来たか、あるいは、もといた世界につながる陸を見つけたとする。それからどうする?

そこからは別々の旅?

これとはまたちがう旅。この旅ではぼくらはいつでもいっしょだ。

10

アーヤは浜辺にすわっていた。となりに草や木の葉を山積みにして、ナイフをつかって適当な長さに切って編み合わせている。

「何それ?」ぼくはきいた。「帽子?」

アーヤは肩をすくめた。

ぼくはそばに立って、しばらくアーヤの作業を眺めている。まるでぼくなどいないかのように、アーヤはもくもくと手を動かしている。

「まったくきみはがんこだ。知ってたかい?」

沈黙。

ぼくは小石をひとつ拾い、アーヤに向かって放った。目の前に落ちたのにアーヤは無視。

「ほんとうにひとりで行くつもり?」

「ええ」

「わかったよ」

沈黙。

「わかったって、そういってるんだ！」

アーヤが顔をあげた。

「いっしょに行こう。ふたりで。防水布で帆をつくる。ここ数日、西から風が安定して吹いている。倒木からマストもつくれる。ボートのひびは樹液で埋めよう。ここには、自分たちが東へ向かったことを示す標識を置いておく。ココナッツと水を持っていく。丸一日釣りをすれば魚もたっぷり確保できるから、それを燻製《くんせい》にして旅に持っていく。そこまで準備して、まだ風の状態が悪くなければ、出発しよう」

アーヤが作業の手をとめた。

「誓って」

ぼくはナイフを受け取って、親指に小さく傷をつけ、胸に血を押しつけた。アーヤが立ち上がって抱きついてくる。あまりに力いっぱい抱きつかれて、危うく倒れそうになった。

＊

朝からずっと釣りをして、とれた魚を煙でいぶしている。イガイや他の貝もいっしょに燻製にした。ココナッツをいくつも集めてくる。アーヤは帽子をふたつ編み終えた。

防水布に小さな穴をいくつもあけていって、そこにココナッツの繊維からつくったひもや植物の蔓《つる》を通してロープがわりにし、防水布の帆の角度調整ができるようにする。嵐で倒れた木から間に合わせの舵《かじ》もつくった。マストも一本でき上がった。別の小枝を横渡しにして、防水布の帆を張る。

でき上がったものを浜に持っていってテストもしてみた。

ボートの収納庫には、見つけた缶詰やココナッツ、燻製にした魚を木の葉でくるんだものを入れていく。

小枝をナイフで彫って女の顔をした人形をつくり、ある種の木からとれたゴムと、ココナッツの繊維からつくったひもをつかってボートのへさきにくっつけた。

ボートに名前をつけるべきだとアーヤがいう。それでタニルトという名前をつけた。ベルベル語で天使という意味らしい。

「どうして天使?」

ぼくはきいた。

「だって、天使は死なないから」

数日前、赤いアリに皮膚をかまれた。つぶしたら、赤い染みが指について、それがずっと消えない。ちょうど嵐で水につかったアリの巣があったので、死んだアリからどろどろしたインクをつくった。それをアーヤが小さな棒の先にくっつけ、ボートのともの左舷側、ちょうど喫水線《きっすいせん》の上に、ベルベル語の文字でタニルトと記した。不思議な記号の組み合わせのようだった。その反対側に、ぼくは英語の文字でTanirtと記した。

日が沈みかけたころ、ちょうど作業が終わった。

「明日、天気がよければ出発ね」とアーヤ。

「うん」

ここ数日、風が出てきていたが、嵐にはならなかった。雲がふだんより多くかかったり、風が弱くなったりもしたが、総じてあの嵐以来、想定外の天気になることはなかった。嵐の前、数週間にわたって続いた熱暑は、きっと季節的なもので、たぶんここから先、気候は安定するのだろう。タニルトがアフリカに向かって航海を続けるあいだ、天気は持ってくれるにちがいない。

ココナッツの果汁と魚の血をボートのへさきにかけて航海の無事を祈る。

「天使さま、わたしたちをお守りください。どうかずっと無事に」

ふたりいっしょに声をそろえていった。

1　海

腰まで水に浸かりながら、ふたりでボートを押して海に出ていく。アーヤが先に乗り、ぼくに手を伸ばす。その手をぼくはつかめない。両足が岩にはりついてしまっている。島から、安全な場所から、離れるのが恐かった。

「ほら、乗って」

そういうアーヤの目はまぶしいほどに輝いている。彼女の手をにぎり、ぼくもボートに乗った。浅瀬にとどまって、朝の風が吹いてくるのを待つ。「今日はやめておこう」とか、「まだ魚が足りない」と、そういえば済むことだ。「やっぱり無理だ」のひと言でもいい。

でもぼくはそういうことを一切いわず、アーヤは、「用意は万端。Nous allons」というだけだ。

ふたりの世界のすべてが、このボートのなかに凝縮されている。ココナッツ、乾燥させた海藻、燻製《くんせい》にして木の葉に包んだ魚、海鳥の卵、灯台で見つけた缶詰、ナイフ、釣り糸、釣り針、ウミガメの甲羅《こうら》、アマン・メーカー、樽《たる》の半分に真水を満杯に入れたもの。

太陽が影を追い払った。朝風が海にさざ波を立て、さあ出発の時間だぞと、ボートを押す。ぼくらはただ、帆を低くするだけで、あとは風任せだった。

「いまが絶好のタイミングだ」

「そうね」

アーヤがいう。ボートのともにひざまずき、東の方角を見すえている。さっきの声はふるえていた。ボートのへりをつかむ手に力が入りすぎているのがわかる。

ぼくはヨットの走行についてはあまり詳しくない。けれど、基本的なことはわかっている。ひとたび帆をあげたら、もどるのは難しいということぐらいは。

「よし、じゃあ出発だ」

立ち上がって帆を解きはじめる。手が重たく、感覚が麻痺《まひ》している。

カアアア――――!

カモメが左舷のへりにとまった。

ギャッ、ギャッ、ギャッ。どこに釣りに行くの?

「おまえ、もうたらふく食ったんじゃないのか?」

カモメとは先に別れを告げていて、こちらから気をそらすために、魚の内臓と皮を山積みにしたものを置いておいた。いっしょに来させたくなかった。それはカモメに悪い。ぼくらは東へ向かうとわかっている。もう道案内は必要なく、ひたすら先へ進むだけでいいのだから。

「カモメさん、あなたはここにいるのよ」

アーヤがいった。

「ほら、行けよ」

ぼくはカモメに手を払って見せる。カモメは翼をバタバタさせて、左右の足に交互に体重を移動させている。オールをつかって、そっと押しやってみる。カモメはオールをつっつき、一度は翼をはためかせて離れたものの、またもどってきた。

「家に帰れ！ あそこで魚をとって、海に潜って、ほかのカモメたちとケンカしてればいい。もどって、カモメの生活をするんだ。もしぼくらと出かけたら、おまえもいっしょに……」

「死ぬんだからな」とはいえなかった。気を強く持てと自分にいいきかせるものの、それは簡単じゃない。家へ帰れとカモメにいったものの、あの島は自分たちの家でもある。そこをぼくらは捨ててきた。

「しっしっ！」

カモメに向かってオールをふりまわした。カモメはそれをよけ、くちばしを大きくひらいてギャーギャー鳴く。ぼくはオールをふり下ろす。オールを当てられたカモメは一度逃げて、またもどってきた。

歯を食いしばって、もう一度カモメに向かってオールをふり下ろす。ひどいことをしていると思いつつも、カモメを追い払うにはそうするしかなかった。

「行け！」

大声で怒鳴ると、カモメは飛び去った。自分もそのあとについていきたくなる前に帆を広げる。

帆は風を受けてはいるものの、バタバタするだけで用をなさない。

「だめだな、これじゃ。荷が重すぎる。とにかく今日出発するのは無理だ。そうだろ？」

ところが、それに応えるように風が帆をふくらませ、ボートが振動しながらゆっくり進みだした。

アーヤがオールを動かしてボートの推進を助けているあいだ、ぼくは片手に舵、片手に帆のロープをにぎってボートの角度を調整する。すると、帆が風をいっぱいにはらんでパンと張った。海面にV字形の切り込みを入れながらボートは進んでいき、うしろに航跡ができていく。

船の背骨にあたる竜骨などなく、間に合わせの舵と、帆が一本あるだけ。まったく簡単な仕組みだったから、風に連れていかれるままだったが、それでもちゃんと帆船として機能している。

「うしろにすわって」

ぼくはアーヤにいった。

「次は右舷……今度は左舷」

しかし、ぼくがいちいち指示を出す必要はなかった。アーヤは必要だと見れば、ぱっと立ち上がったり、すわったり、船べりをつかんで危険なほどにボートから身を乗り出したり、まるでダンスでもしているみたいに動きまわった。風がボートを上手に進められるよう、ぼくは手作りのロープで帆を動かし、必要に応じて、右舷または左舷方向にボートの向きを変えていく。

そうやって岸から数分ほど離れた沖まで出てくると、そよ風と舵の角度と帆の角度がちょうどいい具合に釣り合った。ボートはまっすぐ進んでいき、一秒ごとに速さを増していく。

「やったぞ!」

ぼくは叫んだ。すでに島は遠く離れている。もうもどることはできない。

そのまままっすぐ、十分ほど進んでいったところで、アーヤが顔をあげた。片手で日をさえぎりながらいう。

「まるで、いうことをきかない子どもみたい」

カモメが舞いおりてきてボートのへさきにとまり、怒ってギャーギャー鳴きだした。

ねえ、ねえ、どこへ行くんだよ?

「わかったよ、カモメ。おまえの勝ちだ。いっしょに行こう」

2

最初の数日はほぼ順調だった。記録はつけないと自分に約束している。日数や食料は勘定しない。計算をせず、計画を立てない。ただ必要なだけ食べて、航海をするだけ。肝心なのはとにかくボートを進めること。陸を見つけなければ、死ぬことになる。もし死ぬのなら、その記録を残したくなんかない。母さんや父さんに読んでほしくない。だから手紙も書かない。それを書くことは死に屈することと同じだからだ。

そんなことになってたまるか。

風が充分でないときは、休むか、オールで漕いだ。風が強すぎるときもあった。風速3から5ぐらいはあったろうか。ヨットなら、それぐらいの風が最高だったが、タニルトには強すぎる。へさきが水につっこんでしまうか、制御できなくなって、その場でくるくる回転して先へ進めなくなる。

ときにボートがひどくかたむいて、喫水線《きっすいせん》と船べりの距離が数センチほどになることがあった。

危険だが、スピードをゆるめることはできない。

北風が強すぎる。舵をつかって本来の真東の方角を取りながら、実際は南東へ進んでいた。真正面から風が吹きつけると、ジグザグ走行をするしかない。右舷方向、左舷方向、右舷方向と、向きを変え続けているうちに、どこへ向かっているのかわからなくなる。

二度、浸水してボートがひっくり返りそうになった。そのときにはふたりして、必死に水をくみ出した。

魚も釣った。早朝と夕方遅くに。

日差しが強すぎるときには、ぶかっこうな手作りの帽子をかぶった。

そうしてつねにぼくらは東を向いていた。胸に希望をふくらませて。

何事にも勇敢に立ち向かえた。実際これまでのところ、どんな状況にも屈していない。

浮きに当たりがつくと、海に感謝をした。

いい風が吹いてくると、空に感謝をした。

けれども、容赦ない強風が吹いてくることもある。風のうなりをききながら、きっと嵐が来るにちがいないと思えてくる。アーヤの目には恐怖がにじんでいて、自分も同じ目をしているのだとわかった。

＊

「だいじょうぶかい？」

強風にあおられて、とことん疲弊《ひへい》した長い一日が終わったところで、アーヤに声をかけた。

「今日はきつかった、犬のように働いたもんな」

「ちょっと恐くなって」

「島を出たがっていたのは、きみだよ」

強い口調にならないよう、優しくいった。島を出たのはぼくらふたりの意志だった。

「恐いのはそれだけじゃないの」

「じゃあ、何？」

「何もかも」

「どういうこと？」

アーヤは答えない。

ぼくも恐かった。考えられる将来すべてが恐ろしく思えた。

＊

朝日が差してきて目ざめると、アーヤがボートのともにひざをつき、両手のひらを上に向けていた。母国の言葉で何やらぶつぶついっている。話しているというより、歌っているという感じ。祈りを捧げているのだ。

ぼくも祈った。ただし特定の神にではない。これまでくぐり抜けてきたさまざまな苦難を思い、アーヤと同じ船に乗っていた人たちや、パンドラに乗っていた仲間たちの行く末に思いを馳せる。

海と空、そしてタニルトにも祈りを捧げて、海に魚の血を一滴垂らす。ぼくらのまわりには神々や悪魔やジンがたくさんいるような気がする。敬意を払わなかったら、命を取られるかもしれない。

こういった神々や自然の力には、良いも悪いもない。ひとたび海に出てしまえば、善か悪かの区別はなく、混沌と秩序のふたつがあるだけで、ぼくらの都合などおかまいなしだ。きっともともといた世界でも同じなのかもしれない。つねに秩序が保たれていると見えたのは妄想。ぼくらがタニルトや運命を思い通りに操っているなんて、自分に都合のいい甘い考えなのかもしれない。

3

数日が過ぎた。

食料の底が見えてきた。アーヤは一日の食事の量をこれまでの四分の一に減らした。

いったいどこまで来たんだろう？　この先、あとどのぐらい進めばいいのか？

アフリカを目指して東へ向かっているのはわかっている。太陽が教えてくれている。けれども潮流と吹きすさぶ風が、ぼくらをもてあそんで意地悪をしていた。

4

ある日、どこからともなく強風が発生して、ボートの帆をぱんぱんに張らせた。マストがキーキー音を立ててうめきだし、大きな音を立てて割れた。それ以上割れないように、あわてて立ち上がって押さえたが、風の威力はすさまじく、海に飛んでいかないようにするには、マストにしがみついていないといけなかった。野蛮な突風にひっぱられて、防水布があっけなく裂けた。

マストも帆も床に寝かせた。

強風が海上の広い範囲に吹きつける。何もないところから悪さをするジンが生まれて、海を駆け巡って大暴れしているようだ。

破れた防水布を両手でつかんで甲板にひざまずき、折れたマストをまじまじと見ている。

「だからいったんだ、アーヤ！」思わず怒鳴り声になった。「いつでも危険から逃れられると思ったら大まちがいだ。コイン投げで続けて勝ったからといって、永遠に勝ち続けるなんてあり得ない。結局、最後はこうなる。いつだってそうなんだよ！」

アーヤはボートのへさきで身を丸め、しくしくと泣いている。

ぼくは空に向かって怒鳴った。

「どうしてぼくらにチャンスをくれないんだ！」

＊

ココナッツの繊維でつくったロープを帆に通していく。アーヤがもっとたくさん穴をあける。そよ風のなかを航海するなら、これでも間に合うだろうが、強風にはとても耐えられない。もっとひどく破れる可能性もあった。

釣り糸を長めに切って、それを巻きつけてマストを修繕する。木がからからに乾いて、もろくなっている。それで簡単に折れたんだ。直したところで、いったいいつまで持つか、わからない。

5

「空と海はぼくらを殺そうとしてるのかな?」

ある夜、食事中にアーヤにたずねた。

「それとも、生かしておくために、プレゼントをちょっとずつ、くれるのか」

「わからない」とアーヤ。

もはやぼくらは海の王者ではなかった。ボートにゆられて途方に暮れる子ども。

午前中は風の勢いが弱まり、暑さがぶり返していた。

アマン・メーカーを設置するには申し分のない天気だった。

ココナッツの実と魚を食べているのだが、どうにもかみにくい。歯がぐらぐらする感じがあって血の味もする。歯に指をすべらせてみると、何本かぐらぐらした。

それからは、食べものはすべてナイフでできるだけ細かく切ってから食べるようにした。

カモメは以前、自分が食べる分だけだが魚をとっていた。それがいまはすっかり弱ってしまっている。いずれ死んだらぼくらが食べることになるのだろう。けれど、殺しはしない。自分の胸にそう誓った。

6

飢えが肉体と精神を蝕《むしば》んでいく。頭と腹のなかにヘビがいて、内側から少しずつ食われていくような気がする。いずれ自分の存在は完全に消えるのだろう。

夢がやってきては消える。ボートの夢。海の夢。島の夢。パンドラという名前の船の夢も見た。その船には人がたくさん乗っていた。頭が大きくて腹がふくれたエイリアンたち（船長の名前は――ウィルキンソン？　ウィルソン？　思い出せない）。このパンドラに乗っているとき、ぼくはカナリア諸島の夢を見た。そのカナリア諸島に着いてみれば、今度は我が家の夢を見た。

ぼくの頭は、イギリスからはるばる航海をしてきた船。かつて自分が暮らしていた家は水平線の遙《はる》か向こうにあって、現実感がまるでない。

スルタンが舞いおりてきた。星をぎっしりちりばめた豪華なローブをはためかせて。

はっとして、思わず身を起こした。アーヤにも見せようと名を呼ぶものの声が出ない。怒鳴《どな》っているつもりなのに、まったく声がきこえない。海が凍って固まった。波が静止している。しんとしているのに、スルタンの着ているローブのなかでは、次々と星が流れている。まるで陽光のなかでちらちら光る、ほこりの粒のようだった。全部が全部流れ星。

昼には空に雲がかかり、海は灰色がかった緑になった。海面に羽のような波と三角波が立っている。魚がぴょんぴょん跳ね上がる。ところが、それを見て、こちらが釣り針と釣り糸を準備しだすと、魚はふっと消えた。

海面に恐ろしい模様が浮かび上がる。サメのひれがずらりと並んでいるような。単独ではなく、大挙してやってきたのか？　何百という数。本物なのか、それとも幻覚か。

すると、サメのひれが並ぶ海面の向こうで水が割れた。ぼくらを乗せたボートはそちらへ流されていく。果てない真っ暗な深みに向かって、ゆっくり、ゆっくり。

空に最後に残った雲の裏側が真っ赤に燃えている。その雲は永遠にそこに居すわるつもりで、仮面をはずして……。

太陽の悪魔。

ぼくらは島に逃げた。悪魔の魔手が届かない場所に。運がよかった。けれどぼくらは、わずかなあいだ隠れていただけだった。かくれんぼのゲームはまだ終わっていない。気がつけばぼくらは、やつの宮殿に入りこんでいた。

見つかってしまった。ずっとぼくらをさがしていた太陽に。

7

ウミガメの甲羅と空き缶で海水をすくい、身体にかけて洗い、涼む。

日が落ちれば食事をする。

口に入るのはほんの二口か、三口。それ以上は我慢する。

水も飲む。けれど、水のたくわえは前日よりも減っている。食料が尽きれば、水をたくさん飲むようになり、つくる量が追いつかなくなるのもわかっている。それでも生きていくためにはしょうがない。

いずれ真水はゼロになる。

もう渇きを癒やすことはできなくなる。

*

遠くにひとつ、ひれが見えた。見えた場所に視線を据え、一心に目をこらしていると、目に涙が盛り上がってくる。しかし、ひれは消えた。

「幻覚かなあ」アーヤに向かってそっという。「ぼくは頭が変になってきてるのかな。ねえアーヤ、きいてる？」

アーヤはぼくを見知らぬ人のような目で見つめている。まるで理解できない言葉をぼくがしゃべっているとでもいうように。

夜になるとぐっと冷えこんだ。

じきに寝る時間がやってくると思うものの、それまでにはまだ数時間ある。なのに見るべきものは星以外にない。

「お話をしてよ」

ぼくはアーヤにいった。

「できない。疲れちゃって」

「シェヘラザードはお話をしないといけなかった。生きるために。それ以外選択肢はなかった」

「お話じゃあ、お腹はふくれないし、のどの渇きも癒やせないわ。お話は家を与えてはくれないし、そこにたどりつくための風も吹かせてはくれない」

ぼくには、アーヤに無理やり話をさせることはできない。島にとどまるよう説得できなかったのと同じだ。それでも、何か気をそらすものが欲しかった。ともに心のなかで思っていながら口に出すのをはばかっている、そろそろ時間切れじゃないかという事実から。

「どうしてきみは、お話を語れるの？」

かすれ声できいてみる。

「どんなふうに学んで、その物語をどうやって記憶にとどめておくんだろう」

「そんなに簡単なことじゃないのよ、ビル」

闇のなかでも、アーヤの目に疲れがにじんでいるのがわかる。

アーヤが寝返りを打ち、仰向けになって夜空を見つめる。じいっと見ていて、まばたきもせず、呼吸もほとんどしていないようだ。目をあけながら眠っている。ぼくはアーヤをつっつく。動かない。もう一度つっついた。

「だいじょうぶかい？」

ひょっとして死んでしまったんじゃないかと心配になった。

「水を飲むといい。少し持ってくるよ」

「いらない。夢みたいなものよ」アーヤがいってにこっと笑う。「星みたいに思うこともある」

「えっ？」

「物語。ある人がいて、あることが起きて、また別のことが起きる。どの出来事も一個の星みたい。だけど、星自体は物語じゃないの。ほら、あれ、見えるでしょ？」

アーヤが指をさした。

「ああ、北極星だね」

「ちがう、その下」

「北斗七星？　星を線で結んでいくとフライパンみたいな形に見えるよね」

「そうね、でもわたしがいいたいのはクマのこと。それが物語」

「え？」

「あの星々の形をクマに見立てるの。星自体は空の光でしかない。星と星をつなぐ線が物語だってこと」

「線はないよ」

「目に見える線じゃないの。自分で線を引く。ここでね」

アーヤは自分の頭を指でコツコツたたいた。

「わからないな」

「まあ、それはひとつのたとえ。別のものにたとえるなら、海の地図みたいなものかしら」

「海図？」

「そう、海図。旅の始まりも、終わりも、それを見ればはっきりわかる。でも、旅についてはわからない。あなたとわたしが、タニルトに乗ってする旅のように。物語は海に浮かぶボートみたいなもの。こっちへ行くかもしれないし、あっちへ行くかもしれない。わたしたちにはわからない。太陽がボートを運んでいくようなものよ。航海をしているのはわたしたちだけど、選択権はわたしたちにはない。選ぶのは風と太陽」

「つまり、きみはお話を語れるけれど、何が起きるか、お話の正確な展開はわからないってこと？」

「そう。それに、人からきいて覚えている話もある」

「覚えているのは、お話？　それとも、きみがお話に盛りこんだ内容？」

島の小屋でアーヤから、サッキナと叔父さんと黒い軍服を着て銃を持った男たちが出てくる話をきいたのを思い出した。

アーヤがまたにっこり笑った。どうやらまだ力は残っているようだ。まるでどこかに隠しポケットがあって、手を入れれば、そこからエネルギーを取り出せるみたいだった。

「叔父さんが話してくれた物語はたくさん覚えてるの。短いものは、叔父さんが語ったのとまったく同じように語れる。だけど、星は覚えているけれど、それをつなぐ線は自分で引かなきゃいけない話もある。自分の言葉で線を引くの。わかる？　クマをつくるにも、スルタンをつくるにも、ジンをつくるにも」

「シェヘラザードの物語はまだ終わっていないよ。彼女はどうなったの？　生きていくために、永遠に語り続けたの？」

「知りたい？」

「知りたいよ。あの王さまみたいに。あれ、シェヘラザードが話をきかせていたのはスルタンだったっけ？」

「王さまよ」

「ぼくは全部覚えてるよ、アーヤ。チーヤが悪魔を負かして、悪魔から宝石のルビーをもらった。名前はファイヤーハート。その話をルンジャがスルタンにした。それでシェヘラザードはルンジャの話と、ルンジャの語る話の両方を、残酷な王に語ってきかせたんだ」

「よく覚えてたわね」

「忘れないよ」

アーヤが喜んでいるのがわかる。

「それで最後に、王はシェヘラザードの命を助けてやったの？」

「結末が知りたいのね。それも幸せな結末を。お話の終わりはいつもハッピーエンド。現実とはちがって。じゃあ、終わりを教えてあげる。

シェヘラザードと王は毎晩いっしょに過ごして、数年経つとふたりのあいだに子どもが生まれた。男の子だった。

けれどその子はすぐ死んでしまった。それでシェヘラザードは王に、もうお話はありませんといったの」

「それで？　それで終わりなの？」胸がつぶれそうだった。「そんなばかな話があるもんか！」

アーヤが悲しげな、申し訳なさそうな顔になった。心のなかで迷っているにちがいない――

「そう、それで終わりよ」といってしまおうか、それとも先を続けようか。

するとアーヤはぼくと正面から向き合い、こういった。

「じゃあ、その先を話すわね」

シェヘラザードが語る最後の物語

遠い遠い昔、その王国ではシェヘラザードという女性が毎晩王に話を語ってきかせ、それがとうとう千夜になった。太陽と月の話、水と土の話、火と空気の話、もう国からは追放されたものの、いまだ人々が恐れている怪物やジンの話。見つかった宝物の話、一度失われながら、また見つかった宝物の話。そういう話の数々をシェヘラザードが王に語るあいだ、太陽は千一回沈んで、千回のぼった。

いまシェヘラザードは王のとなりに横になっている。

「物語を語っておくれ、シェヘラザード」

王がいった。

「話をきかせてほしいのだ。息子が亡くなったいま、わたしの心は粉々に砕けてしまった。この地獄から連れ出してほしい。われらの息子の話を語り、その子に名前をつけようではないか。名前はその子が生きた証しだ。われらの息子をアナマルと呼ぼう。さあ、アナマルがいかにして天使になったのか、その話をきかせてくれ。これは命令だ」

「王さま」

シェヘラザードが王にいう。

「申し上げたはずです。もうわたしの物語は尽きてしまいました。わたしを殺して、安らかに眠らせてください。どうぞ処刑の用意を。そうして、明日、また新しい花嫁をお迎えになってください」

「命令だといっておるのだ」

シェヘラザードの心は石と同じで、王にはこれっぽっちも同情していなかった。それが王にもわかったようで、ベッドを出て、床にひざまずいた。

「よくわかった。それではこうして、おまえに頼もう」

「そういうことでしたら、話さないわけにはいきませんね。けれど、天使の話ではありませんし、これがわたしの語る最後の物語になります。それをきき終えたら、わたしを殺してください。よろしいですね？」

王は答えない。一心に耳をかたむけているだけだ。

「ああ、偉大なる王さま、このお話なら、きっとお気に召されることでしょう。宝物が無限に出てまいりますし、それ以上にすごいのは、重大な秘密が明かされること。というのも、これはつくり話ではなく、事実なのです。ほんとうのお話なのです！」

けれども王はひざまずいたまま立ち上がろうとしない。いったいどういう話なのか、知りたくて、ききたくて、たまらなかった。それで王は、ささやくような声できいた。

「その話は、わたしの心を癒やしてくれるのかね？」

「心！　王さまにどうして心など必要でしょう？」

シェヘラザードは吐き捨てるようにいうと、王の顔の前でこぶしをふるわせた。

「王さまは、土地や金や絹やサフランをはじめ、贅沢《ぜいたく》なものを何よりも好まれる。だったらお話ししましょう。この世で最も貴重な宝の話を。金とダイヤモンドの詰まった宝箱や、たくさんの宝石に加えて、星や太陽や月夜の海のように輝く金属を集めた山。そんなものよりずっとずっと価値のある、世界一素晴らしい宝がこの世にはあるのです」

王は立ち上がり、目を大きく見ひらいた。まるでたったいま夢からさめたかのようだった。

「そうです、王さま！　それは魔法の力を持つ宝なのです。というのも、その宝は王さまが民に与えれば与えるほど、王さまのもとにはもっとたくさん入ってくるからです。わたしがお話しできるのは、そこまでですが、ひとつだけ申し上げておきましょう。そういう宝があることは事実ですが、それがどこにあるのか、わたしからは申し上げられません。あなたがそのありかを自力で見つけなければならないのです。もし見つけられましたら、先ほどわたしが申し上げたように、それを民にお与えください。そうすれば、王さまのもとにもその宝が、どんどん入ってきます。幸運をお祈りしております。どうか、終生それをさがし続けることにはなりませんように」

朝の光が室内に満ちてきた。シェヘラザードはベッドから出て床にひざまずき、頭を下げた。

「では、臣下たちをお呼びください。わたしの準備はできております」

王の配下の者たちがやってきた。みな悲しそうな顔をしているのは、シェヘラザードを愛しており、彼女の語る話が大好きだったからだ。多くは涙にくれた。しかし王には慈悲の心などないことをみな知っていたから、命乞いをすることもできなかった。

ところがそのとき……人殺しであり、どろぼうであった王はまた、夫でもあり父親でもあり、あまりの悲しみに生きるのもつらくなっていた。それでこんなことをいいだした。

「おまえのいう宝とは愛のことだろう。それはわれわれの心のなかに、恐怖という影とともにある。愛の光は、その影を打ち負かすことはできないものの、夜を照らす炎や、夜空にのぼる月と同じ働きをする。新しい日が来るまで、闇を照らしてくれるのだ」

それからは、王はシェヘラザードを愛し、自国の民を愛した。そしてこの千一夜目の物語をきき終えた王は、これからその話を毎日毎日、永遠に民に語ってきかせると約束し、王妃シェヘラザードにこういった。

「これは永遠に終わらない物語だ」

＊

月光がアーヤの目に浮かんだ涙を照らした。

「どうして、泣いているの？」

するとアーヤは涙に濡れた顔でいいつのる。

「だって、この物語はわたしには関係ないから。わたしはもう二度とサッキナに会えない。これが物語の終わり。終わりは死よ！」

冷え冷えとした恐怖が、ぼくの心にいくつもの穴をうがちながら全身を駆け巡った。

「やめろ。そんなことをいうな。これまでふたりで、たくさんの苦難を乗り越えてきたんだ。ぼくらはこれからも生きる」

「島を出なくちゃいけないといったのはわたし。いまではそれを後悔しているわ」

8

水がもう少しで切れそうだった。アマン・メーカーをセットしてまたつくる。このときばかりは太陽の悪魔もありがたい。

ただし時間がかかって、つくる量が飲む量に追いつかない。

ぼくとアーヤはそれぞれに帽子をかぶり、マントとレインジャケットでつくったテントの下に、離れてすわる。

海面にひれが突き出していないか、ぼくはじっと目をこらしている。どこに目をやっても、それらしきものは見えなかった。

＊

ところが次の日――。

背後からやってきた。湾曲した三角のひれが、ボートの航跡をたどってついてくる。サメというのは、つねに素早く動くものと思っていたが、この怪物は静かな海面をさほど乱すことなく、物憂《ものう》げともいえるほどにゆるゆると泳いでいた。近くまで来ると、黒いふちどりのある白いひれが目に迫ってきた。水中に、灰色のばかでかい影が広がっている。

思わず目をつぶった。

「また幻覚だ。ありもしない幻を見ている」

「ちがうわ、ビル。見て」

幻はまだ消えず、水中にひそんで待ち構えていた。

「ちがう、ちがう。そんなばかな話があるもんか」

それがあった。これは現実だ。

ついてくるサメを横目で見ながら、ぼくらは交替でオールをつかい、ひたすらボートを進める。その状況が何時間も続き、とうとう夜になった。

結局眠れなかった。

最初の朝日が差してきたところで、どんと、強い衝撃が来た。カモメがギャーギャー鳴いて飛び立った。

「ビル！」

アーヤが怒鳴り、ふたり同時にはじかれたように身を起こした。ぼくはオールを構え、アーヤはナイフを見つけて構える。

ふるえる片手で船べりをつかみ、慎重に身を乗り出して様子をうかがう。サメはまず試しにボートを鼻でつっついたようだ。これからが本番。まちがいない。サメはボートから数メートルしか離れていない右舷側を泳いでいる。黒い目と白い歯。顔は無表情だった。

カモメがあたりをぴょんぴょん跳ねまわりながら、サメにじっと目を注いでいる。知っているのだ。こいつは危険で、要注意だと。

サメは近づいては離れ、近づいては離れをくり返していて、近づくたびに、ぼくとアーヤは片腕で相手の身体にしがみつき、もういっぽうの手でオールやナイフをにぎって応戦態勢を取る。そうするたびに全身に悪寒が走り、胃がひっくり返る。

ようやくいなくなった。それからは何をする気にもなれず、ふたりただぼうっとして、平らな海の表面を見ていた。

＊

日が落ちてすぐ、ぼくは魚を釣った。ほんとうはやりたくなかった。ボートのへりから垂らした糸がやつを刺激して、またもどってこないとも限らない。けれども、できるときに食料は調達しておかないと。引きが来た。ここ数日来で初めてだった。大きさもなかなかのもの。ふたり力を合わせて魚をボートに引き寄せる。

サメが水のなかをすべるようにやってきた。ぼくは大急ぎで糸を巻きもどす。しかしサメの口が魚をとらえ、釣り針をいっしょに持ち去ろうとする。ぼくは全身の力をオールにこめて、必死にこらえた。

「持っていかれてたまるか」

糸がぴんと張って、あっけなく切れた。糸の先には何もない。パンドラと救命ボートをつないでいたロープが切れた瞬間がよみがえる。あれは嵐の蛮行だった。

「そいつは怪物よ」

アーヤの目から憎悪があふれる。恐怖と嫌悪の入り交じった表情。ステファンを見るとき、ときどきそんな目をしていた。アーヤは海につばを吐いた。

「サメは数百万年も生きてきた。恐竜よりずっと前から進化してきたんだ……怪物じゃない。ただの動物だ」

「動物じゃない。怪物よ！」

アーヤはいってきかない。

それで思った。彼女のいうことは正しい。

「どのサメも複製だ」

「えっ？」

「大もとの遺伝子の複製。こいつもそうだ」

「どういうこと？」

「……わからない。自分でも何をいっているのか、わからない」

ほんとうだった。オールをつかんでいるのが精一杯で、目もろくに見えていない。さっきからずっと水平線が場ちがいなところにあって、ちらちら動きながら、どこまでもどこまでも伸びていく。

星の光と海のささやきが肌で感じられる。身のまわりに満ち満ちているエネルギー。みな強く、生きている。電気のようなエネルギーが全身の骨を駆け巡り、皮膚にくまなく広がっていく。しかしその恩寵《おんちょう》も、長くは続かなかった。

9

あれはなんだ。わずかに残っていた太陽が海にすっかり飲みこまれてしまう直前、水平線上に点がひとつ見えた。あした朝いちばんにそこを目指してボートを進めることにした。

ふたりで水を飲む。ぼくらにはもうこれしか残されていない。

釣り針を奪われる前に考えていたことがある。餌がすっかり縮んで腐臭を放ってきたので、自分の足の肉を切り取って、それを餌がわりに釣りをしようと。

そんなことを考えた自分を恐ろしく思うはずだった。ステファンの死に直面したときと同じように。ところが、そういうことを恐ろしく思う「自分」はもう消えていた。適当な餌がなくなったのだから、足の肉を餌につかうのは理にかなっている。けれどもう、釣り針がない。

もうひとつ、最近考えるようになったことがある。考えまいと思っても、考えてしまう。

はたして、どっちが最初に死ぬのか？　生き残ったほうが、相手を食べることになる。

それは考えというより声だった。頭のなかでひびいているのではなく、どこか遠いところからきこえてくる。

その声を遠くへ力いっぱい押しやり、冷静になって考える。

それはまちがっている。

どれひとつとして、正しくない。

ステファンの死。自分の肉を餌にすること。人肉を食すこと。

*

朝。

風が出てきて海が波立った。大波もうねっている。あの点は波の上で浮いたり沈んだりしていた。途中何度も見失った。太陽が雲の陰に隠れてしまうと、正しい方角を見極めるのが難しくなる。

あれは船じゃない。船なら動く。きっと投げ捨てられた貨物だろう。何かの残骸か、岩か、島?

希望を持ちそうになる自分を思いとどまらせる。

オールをつかってゆっくりボートを進めていきながら、ときどき手をとめて、サメがいないか確認する。魚を奪ったのだから、それでもうぼくらのことはほっといてほしかった。

ボートの前方で、アーヤがぐったりしている。前かがみになって身を縮こめ、動かない。

腹を始終さすっていて、口をずっとあけている。まるで餌をくれるのを待っているようだった。

アーヤのうしろにカモメがすわって、優しい声で鳴いている。

＊

少し休む。あまりのんびりはしていられない。あの点を見失うのが恐かった。頭が朦朧《もうろう》としている。神経が切断されたように、頭で出す命令が、なかなか筋肉に伝わっていかない。

オールで漕ぐ。ひたすら漕ぐ。

ただそれだけなのに、全身が痛みに悲鳴をあげている。

「お話をしてよ」

しゃがれ声でアーヤにいう。

「できない。もう力が残っていない」

ぼくはボートのへりに背を倒してぐったりする。力が残っていないのは、こっちも同じだった。

「頼むよ、アーヤ」

「昔、昔……無理、できない」

アーヤの目は光を失って消えてゆく黒い星だった。

島にいたとき、アーヤはよく泳いで、服を身体にはりつかせていた。痩せてはいたけれど、身体には女性らしい曲線と丸みがあった。いまではそういったものはすっかりなくなっている。身体が、自らを食いものにして生きながらえているようだった。まるで朽ちた麻袋を巻きつけた棒人形だ。男の棒人形のほうは、穴だらけのぼろTシャツに、ぶかぶかの靴という格好だ。

風が吹きつけると、服がはりついて、アーヤのあばら骨が見えた。

「どうしてぼくらは、島を出たんだろう？」

だれにともなくいった。

＊

だんだんに近づいてきた。けれどまだ、あの点にたどりつくには距離がある。たどりついたところで死ぬんじゃないか。そんな気がしてならない。ぼくは倒れるように、その場にうずくまった。

「死ぬんだな」

アーヤは自分でボートを漕ごうとする。座席をはずして、ぼくにいう。

「そう。わたしたちは死ぬ。ものすごく年を取って、幼い孫たちと遊んでいるときに」

アーヤはボートの前方にひざをついた。ぼくに手を貸し、すわらせる。

「お話をしてあげる。昔、昔、大海に少年と少女がいました。アラーの神の思し召《おぼめ》しにより、ふたりにはボートと山ほどの宝物と旅に必要な賜《たまもの》が与えられました……日ごとに宝は減っていきます。けれど、ボートがからっぽになったと思ったとき、まだひとつ残っていたのでした」

「それは何？」

「希望」

アーヤは座席の板で水をかきながら、疲労に顔をしかめる。

「その話の結末は?」

ぼくはオールを取り上げた。

「ふたりは生き延びました」

＊

死んだクジラが巨人のように横向きに水に浮いている。体のほとんどは水中にあるものの、頭だけは水の上に突き出していた。海に浮かぶ島。吐き気を催す肉の氷山。

カモメが巨人のもとへ飛んでいった。水面すれすれのところに浮かび、かつてそこに眼球があった穴にくちばしをつっこんで細い肉片をいくつもえぐり出す。

肉の腐臭がここまで流れてきたが、いずれ自分たちもそれを食べることになるのだろう。

上下する海面に風が吹きつけている。けれどその海面の下にあるはずのクジラの尾と体のほとんどは、食いちぎられていて、骨格がむき出しになっている部分もあった。雲のように群がる魚は、種類もさまざま。エイ、マグロ、銀色の縞が入った魚、黄色くてひょろ長い魚。ずんぐりして銀色の鱗《うろこ》を光らせている魚は、ちょうどぼくの片手ぐらいの大きさだ。何百何千という魚が目の前を泳いでいる。でもぼくらには釣り針がない。

魚の群れのなかに、ひときわ大きな影がいくつも見える。S字を描きながら泳ぐサメたちだ。水のなかをすべるように進んでやってくる。ランチタイムの鐘が鳴るのをきいて、いっせいに集まってきたような感じだ。

魚と同様、サメもいろんな種類がいる。ハンマーヘッド、なめらかな青い肌をしたもの、丈が詰まってずんぐりしたもの。多種類がいっせいにクジラの死体に食らいついていって、頭を激しく左右にふり、肉を食いちぎったところで、青い深みのなかへ姿を消す。無料の給食所だが、みな順番を守っている。魚たちはきちんと待っていて、食事を終えたサメが帰っていく道すじをふさぐこともない。矢のような速さでぴゅんぴゅん飛んでくる小魚たちも、サメにぶつかりそうになればさっとよける。

サメを見ていると、全身に恐怖が広がっていく。鋭いひれに、狡猾《こうかつ》そうな目。サメは恐怖そのもので、ぼくの体内を泳ぎまわって恐怖でがんじがらめにしていく。

＊

しばらくして、大きな影がぬっと現れた。

最初はそれも、ほかのサメや魚たちのなかにいたのだが、あっというまにみんないなくなり、いま死んだクジラと向き合っているのは、それだけだった。

海面に浮上してきて、ぼくらの横を泳ぐ。

「くそっ」

思わず悪態が口をついて出た。

「アラーよ、わたしたちをお守りください」

ぼくはオールをつかみ、必要とあれば戦う準備をした。そいつは方向を変えた。ひれだけを海面から突き出して、すべるように離れていく。

「まっ、ったく……ゆ、優雅なもんだ」

口から言葉を出すのもやっと。

少しだけほっとして、オールを手から落とした。ぼくらは身体をぶつけ合うように互いの身体にしがみつき、体勢をできるだけ低くしてすわっている。

そのときはまだ、ボートのへりから下を覗きこむことはできなかった。それは高い崖の上から、何もない地面を覗きこむのと同じ気がした。

「だいじょうぶ。ぼくらに用はないみたいだ」

「ビル、わたし……」

ドカーン。まるで地震が起きたみたいに、あらゆるものが、いっせいにふるえた。

アーヤが叫ぶ。

「お願い、ビル、助けて！」

「だけど……どうしたら……」

「お願い」

ぼくはひざをついて立ち上がり、ボートのへりから海を覗いた。けれど目が何かをとらえる前に——。

ドカーン。

気がつくと横向きに倒れていた。ふたたび立ち上がり、オールをつかんで高くかかげる。

ひれをじっと見つめていると、やがて泳いで離れていった。よかった終わった。そう思った瞬間、そいつが方向を変えた。百八十度回転して、ぼくらと正面から向き合ったとたん、こちらへ泳ぎだした。速い。トラックがアクセルを踏んで走っているようだった。

ボートのへさきの向こうを見やって、いつでも戦えるようオールを構えている。サメに向かって大声を出す。

相手はボートのへさきをかすめていきがてら、船体に尾をたたきつけた。

ボートの後部が一度水に潜って、また浮き上がり、船体が前後左右にゆれる。

「ビル！」

アーヤが叫ぶ。

「いったいどうしたら……おいアーヤ、見ろ！」

ボートに水が入りこみ、すわっているぼくらのところまで押し寄せてきた。

このままでは沈む。

オールをふりまわし、息をはずませながら、サメの姿をさがす。またやってきた。こちらにぶつかってくる寸前に、その背中めがけて、オールを力いっぱいふりおろした。サメは激しく振動し、ボートに体当たりして、強力な力で尾を打ちつける。まるでこのときのために、力を温存していたかのようだ。

アーヤを脇に押しのけて、収納庫をあける。そこも水でいっぱいだった。ナイフと釣り糸をつかみ、ひとまずナイフはアーヤに預けておく。

「サメに怒鳴ってくれ。何か投げてもいい、とにかく気をそらせておいて！」

こっちは素早く作業をする。もう必死だった。釣り糸をいくらか引き出し、アーヤからナイフをもらって切断する。自分のＴシャツの裾を切り裂いて、ナイフをオールの先に固定しておいて、ぐるぐる巻きにする。その上から釣り糸を巻きつけ、きつく縛る。けれども両手がふるえて、まるで悪夢のなかにいるように、何もかもがスローモーションでしか進まない。

ドカーン。また来た。

釣り糸、オール、ナイフ。これを銛《もり》に仕立てた。恐怖におののいて完全にパニックになっているのにもかかわらず、ぼくにははっきりわかっていた。この銛を失ったら、ぼくらはすべてを失う。

アーヤが座席をつかって水をバシャバシャたたいている。

ぼくは両足をひらいて踏ん張るようにして立ち、でき上がった銛を頭上にかかげた。

「どこだ？」

「見えない……あっ、あそこ！」

サメが身をかたむけながら、こちらへ向かってくる。口を大きくあけ、歯をむき出して。渾身《こんしん》の力で、突く！　よけられた。失敗だ。サメは一度離れ、そこからまた方向転換して、再度向かってくる。ただし今度の攻撃は、一度深く潜ってから身を起こし、追尾式のミサイルのように、ぼくらのボート目指して、下から上にぐんぐんあがってくる。

強い衝撃とともに、一瞬ボートが宙に飛び上がった。巨人が下からこぶしを突き上げたかのようだった。一瞬ののち、ボートはまた海に落下した。

どっと入ってきた水にひざまで浸かる。オールの銛をふりまわし、水を突く。ところが相手はあまりに素早く、そして賢い。ひらりと身をかわして、銛をよけた。

「当たった？」

アーヤがきく。

「わからない。それより、ボートが沈んでる。水をくみ出せ！」

ぼくが怒鳴ると、アーヤは樽の蓋をつかんだ。水をすくっては海にバシャンと捨てていく。

ぼくは待つ。考える時間ができたので、いまの状況に思いをめぐらす。事実は明白だ。やつは何度でもやってくる。ぼくらを自分の世界に引きずりこむまで。それは数秒後かもしれないし、数時間後になるかもしれない。どれだけ時間がかかろうと、やつは決してあきらめない。どうにかしてボートを沈め、海に投げ出されたぼくらに食いつき、肉を食いちぎり、朱に染まっていく海のなかで好き放題をする。終わったときには、あたりは闇に包まれている。

きっとボートにはすでに穴があいている。そこから水が浸入し、ぼくらの身体の重みでボートが沈んでいく。こうなると、もうどうしようもない。

勇をふるって、ボートのへりから精一杯身を乗り出す。身体がぐらぐらする。

「来いよ！」

すると、来た。下から突き上げてくる。

ナイフがサメの背を切り裂いた。一瞬抜けなくなったが、渾身の力でオールを押さえていると、やつが身をねじり、抜けた。

サメが暴れ、白い水の嵐が起こった。けれど白い水のなかに赤い色も見える。

「やったぞ！」

サメは螺旋《らせん》を描きながら海中へ潜っていき、そのあとに赤い霧のような航跡を残していく。

血に誘われて、ほかのサメたちが集まってきた。白い嵐など、少しも恐くないというように。

アーヤがパニックになって悲鳴をあげ、必死になって水をくみ出す。けれどもボートにはそれを上まわる水が入ってきて、どんどん沈んでいく。あのサメが方向転換し、また上へあがってきた。まだまだ終わりじゃないぞと、口を大きくあけて浮上してくる。

銛を頭上に持ち上げ、全力で水に突き入れる。ナイフの刃がサメの頭に刺さった。ちょうど目の上に。

暴れて逃れようとするサメをよそに、ぼくは銛を全力で押さえた。海に持っていかれそうになるぼくの身体をアーヤが必死になって押さえている。しかし、野生の力は制御不能で、アーヤは持ちこたえられずに手をすべらせた。水の壁に体当たりしたと思ったときには、ぼくは海中に引きこまれていた。

しがみついている銛が手のなかでふるえ、押し返してくる。ぐいぐいという手応えが感じられるだけで、サメの姿は見えない。青と白の混じり合う混沌とした世界に、真っ赤な雲がもくもくと沸き立っている。次の瞬間、手から銛をもぎ取られた。

両腕をばたつかせて、必死に泳ぐ。ボートにもどらなければならないが、どっちへ泳いでいけばいいのかわからず、上下の区別もつかない。ぐるぐる回転しながら手足をばたつかせていると、ふいに世界が青一色になった。

ようやく海面に顔が出た。アーヤがぼくの手をつかむ。叫び声をあげながら懸命にひっぱっている。ぼくはなんとかしてボートにあがろうと力をふりしぼるものの、極度の疲労に力が持たず、何度もずり落ちる。しまいにアーヤはぼくの髪をつかみ、皮膚をひっかき、短パンまでつかんで、がむしゃらにボートのなかにひっぱりこんだ。

また向かってくるんじゃないかと思い、ボートのへりから覗く。朱に染まった海のなかで、やつが頭をばたつかせている。ずいぶん下にいる。と、身をひるがえして、方向を変えた。次の攻撃に備えているのか、と思ったら、ビクビクと痙攣《けいれん》しだし、大きな体が急にかたむいた。銛は眼窩《がんか》の近くに刺さっている。そこに到達するまでに、ナイフの刃はサメの頭に長く深い切れ目をつくっていた。肉の奥深くまで、刃が食いこんでいるにちがいない。自力でそれを抜くのは無理だ。螺旋を描きながらサメは下へ向かって泳いでいき、深海へと消えていく。ぼくらのナイフとオールと釣り糸を道連れに。

たちまち主従が逆転し、召使いたちが主を追う。息の根をとめて食らおうと、群れになって飛びかかっていく。

あとに残ったのはぼくらだけ。

見ればアーヤが正気を失ったように、ひたすら水をくみ出していた。

「手伝うよ」

そういったものの、ふいに水を吐いた。

視界がぼやけて、ボートも、空もアーヤも、あらゆるものが溶けていく。

太陽が照りつけている。

ぼくの足とすねにかがんで、アーヤが何かやっている。ぼくの足にはアーヤのマントがかかっている。アーヤは自分の服を破いて、それを船体の割れ目につっこんだ。

手伝いたかったが、起き上がれない。横になって床に伸びたまま荒い息をつき、汗だくになっている。アーヤががんばってさらに水をくみ出し、やがてボートはもう沈まなくなった。そよ風にゆられて浮き沈みしている。

「太陽」

ぼうっとしている頭でも、日差しが容赦なく降りそそいでいるのがわかる。

「帽子は海に流されてしまったの。さがしたんだけど、見つからなかった」

「ぼくの足」

マントをめくろうと身体を起こす。

「だめ」アーヤがいう。「だめよ」

けれどぼくはアーヤの手をはねのけた。すると見えた。

「くそっ。どうして」

記憶にない。どうしてこんなことになっているのかわからない。それでも、あの海中での狂気の時間、たしかにやられていたのだ。

右足がずたずたになっていた。かみちぎられた足先から、血がしたたり落ちている。指二本がすっかりなくなっていて、ほかの指はめちゃくちゃにつぶれていた。指先を動かそうとしてみたら、気絶するほどの痛みに襲われた。

一本の指にサメの歯が刺さっている。まるでガラスの破片のように。

「ぼくの足」

同じ言葉が口からもれた。アーヤがさらに服を破って、布きれをぼくの足首に巻く。ぼくはだまって見守っている。アーヤは一生懸命押さえようとしているが、それでも血はどくどくと流れ続ける。

ふっと意識が薄れた。

＊

熱い。

血を失った。

のどが燃えている。

日差しで視力を奪われた。

生きる気力も奪われた。

心臓の鼓動が弱くなり、毒が全身を這いまわって頭のなかまで広がっていく。

目をさますと、空いっぱいにダイヤモンドをばらまいたように、星が散らばっていた。星々は線でつながれて、さまざまな形を成している。砂丘の砂のように、うねりながら空に広がる巨大な海。馬に乗った錨《いかり》。ドラゴン。悪魔。天空を練り歩く太陽の将軍。

アーヤの優しい声がする。

「眠って休んでて」

夢と現実の区別がつかない。ときに目の前に無音の闇が現れ、その奥深くへ落ちていく。危険であるとわかっていながら、闇を求めてやまない。

悪魔たちの世界。

アーヤがぼくの足をきれいにしてくれている。足はふくらんで、黄色くなっていた。だからといって、何も思わない、感じない。そもそも足の感覚がなかった。

そして——。

イタリアで休暇を過ごし、迷子になる。

実際そこに自分がいる。もう六歳ではない。いまの自分がそこにいる。

木々が立ち並ぶなか、木陰に立っている。重なり合う枝を見上げると、風にそよぐ花が、はらはらと雪のように落ちてきて、枝のあいだから日が差してきた。

人がたくさんいる。若いお母さんが娘に自転車の乗り方を教えている。黒っぽいスーツを着た老人ふたりが、テーブルに置いたチェス盤にかがみこんでゲームをしている。タバコを吸い、笑い合い、コーヒーを飲みながら。コーヒーのにおいも、タバコのにおいも、はっきり感じられる。

気高いローマ皇帝の石の像。

歩きながら、テキストに書かれたラテン語を暗唱している三人の学生。すべて覚えていて、いまぼくはそのなかで生きている。ひとりだけど、恐ろしくはない。失った家族のことを気に病むこともない。ここでは悪いことは何ひとつ起きるはずがないのだから。木陰から歩み出て、目もとに手びさしをして太陽をさえぎる。日差しは強く、顔が焼けるように熱い。

「なぜぼくは、ここに?」

10

皮膚が焼けている。足の痛みがズキンズキンと身体へのぼってきて、頭もうずかせる。クジラの歌のように、ぼくの身体のあらゆる部分に入りこんでくる。

さあ、起きる時間だ。

太陽がぼくに知らせる。太陽が口をきいた。ため息のようにやわらかい声だった。しかしそれは最初だけで、やがて頭が短波受信機になったようにパチパチいいだし、ぼくに無理やりいうことをきかせようと、やかましく騒ぎ立てる。ジェイクがこぶしで受信機をバンバンたたき、しまいにそれは風と波の音をひびかせて爆発した。ジェイクは敬礼をして消えた。

目をさまして。

今度の声は、頭のなかにするりと入ってきた。遙か遠くからやってきて、ヘビのように身をくねらせながら、ぼくの頭蓋に侵入した。

目をさまして。

しゃべりたいのに、のどが腫れ上がって声が出ていかない。目も同じで、腫れ上がって、ほとんど何も見えない。見るべきものもなかった。白い光が差しているだけなのだから。しかし、のどはふさがっているものの、しゃべることはできると気づいた。自分の声がはっきりきこえる。

「アーヤ?」

けれど彼女はいない。きこえないのかもしれない。あたりには光が差しているだけ。それもギラギラと強烈に。ところがそこに、現れた。目にもあざやかに、はっきり見える。

偉大なスルタンが、星をちりばめたローブを背中ではためかせている。ローブは空を川のように流れて広がり、夜空にきらめく星の群れになった。スルタンはずっしり重い三日月刀を手にしている。ひとふりで百人の男を斬り殺せる刀。

スルタンは人間でもあり悪魔でもあった。青いダイヤモンドの瞳と、かっと大きくあいた口。口のなかには先のとがった小さな歯がずらりと並んでいて、上下の歯のあいだから、ヘビのような舌を垂らしている。スルタンが声をあげて笑う。自分が勝利したことを知っているのだ。自分は絶対屈しない。何者にも負けないのだと思っている。

わたしを見よ。

「あなたはだれ?」

きいても相手は答えない。

「死は、暗いものだと思ってたけど」

そう、死は闇だ。わが友よ。永遠に続く星がひとつも光らぬ夜。まもなく死はやってくる。だが、まだ時間はある。おまえが想像する以上に時間はあるのだ。だれもが想像する以上に。われわれが話を終えたのちに、死はやってくる。

「あなたはだれ？」

わたしに名前はない。おまえにも名前はない。いまはもう。

「ビル。ぼくの名前はビルだ。おまえは現実じゃない……ぼくは敗血症になって……おまえは毒だ」

名前も言葉も、無意味。その言葉、〝ビル〟は置き去りにされた。おまえの故郷に、カナリア諸島に、無人島に。わたしを見よ。

ビル。

この言葉は小川に落ちた一滴の水のようだった。それを含んだ小川は大河になり、ぐんぐんスピードを増して海へ流れていく。

わたしを、見よ。

「見たら目がつぶれる」

おまえは死ぬのだ。死ぬ前にわたしを見よ。

「何が望みなんだ？」

おまえに知らしめたいのだ！　わたしは不屈だと。

光がやわらいだ。ぼくはボートの後部に横になっている。向こうに伸びる脚はぱんぱんにふくらんで丸太のようだった。もはや自分の脚ではなかった。脚の先端には何やらおぞましいものがあるらしく、マントでくるんで隠してあった。アーヤが収納庫の上の座席にのっかって、しゃがんでいる。小鳥のようにそこにとまって、ぼくをじっと見ている。

「アーヤ？」

アーヤの顔に涙が流れる。

「アーヤ？」

乾いた砂のようなざらついた声が出た。片手を伸ばしかけると、目の前の光景を光が洗い流した。太陽の将軍がもどってきた。

わたしを、見よ。

もはや暑さも感じなくなった。ぼくは浮いていると同時に沈んでいる。ほとんど死んでいるのだろう。だが、その前に、やつに思い知らせたい。

「おまえには、もちろん名前がある。ひとつだけじゃない。殺人者、拷問者、強姦魔、奴隷商人、憎悪。まだまだたくさんある」

わたしを、見よ。

「嫌だ」

おまえには勇気がない。わたしを見ることができない。まあ、だれも見ることはできないのだ。最後の最後にはな。おまえはボートの上で骸骨《がいこつ》になって……。

「アーヤはおまえを見た。アーヤはおまえの目を正面から見た」

そこでぼくは相手をまっすぐ見つめた。けれど目はつぶれなかった。

相手の顔から、にやにや笑いが小石のように落ちた。燃える敵意がすっと消えて影になった。

そこに一瞬、見えた……あれは混乱、それとも恐怖か？

着ているTシャツが破りとられるのがわかった。太陽が胸を焼く。

アーヤがささやく。

「タニルトは秘密を持っている。収納庫のなかに――」

夜になった。

どこでもない場所

1

闇の外から大きな声がきこえる。歓喜の叫び。

「動いてる。やったぞ！」

「落ち着いて、あなた。あせらずに、この子が自然に目をさますまで待つのよ」

「父……さん？」

「ああ、ビル。父さんも母さんもここにいるぞ」

「ビル」女の人の声がいった。「わたしはドクター・ジョーンズ。あなたはロンドンの病院にいるの。何も心配はいらない。いまの気分はどう、ビル？」

海を漂っている。しばらくして、やわらかなベッドの上に浮いているのだと気づいた。空《くう》の海。

目をあけたものの、見えるのは物の輪郭《りんかく》だけで、それもぼやけている。

「アーヤ！　アーヤはどこ？」

「アーヤって？」

母さんがいった。

「ここはどこ？」

ドクターがまたゆっくり教えてくれる。

「病院。ロンドンよ」

「彼女はどこ？　アーヤ！」

思わず名を叫んでしまってから、まずかったと気づいた。約束のことを思い出したのだ。

「あなた以外、だれもいなかった」ドクター・ジョーンズがいう。「あなたはひとりで見つかったの」

ぼくは生きている。ロンドンで。母さんと父さんもここにいる。けれどアーヤがいない。

「母さん」

「だいじょうぶ、ここにいるわよ、ビル」

母さんがぼくの手を取ってぎゅっとにぎりしめた。

「ああ、ここにいるよ」

父さんがいって、もういっぽうの手を取る。何度もハグをされ、ふたりが泣いているのがわかった。

ぼくはしゃべろうとした。ぼくだけじゃなく、みんなが。けれど言葉がなかなか見つからない。手をにぎり合い、そばにいるとわかるだけで充分だった。何が起きようと、ここにいる。

思わず泣きだした。両親のところへもどれたから、というわけじゃない。アーヤさえ関係ない。

自分はいま生きている。ただし……。

「見えない」

急に恐ろしくなった。視界がぼやけているのは、起き抜けだからという、それだけの理由じゃない気がする。

「何か見えるものはない？」

先生にいわれ、ぼくはまばたきをして焦点を合わそうとする。

「黄色いぼやっとしたもの。そのうしろに、みんなの影が見える。視界の隅に断片的に見えるものもある……」

「強い日差しから、目がダメージを受けたの。これからいろいろテストをしてみるわ。視力は完全に回復する。ただし、それには数日、あるいは数週間かかるかもしれない」

そうだ。もうひとつあった。

「ぼくの足」

一部は感じられる――いや、一部なくなっているのが、感じられる。爪先をぐねぐね動かそうとしたが、もはや動かすものがなかった。

「ビル、気をしっかり持たなきゃだめだぞ」

父さんがいった。

「残念だが、おまえの足は……」

そこでいったん途切れた。

「どうすることもできなかった。右足の一部を失った。足の指を数本。だが、形成手術が可能だそうだ。それに……生きているだけで幸運なんだ。まるで奇跡だ。父さんたちは、きっと見つかると、ずっと信じていた。それとおまえに知らせたいことがある。パンドラに乗っていた仲間たちも全員無事だ」

「それはよかった。それで……ほかの船……嵐に巻きこまれた船はなかったの？」

「ああ、あったよ。乗員は全員救出されたが、女の子がひとり、見つかっていない。その子は行方不明で、どうやら溺れたらしい。だが、パンドラの乗員はみんな生きて無事でいる」

船長と仲間たちのことを思い浮かべた。そして、アーヤと同じ船に乗っていた人たち。みんな助かってよかったと喜べなかった。そう思おうとしても、だめだった。アーヤはどこにいるんだ？

「ぼくは、ここに入ってどのぐらい？」

「四週間。薬で眠らされていた」

「眠ってた！」

「ああ。贅沢《ぜいたく》な個室でぐっすりとね」

それをきいて、ぼくは思わず笑った。

「行方がわからなくなってから、数か月」と母さん。「もうあなたは十六歳。家に帰ったら、すぐ誕生日をお祝いしましょう」

そろそろ休ませないといけないとドクター・ジョーンズがいって、父さんと母さんを病室から追い出した。

キツネにつままれた気分だった。ぼくは海岸近くで、ボートに乗っているところを発見されたドクター・ジョーンズはそういっていた。ぼくひとり。アーヤは助かったのか？　海岸まで泳いだのだろうか？　だれかがアーヤを無理やりどこかへ連れていったのか？

答えは出なかった。いくら考えても、アーヤが消えた理由はわからない。

2

ドクター・ジョーンズから山ほどの質問をされた。上流階級らしい気取ったしゃべり方ではあるものの、声には優しさがあふれていた。ぼくは眠りからさめたので大部屋に移されていたが、プライバシーを気遣って先生はベッドのまわりのカーテンを閉めてくれた。

「あなたがここに運ばれてきたとき、正直いって驚いたわ。こんな患者は初めてだった。飢餓《きが》と脱水。足は腫れ上がって、真っ黒に変色していた。敗血症と深刻な脱水症、皮膚は焼けただれていた。五日間、モロッコにとどまって、状態が安定してから飛行機に乗せられたの。まさに奇跡。何週間ものあいだ、どうやって生き延びたの？」

「やらなきゃいけないことをやったまでです。生きるために」

ウミガメを食べたことを思い出した。無人島。ステファン。サメを殺したこと。アーヤ。

「勇敢この上ないわ」

「生きるためなら、なんだってしますよ、人間は。勇敢というんじゃなく、本能です」

「何があったのか、すべて話してちょうだい。そうすれば、こちらも回復の手助けがしやすいの」

回復というのは、肉体のことか、それとも精神のことか。話せるものなら話したかったが、うそはつきたくない。

「缶詰があったんです。それとアマン・メーカー」

「アマン？」

「水です。水をつくったんです」

そこで話題を変える。

「だれがぼくを見つけてくれたんですか？」

「漁師よ」

その先を待ったが、先生はだまっている。

「どうやって？　どこで？」

「正確なところは、わたしも知らないの。ただ、意識がもどってすぐ、あなたはこういった。『アーヤ、どこにいる？』アーヤってだれ？」

先生は興味津々だ。

「漁師さんって、どこの？」

「遙《はる》か遠い、モロッコの南。砂漠のはずれらしいわ。よその国。紛争地帯よ」

「その人と連絡を取ることはできますか？」

「なぜ?」

「その……知りたいんです。どうやってぼくを見つけたのか」

ジョーンズ先生が指で腕に触れた。ちょうど点滴の針が刺さっている下。

「話してくれていいのよ。お互いに信用し合わないと」

ぼくは何もいわない。いえなかった。先生はぼくの腕の一部をさすっている。

「わかったわ、ビル。あせらずに行きましょう」

ベッドは安楽な繭《まゆ》のようだった。けれど何かおかしい、おだやかすぎる気がする。室内は生暖かく、空調がきいている。それもまた、おかしい。

海を思い出す。ボートという固いベッドで、ゆすられながら眠りに落ちた。冷えこむ夜間と焼けつく日中。病室の外から、人の声や車の音がきこえてくる。小鳥の鳴き声と、何かの音楽。まるで、旅行で行ったイタリアの公園みたいだ。これが人間の社会なんだと思うものの、現実感がまるでない。

そのあと、熱いスープとパンとお茶とコカ・コーラが出た。

どれも初めて口にするような味がした。

＊

とにかく時間がかかるらしい。元気になるにも、視力が回復するにも。歩けるようになって、これがふつうだと思えるようになるにも。あるいは、〝ふつう〟なんて感覚は永遠に得られないのかもしれない。ボートで漂っていた世界と、ボートをおりたあとの世界は同じ宇宙に属するとは思えなかった。

＊

ドクター・ジョーンズは、ぼくが何を食べて生きていたのかを知りたがった。何週間にもわたって強い日射に耐え、どうやって生き延びたのか。より正確にいうなら、死ぬ寸前でどうやってとどまったのか、包み隠すことなく、グロテスクな細部まで知りたがった。それでぼくは、切れ切れに語り、その際「ぼくらは」という主語はつかわないようにし、あまり多くのことは明らかにしないようにした。

日ごとに視力がもどってきた。色の見分けが少しつくようになり、物の形も徐々にはっきりしてきた。それでもまだ眼球に火傷《やけど》の後遺症があるようで、ぼくの見る世界はときにオレンジ色だったり、茶色だったりして、あるはずのない点々が目の前を魚のように泳いでいる。

先生が長らくきくのをためらっていたことがひとつあった。ぼくの足だ。こちらとしてはまた歩けるようになりたいので、話さないわけにはいかない。病人用の差しこみ便器にはもううんざりしていたし、いまではベッドが牢獄のように思えていた。それで立ち上がって松葉杖をついて少しだけ歩きまわった。ずっとボートに乗っていたあとで初めて陸に足をつけたときと同じで、最初のうちは足がいうことをきかない。いずれ形成手術が行われてプラスチックで欠損部分が補塡されれば、また完全な足にもどり、ふつうに歩くことができる。でもそれまでにはさまざまな手術を何か月もかけて行い、新しい足に慣れないといけない。とりあえず、いまは松葉杖が頼りだ。

廊下をぴょこぴょこ歩いていると、ジョーンズ先生が横に並んでいっしょに歩きだした。優しい声でぼくにそっといった。

「話をするのはつらいだろうけど、治療にも役立つの。患者さんはひとりひとり、みんなちがうから。そろそろ話をする気になってくれたかしら?」

影のようにぼくらにつきまとった巨大なサメのことを考えた。けれど、どう話せばいいのだろう。自分でサメを殺すに至った経緯をどこから話せばいいのか。とにかく自力で倒したのはまちがいない。

「信じてもらえるとは思えません」

ぼくはいった。

「いいから、話してみて」

先生のことは信用していたから、アーヤのことも含めて、洗いざらい話してしまいたかった。話さないということは、アーヤは実在しなかったと認めるに近いことだ。ぼくらのことをきちんと話して、言葉によって記憶を生き返らせたい。その思いが波のように押し寄せてくる。ぼくはそれと戦った。

＊

母さんと父さんが、退屈しのぎにオーディオブックはどうかといってきた。

それでぼくは、シェヘラザードの物語を知っているかときいてみた。すると父さんがこういった。

「ああ、知ってる。千一夜物語、あるいはアラビアンナイトというタイトルで知られているやつだな。シェヘラザードという娘が、生き延びるために毎晩語った物語」

父さんがiPodとイヤフォンをセットして、インターネットでオーディオブックをさがした。たくさんのバージョンがあったけれど、そのほとんどは、代表的な話を数話収録しているだけだった。ぼくはすべてをききたい。それでシリーズになっているオーディオブックを購入してもらった。全部で七十時間。それでも完全収録というわけではなかった。

きいてみると、アーヤが話してくれたのとまったく同じではなかったが、肝心な部分はいっしょだった。王が登場し、処刑が行われる、妹を救って自分の命も救うためにシェヘラザードが物語を語るというストーリーだった。

いつ太陽の将軍が出てくるのか。悪魔を倒す影の戦士は？　チーヤやルンジャは？　どの話にも魔法が出てきて人が殺される。狡猾《こうかつ》な盗賊と勇敢なヒーロー。強欲な王と残酷なスルタン。ジン、デーモン、モンスター。いろんな点でアーヤの話してくれた物語と似ていたが、まったく同じではなかった。アーヤの話してくれた物語は、もっと先に出てくるのだろうと、最初はそう思った。何しろ千一話もあるのだから。

けれど何日か過ぎたところで、たぶんああいった話は、これにはまったく含まれていないのだろうという気がしてきた。

父さんはそれ以外のオーディオブックもダウンロードしてくれた。ブラックホールやニューロサイエンスやＡＩから始まって、あらゆるものがそれに下支えされているという、理屈に合わない量子現実といった奇妙なものまで、人気のあるタイトルを選んでくれた。いくつかきいてみたけれど、集中できない。それでシェヘラザードの物語にもどって、何時間も何時間もきき続けた。

なんだか身近な話に思えたのが、船乗りシンドバッドの冒険だった。船が座礁《ざしょう》してしまったシンドバッドは、ある島を見つけるのだが、上陸して火を焚《た》いたところで、そこは島なんかではなく、眠っている巨大なクジラの背中だと気づく。

なんとなく、ぼくらが見たクジラたちと、ぼくらがすみかにしながら結局住めなかった島に似ている。そしてあのクジラの死体にも。サメたちに食われて、やがて海の底に沈む。なんとなく似ている。

3

ぼくに会いに病室を訪れた人がいる。パンドラの船長、ジェイク・ウィルソンだ。笑顔をつくって握手の手を差し出したものの、どう見ても無理をしていた。土気色《つちけ》になってしまった肌。以前見たときよりも、何歳も年を取ったようだった。

握手をする。握手が終わっても、ジェイクはずっとぼくの手をにぎっている。

「おまえとはぐれた場所にもどろうとしたんだ」

ジェイクが切り出した。

「だがあの嵐は……」

ぼくはジェイクの手から自分の手を抜いた。にぎり合っているのは気まずかった。ベッドの横に置いてある椅子に、ジェイクはくずれるようにすわりこんだ。

「死んだと思ってたよ」とジェイク。

「ぼくも、みんなは死んだものだと思っていました。ひとり残らず」

「会えてよかった。よく帰ってきた」

「ほんと、そう思います」

居心地が悪くて仕方ない。病院のベッドに身を横たえているのは自分だが、ジェイクのほうがよっぽど具合が悪そうだった。

「さがしたんだ」ジェイクがいう。「自分たちが救出されたあとでね。正式な救援活動は数週間で打ち切られたんだが、オレは引き続きさがした。ヨットを借りて、その費用をおまえの両親が出してくれた。おまえのお父さんはカナリア諸島で待っていた。いっしょにヨットに乗ってさがしたいといわれたんだが、単身のほうが早く動けるといったんだ」

「そうだったんですか、知らなかった」

「ご両親からきいてないのかい？」

「ぼくが帰ってこなかったあいだのことは、まだあまり話をしていなくて。これからです」

ジェイクはうなずいた。

「エンジンをがんがん吹かしてさがしたよ。風がまったくないんでね。だが結局時間の無駄だった。おまえはそこから何マイルも離れた遠い海を漂っていたんだから。許してくれるかい？」

「許すもなにも。船長はやれることをすべてやってくれました。嵐はどこからともなくやってきた。船長のせいじゃありません」

「だが、みんながみんなそう考えるわけじゃないようだ。少なくとも、新聞じゃあ、こてんぱんにやられたからな」

すっかりやつれてしまったのは、責任を追及されたせいなのだろう。十五歳の少年が大西洋で行方不明になれば、だれかが非難を受けることになる。世間はジェイクを非難の的にした。

「だけど、ぼくはあなたにお礼をいわないと」

わけがわからないという表情がジェイクの顔に浮かんだのを見て、ぼくはにやっと笑った。

「もしすんなり家に帰っていたら、もしヨットが沈まなかったら、こういったことはまったく起きなかったから。起きてよかったと思ってるんです」

まるで正気を失った人間を見るような目で見られた。実際そうなのかも……。

樽《たる》にしがみついて流れてきたアーヤ。あの青い荒野で、もしふたりが出会わなかったら、どちらも死んでいただろう。ぼくを彼女のもとに、彼女をぼくのもとに送り出してくれた、あの嵐とジンに感謝をしたい気分だった。

眠っているときのアーヤの呼吸を思い出す。歌うときの声、物語を語るときに絵を描いていた手つき。ベルベル語でぼくに悪態をついたこともあった。小屋のなかでカモメに寄り添っていたアーヤ。タニルトに乗っているときには、ぼくの燃えるように熱い顔から汗をふいてくれた。

きっとアーヤはいまどこかにいる。ぼくはそう信じている。

「どれぐらい経ってから、助けが来たんですか？」

ジェイクは椅子の上でもぞもぞした。それまでに何があったにせよ、きっとそれはジェイクにとって話しにくいのだろう。

「すぐに真水は尽きた。雨を集めようともしたんだが、それは不可能だった。出入り口のファスナーをあけるたびに、水がどっと浸入してくる。ボートのなかはぎゅうぎゅう詰めだったから、水を外にすくい出すのもの難しい。ばかでかい波が次から次へとやってきた。あたりは完全な闇だ。そのなかでボートは激しく浮き沈みして……」

そこでジェイクは口をつぐんだ。嫌でもそのときの光景がよみがえってくるのだろう。話をしながら、もう一度そのときを生きている。

「なかには気がふれたんじゃないかと思うやつもいた。何しろ眠れやしない。恐ろしくてたまらないんだ。波に高く放り投げられたかと思うと、次の瞬間にはたたきつけられている。強力な波にさらわれて、海のなかをひきずられていったことも一度ならずあった。いつ海上に出られるのか、だれにもわからない。あるとき、とんでもないことをいうやつがいた。このボートは重すぎる、だから……」

一歩まちがえば仲間を犠牲にしていたということなのだろう。ぼくには想像できる。みんなでひとりの身体をつかんで、出口まで追い詰めて海に押しやろうとした。どこで思いとどまったんだろう？　ジェイクがとめたのか？　それとも、自分たちで思いとどまったんだろうか。

「だが、オレたちは……乗りこえた」

そういってジェイクはまっすぐぼくの顔を見るものの、実際は自分に向かって話している。

「そう、乗りこえた。まるで……何か恐ろしいものと向き合っている気がしていた。まるで……」

ジェイクが大きくため息をついた。

「先を続けてください」

「まるで、嵐はオレたちに憎しみをぶつけているようだった。海もだ。風も怒鳴っていた。どれもこれも恐ろしい怪物のようだった。何をわけわからないことをいってんだって、おまえはそう思うだろ?」

「いいえ、わかります」

「それに、あの太陽。空にのぼってくると、こいつが……悪霊のようだった。太陽、海、空。やつらはみんな生きていた。ときに情けをかけてくれると思えば、とことん残酷にもなる。想像できないかもしれないが、あれは……いや、おまえには、想像は必要ないな」

「はい」

ふたりして笑った。

「ヘリコプターがオレたちを見つけた。それから船がやってきて、オレたちはそれに乗せられた。まあこっちの事情はそんなわけだ。だがビル、おまえはいったい、どうやって生き延びたんだ? 最初から話してくれ。いや……最初なんてすっ飛ばして、サメとの死闘についてきかせてくれ!」

「どうして、それを知ってるんですか?」

「看護師がおまえの足のことを教えてくれた」

でもぼくには、どこから話したらいいのか、わからない。

「ぼくはヒーローじゃない。力をもらった。たくさんの力を」

「サメを殺すのに、だれかが力を貸してくれたということか?」

ジェイクはわけがわからないという顔。

ぼくの頭のなかに、次々と浮かんでくる。クジラの群れ。自分たちが生きるために殺さなければならなかったウミガメ。カモメや、魚といった自然の賜《たまもの》、ココナッツの実や薪。そしてアーヤ。

「そうなんです。いろんなものに助けられた」

ジェイクなら秘密を守ってくれる。ジェイクに話すことは約束破りだとは思えなかった。それで、アーヤのことを話してみた。

ジェイクは真剣に話をきいてくれた。最後の最後まで。

「じゃあ、彼女はもどったんだな。自分の部族がいるところへ。将軍と戦うために。そういうことか?」

「さあ、どうだろう。ぼくはひとりで見つかったそうですから。彼女が生きているかどうかさえ、わからない」

「彼女の部族がどこで暮らしているのか、どこを旅しているのか、そういったことはわからないのか?」

「自分のことはあまり話さなかった。かわりに物語を語ってくれたんです」

「物語?」

「アラビアンナイトのなかから。でも実際はそうじゃなかった。あれは全部彼女自身の話だった」

「つまり、つくり話ってことか？」

ぼくは心のなかで笑った。

「ええ、まあそんなところです」

「あのな……」

ジェイクがいいにくそうにいう。

「島なんて、ないんだ。いろいろ地図を見てみたが、あのへんにそういう島はない」

「そうだと思います。どんな地図にも載っていない気がする」

「どういう意味だ？」

「さあ、自分でもよくわかりません」

気まずい沈黙が広がった。

「じゃあ、来年挑戦してみますか？」

「冗談だろ？」

「はい」

そのあと、もう少し話をした。ジェイクは細部を知りたがった。ぐちゃぐちゃで、血みどろで、思い出すだけでつらくなる細部を。それはかんべんしてくださいと、ジェイクに断った。

「わかった。オレはそろそろお暇《いとま》するよ。おまえを休ませてやらないとな」

「また来てください」

社交辞令じゃなく、本心からそういった。ジェイクにもそれは通じたはずだ。

看護師がひとり、お茶を持ってやってきた。

「飲んでいってください」

「そうだな。だが、おまえはもう、自分のしゃべりたくないことは、何もいわなくていいぞ」

それをきいてわかった。ジェイクは父さんや母さんや、ドクター・ジョーンズよりも、ぼくを理解してくれていると。

看護師からお茶をもらって、口にふくむ。

「ぼくはずっと、あそこにいるような気がする。いつもボートに乗っている。いつ降りるのか、降りられるとしても降りるかどうか、それさえわからない」

看護師が腕時計にちらっと目をやる。

「お茶を飲まれたら、患者さんを少し休ませてあげないといけません」

ジェイクが心配そうな顔になった。

「自分の一部をボートに置いてきたと、そういうことか？」

そういって、ぼくの腕を優しくパンチする。

「置いておけばいい。べつにそこにどうしてももどらなきゃいけないわけじゃない」

4

ウォーターセラピーを受けられるほどに、足が回復した。

ずっとこの日を待っていた。力をつけたいばかりじゃない。ベッドから出る理由が欲しかった。

病院内の、プールが設置されている別棟に向かう。手すりのついた幅一メートルほどの縦に長いプールで、床が傾斜してつきあたりの一角が深くなっている。

水着の短パンを渡されて、更衣室はあちらだと指をさされた。着替えて出てくるとドクター・ジョーンズがテレビのリモコンをばかでかくしたようなものを持っていた。

「じゃあビル、プールに入って歩いてみてちょうだい。途中で水流をつくるから、そうしたら流れに逆らって先へ進んでいく。それでまた筋肉を強くすることができるの」

ぼくはいわれたとおりにする。水は温かく透明だ。

「そこでストップ」

プールの全長の四分の一ぐらいまで来たところで先生がいった。手にしたリモコンをいじりだす。すると噴出口からジェット噴流が吹き出して、水が激しく泡立った。

呼吸が一気に速くなる。泡に動揺している。その下に何かがひそんでいて、いまにも水面から顔を突き出しそうだった。手すりをつかみ、プールの壁にしがみついた。

「だいじょうぶ?」

先生がいう。

「はい、ちょっと驚いただけです」

手すりにずっとつかまったまま、白い泡のなかを歩きだす。頭のなかでひびくブーンという音がだんだんに大きくなる。身体がかっと熱くなり、頭がぼうっとしてきた。肩で荒い息をする。

突きあたりの壁には熱帯の島が描かれていて、真っ白な砂浜が広がっている。そこに意識を集中しながら、水のなかを苦労して進んでいく。じっと前方を見すえ、あの島がゴールだ、なんとしてでもたどりつけ、そう自分にいいきかせる。けれども、一歩ごとに、前へ進むのが難しくなっていく。ジェット噴流のせいではなかった。自分の足が鉛《なまり》に変わっている。いったいどうしたことか、様子を見ようにも白くにごる泡で見えない。

「出るぞ、出る!」

手すりに取りつき、がむしゃらに身体を引き上げにかかる。一刻も早くプールサイドにあがらなきゃいけない。必死だった。

ドクター・ジョーンズが走ってきた。ぼくはその腕をつかみ、先生につかまってプールの外に出ようともがく。指を先生の肩に食いこませながら。

「痛っ！　ビル。ビル！　落ち着いて、だいじょうぶだから」

　ふり返って、泡立つ水のなかを覗きこむ。水面に何か浮かび上がっていないか、必死で目を走らせる。噴流のスイッチが切られて水が透明になったところで、ようやく落ち着いた。

＊

　夢にうなされた。

　ステファンの身体が海をすべって潮に流されていく。それは亡骸《なきがら》で、ふいに泡立った海のなかに一気に引きずりこまれて消えた。

　恐ろしい静寂。水面を突き破って手が出てこないか、じっと見守っている。いつまで待っても出てこない。

　そこで目がさめた。

　いまのは悪夢じゃない。記憶だ。

5

二日後、退院できるまでに回復した。

父さんは、車で家に帰る前に、レストランでランチを食べようという。病院を出る前にシャワーを浴びて、鏡を覗きこんでいた。ビタミンやらミネラルやらを点滴やチューブをつかってあれだけしっかり入れ、食事もむさぼるように食べたというのに、カナリア諸島に出かける前と比べれば、まだぎすぎすだった。

発見されたときは、どんなだったのか？　想像しただけでぞっとした。思いを遠い過去に飛ばす。パンドラが嵐に襲われる前の自分。おぼつかない足取りで飛行機から降り、強い日差しに目を細め、顔をそむけた少年。あれが自分だとはとても思えない。その少年が何をして何を考えていたのか、それさえもよく思い出せなかった。

皮膚は濃い褐色になっていた。日焼けした肌というより、革のような皮膚。肌の色だけ見れば、イギリス人よりモロッコ人に近い。足先の一部が欠損している。鏡に映して正面から見るのは今日が初めてだった。足の指があった部分の皮膚はきれいに縫い合わされていた。まもなくそこにプラスチックの指が接着される。筋肉は針金のように固く引き締まっている。片目には眼帯をしていて、もういっぽうの目のまわりは火傷《やけど》して緑色にてらてら光っている。

チーヤとジンのことを考える。ジンを倒そうとした挑戦者たち。ヒーローを自任してチャレンジした男たちと同じように、ぼくも目をやられ、足をもがれ、なかば精神をやられている。

＊

レストランの店内はしゃれていた。黒大理石の床はぴかぴかで、白いリネンがかかったテーブルの上でクリスタルグラスが輝いている。

壁の一面はつくりつけの大水槽になっていて、さまざまな魚が泳いでいた。太陽のようなオレンジ色の魚、空のように青い魚。ぐるぐると同じ場所を回遊しながら、プラスチックのサンゴ礁を出たり入ったりしている。自然の海にいる魚とちがって動きがゆっくりなのは、自分たちより体の大きい魚に追われる心配がないからだ。

店内の客たちがぼくをじろじろ見る。ぼくも見返してやった。

「何が食べたい？」父さんがきく。「ステーキや、極上のハンバーガーもあるぞ。ずっと食いたかっただろ？」

「いや、そういうのはいい」

「病院食でずっと我慢してたんだ、好きなものを思う存分食べたらいい」

ぼくはメニューに目を走らせる。

「魚介にしよう。エビがいいな」

父さんは会話をしようと一生懸命だ。とはいえ、無理に話をさせようとはしない。まるでぼくは爆弾で、起爆装置を除去するには助けが必要だと思っているみたいだった。

大きなエビを料理した一皿が運ばれてきた。油とニンニクにまみれたピンク色の大きな生き物。一匹つかみ、頭をねじり取ってから、首部分に食らいつき、脳みそと汁をチューチュー吸う。それから頭を口に放りこみ、ぐちゃぐちゃにかんでとことん汁を吸い、味が完全になくなったところで皿にもどして、また新たな一匹にかぶりつく。

二匹目を食べ終えたところで、父さんがぼくの顔をまじまじと見ているのに気づいた。

「おまえ、ほら……」

父さんがにっこり笑って、自分のあごを指でちょんちょんとつつき、まゆをつり上げて見せる。汁があごに垂れていると教えているのだ。見れば油っぽい汁が、きれいな新しいシャツの胸もとに飛び散っていた。

「うわっ、やっちゃった」

近くのテーブル席で四人家族が食事をしていて、ぼくががつがつ食べているのをずっとじろじろ見ていた。まだ半分ほどしか食べていないのに、もう皿にナイフとフォークをきちんとそろえて渡してあり、食事が終了したことを示している。ウェイターが片づけにやってきた。

焼いた魚とロブスターの食べ残しが一枚の皿の上にあけられる。そのほうが片づけやすいからだ。

「ビル」

父さんがささやき、テーブルの下でぼくのすねを足でつっつく。

「おい、何じろじろ見てる」

「なんで残すんだ。全部食べなきゃだめじゃないか」

「全部食べようが、残そうが、お客さんの勝手だ。おまえ、レストランがどういうところだか、忘れちまったのか?」

父さんが優しくいって、ぼくをからかう。

「ごめん、父さん……」

「いいんだよ、気にするな」

「だけど……」

声がふるえて仕方ない、指もふるえている。

「ここはぼくのいるところじゃない」

そういって水槽を指さした。

「あれはほんとうじゃないんだよ、父さん。みんなまやかしだ」

椅子をつかんで水槽のガラスにぶつけ、粉々にしたい衝動に襲われる。理由はわからない。甘やかされた、ひとりよがりのティーンエイジャー。いま口から出た言葉は、まわりにそんなふうにきこえたにちがいない。気がふれた人間だと思われているかもしれない。となりのテーブルの家族は、いまでは憶面もなく、ぼくの顔をまじまじと見ていた。ぼくは声をあげて笑った。それで家族はぼくをじろじろ見るのをやめた。

「おまえは何もあやまらなくていい。大変なことを山ほどくぐり抜けてきたんだ。話したくない気持ちもわかる。父さんにも、母さんにも話したくない。それはかまわないんだ。だが、だれか話せる相手はいるはずだ。うちに帰ったら、それも考えてみてくれ。もちろん無理にとはいわない」

一瞬父さんの顔に、身構えるような表情が浮かんだ。ぼくがどう反応するか、不安になったのかもしれない。

「うん。父さんのいうことはわかるよ。ふつうじゃない生活をした人間が、ふつうにもどるには、話すことは大事かもしれない」

父さんがにっこり笑い、うなずいた。

「話したくなったら話せばいい。何事にも適切な時期がある。じきに仲間たちのもとへもどり、テレビを観て、ベンジーを散歩に連れていくようにもなる。何をやってもいい。自分の好きなことをなんでも……」

父さんの言葉がぼくの目の前を泡のように流れていく。何をいっているのか、よくわからない。

「ビル」

父さんがぼくの顔の前で手をふる。

「はい」

「いま一瞬、意識をなくしていたようだぞ。父さんのいったこと、きいてたか？　ビル……？　おい、ビル！」

「そういうことはしたくないんだ、父さん。こうやってもどってきて、ぼくがやりたいことはひとつしかない」

「おう、そいつはいい！　何をやりたいんだ？」

「もどるんだ」

「どこへ？」

「ぼくが発見された場所。彼女をさがしに行くんだ」

「彼女？」

「父さん、ぼくはひとりで海を漂っていたわけじゃないんだ。女の子がいた。もし彼女がいなかったら、ぼくは死んでいた」

父さんは口をあんぐりとあけている。ぼくが話しだすと、父さんが身を乗り出した。

ぼくは話を続ける。何もかも、洗いざらい話した。

話が終わると、長い間があった。父さんはぼくの話をじっくり咀嚼《そしゃく》している。

「ビル、おまえにはイギリスでの生活がある。どこかの女の子をさがしに、いきなりアフリカに飛んでいくなんて、できるわけがない。それにおまえが発見された場所。そこは極めて危険な地域のはずれなんだ」

「彼女がぼくを救ったんだよ、父さん。無事かどうか、たしかめなきゃいけない。放っておくなんて……ぼくにはできない」

「だが、おまえを置いて去ったんだろ？　話をきく限り、そうとしか思えない。おまえはひとりで見つかったんだ」

「そう。それはぼくも考えたよ。だけど、どう考えてもおかしいんだ。彼女がぼくを見捨てるはずなんてないんだから」

「自信があるのか？」

ぼくは考える。どうして彼女はぼくのもとを去った？　アーヤはぼくに見つけてほしいと思っているのか？　そもそもぼくらは、同じ物語のなかにいたのだろうか？

「うん。自信がある。彼女の身に何が起きたのか、突きとめなきゃいけない。彼女を見つけなきゃならないんだ」

「本気か？」

「ああ、本気だよ。それに彼女はどこかの女の子じゃない。アーヤという名前がちゃんとある」

6

「ジェイクに頼めばいっしょに行ってくれると思う。あのあたりはサーフィンをしに何度も行ってるんだ。パンドラに乗っているとき、よくそんなことをいっていた。モロッコだって、あのあたりのことは知っているはずだよ」

「親の付き添いもなしで、ひとりでやるわけにはいかない。一度失っているんだ。もう二度とおまえを失いたくない。そもそも、なんだってオレはこんな話につきあっているんだ？　常軌《じょうき》を逸している」

「ぼくが発見された村。そこへ行くだけだよ。紛争地からは遠く離れているからだいじょうぶ」

ほんとうにそうか？　事実にうそを混ぜるのが、いつのまにか上手になっている。

「それに、行ってなんになる？　彼女がそこにいると決まったわけじゃない、そうだろ？　見つかる確率は限りなく低い。藁《わら》のなかに落ちた一本の針を見つけるようなものだ。それに、たとえ父さんがよしといったところで、母さんがおまえを行かせるはずがない」

「母さんには、すぐいうつもりはないよ。もう少し待って、目がちゃんと見えるようになって、問題なく歩けるようになってから話す。ジェイクがついていれば安心だって」

行かなきゃならないんだ。母さんはきく耳を持たない人じゃない。一生懸命説得すればきっとわかってくれる。それに、最後の手段もちゃんと用意して、セリフもすでに練習済みだった。

ぼくは十六歳だ。もう親のいいなりにはならなくていい。法律的にはそうだ。お金なら、おばあちゃんがぼくに残してくれたものがある。だからぼくは行く。

ところが蓋をあけてみると、そんなことをいう必要はなかった。母さんはぼくの計画を気に入らなかったけれど、気持ちはわかってくれた。ぼくのことをよく理解している。それに、ぼくが以前のぼくとはちがうこともわかっていた。たぶん以前なら、やめなさいといえばやめた。けれどいまはもうとめられない、受け入れるしかないとわかっているのだ。ある意味、父さんには永遠にわかり得ないことを、母さんはすでにわかっているともいえる。

すでに何度も話したことを、もう一度説明する。ジェイクは常識はずれな人間ではなく、自分にできることはすべてやってくれたのだと。

「わかったわ」と母さん。「何が起きたのか、あなたはそれを知りたい。彼女がいまどこにいるのか、そもそも生きているのかどうか、それを知りたい。そうなるとジェイクだけじゃなく、お父さんもついていかなきゃいけないでしょうね」

「おいおい、ルーシー、本気でいってるのか？」

父さんがいう。

「この子は知りたいのよ、ジョン。何が起きたのか、きちんと知るまで、この子の心は休まらない。きっと女の子のことだけじゃないのよ。それももちろん大事なんでしょうけど。ビル、あなたは自分の身に何が起きたのか、それを知りたい。そうよね？」

「そうなんだ」

ぼくはいった。事実そうだった。太陽の悪魔に苛《さいな》まれていたと思ったら、目をさましたときには病院にいた。頭のなかで空白になっている期間を埋めたかった。

ジェイクに連絡を取った。ふたつ返事でオーケーしてくれた。

「もちろん、きみのご両親の了解があるなら行くさ。あのあたりには土地勘があるんだ。フランス語も問題なくしゃべれるし、アラビア語だって少しはいける。だが、オレはおまえに糊《のり》みたいにぴったりくっついているからな！　もう二度とおまえを失いたくない」

「ありがとう。父さんも同じことをいってた」

骨の道

1

ジェイクはモロッコを知っている。その海岸の大部分を。けれど、ぼくらが向かう場所のことは知らない。南端にあるそこは、正式にはモロッコでもない。領有権未決の紛争地帯だった。

ぼくを見つけてくれた漁師さんが暮らす村の名前と、漁師さんがモハメッドという名前であることはわかっていた。けれどそれ以外は何も。

アガディールまで飛行機で飛んで、ホテルに泊まる。ジェイクと父さんがタクシーと運転手の手配をして、翌朝いちばんに家を出た。

アガディールは洗練されたモダンな都市で、ぼくが想像していたモロッコのイメージとはちがった。ホテルがいくつも建っていて、アイスクリームの露店があちこちにあった。

病院やレストランと同じように、ここも現実感がない。

けれども、町の南はちがった。ここまで来ると建物も素朴で、ピンクや茶色に塗ったコンクリートブロックの壁ばかりだ。どの建物も建設なかば。道路標識はアラビア語、英語、ベルベル語、三つの言語で書かれている。

太陽がのぼると、暑さとほこりがひどくなった。

タクシーは古いメルセデスで、革張りのシートではあるものの、エアコンはついていない。暑さが気持ちいい。また汗をかく日常が快適に感じられる。車の窓はずっとあけっぱなしだった。

村々が長く連なる街道を進んでいく。カフェの外にローブ姿の人や、ジーンズにキャップという格好の男たちがすわって、水ギセルをふかし、お茶を飲んでいる。どの村も平和な感じだったが、道路の一部は大混雑していた。エンジンを盛大に吹かす音と、けたたましいクラクションがひびきわたるなか、夫婦と子どもを乗せたエンジン付きの自転車モペットや、果物やヤギまでを満載したトラックが通る。なかには派手な色の服を着た女の人たちがぎっしり乗っているトラックもあって、ジェイクを見て手をふり、くすくす笑っている。

村が途切れたあとは海岸沿いに、黒いアスファルト道路を進んでいく。左手には石囲いされた低木の茂みや小さな畑があり、ほこりでかすんだ遠くに山が見えた。熱とほこりと潮風が混じり合った空気を吸っていると、なんだか生き返るようだった。

巨大な波が海岸線に打ち寄せている。タクシーは、白い建物と空色の船がぎっしり並ぶ漁村を通過していく。

どこまでもまっすぐ延びる道路は果てがないように見え、風がまき散らす砂が煙のようだった。

右手には海が美しく輝いている。

「きれいだな」父さんがいう。「ふたたび目にして、どうだ?」

「不思議な感じ。来てよかった。海はぼくらの家だった」

それと同時に、日中の苦しさも思い出した。のどの渇きと容赦ない暑さ。それを思うと、言葉に詰まってしまう。

低木の茂み、砂、漁村。どれだけ走っても、ひたすらそればかりだった。大きな砂丘も見える。丘も山もすべて砂でできていて、道路の一部は砂をかぶっていて、運転が難しい。

午後になると、アスファルトの道路は尽きて、ずっと古くからあるような、でこぼこ道を進んでいく。

悪路に不平をもらす運転手に、ジェイクと父さんは、とにかく先へ行ってくれとせき立てる。しばらくすると、路上に設置されたバリケードに出くわした。小さな小屋が建っていて、その前に警官ふたりと、軍服を着て肩からライフルをつり下げた兵士がいる。

運転手が警官と話をつけようと、タバコ休憩がてらタクシーから降りた。立派な口ひげを生やした背の高い警官の前につかつか歩いていって話しかける。タバコをふりまわして、大げさな身ぶり手ぶりを駆使しながら大声でしゃべっている。漁師さんがぼくを発見した村まで行くことができたら、大金を支払うと父さんは運転手に約束していた。

警官のひとりが片手をあげ、首を横にふった。運転手の声が小さくなり、すごすごともどってきた。

ぼくといっしょに後部座席にすわっている父さんがため息をつき、顔を手であおぎながら、座席の上でもぞもぞ身体を動かす。

「わたしがいって、話をつけてこよう」

父さんがいった。

「いや、ぼくが行きます」とジェイク。「向こうはきっと英語があまり得意じゃない。でもフランス語なら通じます」

ジェイクが出ていって、この場の責任者と思える口ひげの男に近づいていった。

しばらくして、もうひとりの警官がタクシーにやってきた。帽子を脱いで身を乗り出し、あいた窓から顔を突っこんできた。

白い手袋をはめた指を目の前でチッチとふる。

「ここ、ダメ。観光客、イナイ」

いったあとで、松葉杖が見えたらしく、ぼくの足に目を向ける。

「ぼくら、もっと先へ行かないといけないんです」

「ダメ、そっちは……」

言葉をさがしている。

「モンダイ、イッパイ。そっちは」

そういって南の方角を指さしたと思ったら、

「イギリス？」ときいてきた。

「イギリス人です」

警官が歯を見せて笑った。

「わたし、イギリス人の友だちいる。ポーツマスに住んでる。行ったことアリマスカ、ポーツマス？」

なんだか妙な感じだ。いきなり親しげになって、気さくなおしゃべりが始まった。

「シディイフニ、アガディールに、遊びにきた？」

「はい」

父さんが答えた。

「ドーシテ、ココ？　ココ観光客いない。ワカル？」

もうひとりの警官がやってきた。警官どうし話をする。たちまちふたりは興奮の面持ちになり、口からつばを飛ばしだした。また窓から顔を突き出した。

「キミ、あの少年！　ボートの少年？」

ジェイクがもどってきて車に乗りこんだ。

警官ふたりが白い手袋をはめた手を突き出してきて、握手を求めた。

「村まで連れていってくれるそうです」とジェイク。

＊

警官の運転する車のあとにつき、目抜き通りをはずれて、網の目のように交差する田舎道を一時間ほど走る。海から離れたと思ったら、また海が見えてきて、そうかと思うとまた離れていくといった案配で、海岸沿いをくねくねと進んでいく。

どうして警官が先導してくれることになったのか。べつに金を払ったわけじゃないと、ジェイクはいう。それでも連れていってくれる。親切心からか、それとも好奇心からか。ぼくらが危ない目に遭わないように、道に迷わないように。きっとそのすべてだろう。ぼくらは村の名前しか知らない。助けてもらえてラッキーだった。

その村には、水しっくいを塗った白いブロックの家がいくつも建っていて、なかには波形鉄板を屋根にしている家もあった。土の道の上を、風に吹かれてビニール袋が転がっていく。地面には空き缶やタバコの吸い殻が散らばっていた。

二匹の痩《や》せ犬が、でこぼこ道を走る車のあとをついてくる。

優美な曲線の小塔とアーチがついた小さなモスクがきらきら輝いている。モスクの前にはテーブルが置いてあって、バナナやパンを売っている。けれども全体的に見れば、ここはゴーストタウンといってよかった。

海のそばで車がとまった。海岸には、少なくとも一ダースほどの船があって、黄色や青色の船体に網や壺が山積みになっている。海に細長く突き出した岩が天然の港をつくっていて、押し寄せる大波から湾を守っていた。村人はどこにいるのだろう?

すると、現れた。ローブを着た男たち。西洋風に野球帽をかぶり、ベストに短パンという格好の人たちもいる。男たちはそろいもそろってタバコを吸っている。女性の姿もちらほら見えて、みすぼらしい格好の子どもたちがうるさく騒いでいる。

大人たちは、こちらを遠慮なくじろじろ見ている。にこりともせず、親しみやすさは皆無。子どもたちのほうは、こっちを指さしてゲラゲラ笑い、大声でしゃべっている。その子たちがペンをくれといいだすと、不思議なことにジェイクがバッグから片手に山盛りのペンを取り出した。こういう場面をあらかじめ想定して用意してきたのだろう。子どもたちは大喜びだ。

ぼくは父さんの手を借りてタクシーから降り、松葉杖に寄りかかって立った。

「サラーム」

アーヤが教えてくれたあいさつの言葉を思い出して口にする。

「Manzakine. Neck ghih ビル」

みんながやがやがやしだした。村人から警官に、次々と質問が飛んでくる。

カフェに招《しょう》じ入れられ、薄暗がりに置いてあるプラスチックのテーブルをみんなで囲む。

女性数人が、小さなグラスと、優美な曲線を描く背の高い金属ポットを盆に載せて運んできた。男の人がミント・ティーを注《つ》ぐ。すべてのグラスにお茶を注ぎ終えると、またそれをグラスからポットにもどす。これを三回くり返したところで、ようやく飲んでいいとの許可がおりた。熱くて甘くて、ミントのスーッとする香りがのどに心地いい。

平べったいパンとドーナツも出た。みるみる店内が人であふれ、ぼくらを中心にして大騒ぎが始まった。村の半分の人がカフェの店内に入りこんだようで、残り半分は店の前に立っている。あけはなした戸口には犬たちが寝そべっていた。

外が何やらざわざわしだした。

男のひとりがいう。

「きみを見つけた人だ。いま入ってくる」

群衆がふたつに分かれて道をつくり、ぼくの命を救った男がドアを抜けてテーブルにやってくる。ぎすぎすに痩せた身体をしていて、顔はしわだらけ。曲がった歯と、大きくて優しそうな目。ぼくらは握手をかわした。こちらは初めて会うわけだが、相手はもちろん、ぼくのことを知っている。

のどを詰まらせずに、お礼の言葉をいえる自信がない。その人はまず警官と話をし、それからぼくと向き合った。彼が笑うと、店内のモロッコ人がそろって笑った。立派な口ひげを生やした警官が通訳する。

「彼の名前はモハメッド。きみに会えてよかったといっている。きみがアガディールに運ばれたときは、きっと死ぬんじゃないかと思っていたそうだ。生きているというニュースをきいたときには、ほんとうにうれしかったと」

「見つけたときの状況を、きいてみてもらえませんか?」

モハメッドはテーブルの前にすわり、ポケットからタバコを取り出して火をつけた。

群衆がぼくらのテーブルに迫ってくる。警官ふたりは迷惑がり、関係ない人間を全部外に追い出した。

あとには、警官ひとり、ジェイク、父さん、モハメッド、ぼくが残された。

ぼくはほとんど息ができないでいる。頭がくらくらする。知りたいのと同時に、知るのが恐ろしかった。なぜなら、はるばるここまでやってきたものの、結局決定的な言葉を投げられて終わるかもしれないからだ。頭のなかで、そのひと言がずっとひびいていた。

女の子は死んだよ。

モハメッドがしばらく話したところで、警官がうなずき、片手をあげて話を中断させた。

「ある島の近くでボートを見つけたが、その島は海の下だという。なんのことだか、わかるかね？」

「リーフですかね？」

ジェイクがいった。

「ロブスターをとる罠の仕掛けを見にいったそうだ。そうしたら遠くにボートが見えた。そのなかにきみがいて、モハメッドはそれを見て、死んでいると——」

「何を見たんですか！」

ぼくはほとんど怒鳴るようにいった。

「どういうことかね？」

「何を見たのか、正確に教えてほしい」

モハメッドが直接ぼくに話しかけた。警官が通訳する。

「ボートときみ。見たのはそれだけだ」

脳天から打ちのめされた。身体が椅子を突き抜け、溺れていく。こんなばかな話があるものか。

「モハメッドさん、何かほかのものは見なかったですか？　何か。ぼく以外に」

「おいビル、だいじょうぶか？」

父さんがいって腰に腕をまわしてくる。それをはねのけてぼくは両手で頭をかかえた。異常な人間を見るように、みんながぼくをじろじろ見ている。知らないあいだにグラスを倒してしまい、テーブルにこぼれて広がったお茶を女の人がふいている。

ぼくをはさんで父さんの反対にすわっているジェイクが肩に手を置いてきた。

「ぼくのいっている意味がわかってない」

モハメッドに向かってぼくはいう。

「ぼく以外の何か。だれかほかの人を見なかったんですか?」

モハメッドの言葉を警官が通訳する。

「きみは答えが欲しいんだなと、モハメッドはそういっている。きみのいうことはちゃんと理解している。ボートを見せるといっている。たぶんボートが答えをくれるだろうと。結局のところ……」

そこで警官が言葉を切り、モハメッドがゆっくりと、やわらかな口調で話す。それを通訳しようと、ぼくのほうを向いた警官は、わけがわからないという顔をしていた。

モハメッドがにやっと笑い、一瞬、まゆをわずかにつり上げてから、素早くうなずいた。何かぼくに合図を送るような仕草だった。

「モハメッドがいうには、天使は秘密を持っている? きみなら、その意味がわかるそうだ」

それからモハメッドがいった。

「タニルト……秘密……モッテル」

2

ボートは小さな船小屋のなかにあった。

ここにいるのはモハメッドとぼくだけ。ジェイクと父さんは警察官といっしょに外にいる。

横倒しに置かれているボートは、なんとなく以前より小さくなった感じがする。壊れたマストも、ココナッツの繊維もない。それでも横腹に自分で書いた文字が、このボートはタニルトなのだといっている。

思わず笑顔になって、心のなかで感謝を捧げる。無事に家に帰してくれて、ありがとう。

「ボート、つかってる。ちょっと釣りをするのに」

モハメッドは申し訳なさそうな顔でいった。

「英語が話せるんですか?」

「ちょっとだけ」

モハメッドはドアの外を覗いて、だれもそばにいないのをたしかめる。それから、ゆっくりと、とぎれとぎれに話しだした。

「女の子。秘密を守れ、いった」

ぼくは思わず息を呑《の》んだ。

「彼女、生きてるんですか？」

モハメッドがにっこり笑ってうなずく。

胸にどっと喜びがあふれ、ぼくはモハメッドに抱きついた。重荷を解かれて心が一気に軽くなった。

モハメッドはしわがれ声で笑い、ぼくの左右の頬にキスをした。

「彼女、いまどこに？」

モハメッドは肩をすくめた。

「アーヤはいなくなった。ずっと前に」

そういって外を指さし、バイバイをするように手をふった。

「遠く？」

「そう」モハメッドがうなずく。「遠く」

ぼくはボートに少し近づいてみる。からっぽになったボートの、いったいどこに秘密が隠れているというのか。これじゃあわかりようがない。モハメッドをふり返って肩をすくめた。

するとモハメッドが収納庫を指さした。そこ、そこ、というように。モハメッドとアーヤのあいだでどんなやりとりがあったか知らないが、ひとつだけたしかなことがある。アーヤは彼を信用していた。

松葉杖をつかってボートのそばまで寄り、へりをまたいで床にひざをつく。痛みが矢のように足を直撃した。ボートの後部へにじり寄る。ひと呼吸してから、収納庫をあけ、身をかがめてなかを覗きこむ。からっぽだった。

ぼくはまたモハメッドに目を向けた。向こうもぼくの顔を見返してくる。

収納庫に目をもどし、なかを覗くかわりに手でさぐってみる。内部はへりも角もなめらかだったが、細いすじに指が触れた。小さな空間だが、天井と壁との境い目に、小さなすきまがあいている。

「すみません、ナイフはありますか?」

そういって手で切る真似をする。

モハメッドが見つけてきてくれた。ナイフの刃をすきまにすべりこませると、内壁の板がパタンとひらいた。

そこにノートと、ノートを破いたページで何かを包んだものが入っていた。ノートのページには文字のようなものが書かれている。ぼくは慎重に包みをひらいた。

なかに小さなダイヤモンドの粒がふたつ入っていた。船小屋の薄暗い光のなかでも、星のようにきらきら光っている。明けの明星と宵の明星。

入っていたのはそれだけじゃなかった。

小指の爪ほどの大きさで、魚のひれみたいに湾曲している。へりはのこぎりの刃のようにぎざぎざだ。サメの歯だ。

紙には曲線と点を多用した文字が書かれている。アーヤの母国語。

まるで目の前の紙が、アーヤ本人のような気がして、いっしょにいるような感覚に襲われる。

彼女がぼくに向かって語りかけてくれている。けれどベルベル語で書かれた文章はぼくには読めない。

＊

警察官はいなくなった。同じくタクシーも。

ぼくがそうしたいといいはったので、ぼくらはその場にとどまった。カフェでタジン鍋をつつき、モハメッドの家で寝かせてもらえることになった。

父さんはモハメッドと奥さんに感謝しきりだったが、ぼくはアーヤの書いた文字のことしか考えられなかった。

モハメッドの家のテラスにすわって、海を見おろす。

手はずはととのっていた。フランス語を話すモハメッドが、ベルベル語をフランス語に訳し、それをジェイクが英語に翻訳する。

けれどその前に、何が起きたのか、事の経緯を知っておきたかった。奇妙なことだが、彼女の手紙を読む前に心の準備が必要だったのだ。ぼくはいま一度、あの世界にもどらなければならない。

ふたりのあいだでどんなやりとりがあったのか、最初から話してもらうことになった。モハメッドがジェイクにフランス語で話し（ずいぶん流暢《りゅうちょう》にきこえた）、ジェイクがそれを通訳してくれる。

きいた言葉を逐一覚えているわけではないので、星と星を線でつなぐように書いていくが、それでもモハメッドが話してくれたのは、だいたい次のような内容だった。

漁師

モハメッドは夜明け前にひとりで漁に出かけた。

船は古い。持ってせいぜいあと数週間。数か月はとても無理だ。新しい船を買うには金がいる。そのためには運が必要だ。手っ取り早く大漁を、それも時を置かずして願いたいところだ。そうでなければ、船があと数か月持つことを願うしかなく、それはまた別のお願いごととなる。

どうか網いっぱいの魚をお願いしますと、モハメッドは祈った。

海のもたらす恵みの素晴らしさをモハメッドは知っていた。それと同時に、海が血も涙もない残酷な仕打ちをすることも知っている。実際モハメッドは痛い目に遭っていた。父親を奪われたのだ。だれも海に出ようとは思わない、強風で波の高い日に父親は漁に出た。勇敢だったからではなく、そうするより仕方がなかったのだ。そうして、その日のうちに死んだ。自分は父親と同じ運命をたどりたくはなかった。

少なくともいまはまだ嵐は来ていない。モハメッドはそれをアラーの神に感謝する。もう何日かすれば、風が吹き荒れて波が高くなる。数週間前の嵐と同じか、もっとひどいことになるだろう。しかしいまはまだだいじょうぶだ。

それで、ほんの数人の漁師しか足を伸ばさないリーフに、ロブスターをとる罠の仕掛けを設置した。そこは海岸からずいぶん離れており、もしエンジンが故障したり、船の水漏れがひどくなったりしたら、一巻の終わりだった。リスクは大きいが、海がその気になりさえすれば、大漁をもたらしてくれる。それに、嵐が来てしまえば漁は一切できないから、いまのうちに稼いでおかないといけないのだった。

数時間後、リーフに行ってみると、仕掛けた壺はからっぽだった。モハメッドは悪態をつき、下手に希望を持った自分を呪った。いっそ、アラーの神にきいてやろうかと思う。どうして自分をこんなふうにからかうのですかと。けれどやめた。そんなことをしたところで、いったい何になる？　モハメッドは、いま自分にできることは何かと考えた。そうだ、もう一度罠を仕掛けるのだ。いったん家に帰って、それからもどってこよう。天気が変わらぬうちに。

そのとき、遠くに砂粒みたいな点が見えた。おそらく古い樽《たる》だろう。そばまで行ってたしかめようかと思ったが、燃料を無駄遣いするのはもったいないと思い、しばらくすわって、タバコを吹かしていた。

すると頭上の空に海鳥が現れた。妙だと思い、モハメッドはまゆを寄せる。ふつうカモメは群れで飛んでいるのに、これは一羽きり。しかもここは岸から遠く離れている。

カモメが舞い降りて、エンジンの上にとまった。モハメッドに向かってギャーギャー鳴く。

海鳥が船についてくることはよくあった。餌の残りや小魚を投げてやると空中でキャッチする。それでも船に舞い降りてくることはめったにない。このカモメは勇敢だった。

「今日の獲物はゼロだよ。ロブスターは一匹もとれなかった。オレもおまえも食いっぱぐれ……」

カモメの足に何かくっついている。布きれのようなもの。

カモメはぱっと飛び上がって船から離れ、モハメッドの頭上を旋回してから、また舞い降りて、船のへさきにとまった。ギャーギャーと鳴く。

だから船に降りてきたのかと、モハメッドは思う。あんなじゃまな布きれがくっついていたんじゃあ、まともに飛べない。すぐ近くまで飛んでくると、カモメが異様に痩せているのがわかった。

布きれをはずして自由にさせてやりたかった。けれど鳥はときに非常に獰猛《どうもう》になることも知っている。近づきすぎれば、くちばしでつっつかれるだろう。しかしカモメは飛び去ろうとしない。近づいていってもじっとしている。モハメッドの顔をもっとよく見ようと、首をこちらへ向けている。

モハメッドは餌の入った壺をあけて、小さなひと切れをカモメに放ってやった。食べてしまうと、もうひとつ。またもうひとつ。船の後部に餌の山をつくってやる。カモメが食べているすきに、モハメッドは素早く足をつかみ、布をはずしてやった。一度だけ突っつかれたが、それほど強くなく、飛び立つことなく、首をちょこんとかしげて、こちらの顔をしげしげと見ている。

布きれは鳥の足に〝結びつけて〟あった。人間の仕業だ。しかしいったいなんのために？ Tシャツを引き裂いたものらしい。サーフィンをするヨーロッパの客が来ているような、英文字と漫画のアヒルがついている。

モハメッドはTシャツと遠くの点を交互に見つめた。ここは海岸から遠く離れた沖だ。カモメはきっとあの点からやってきたにちがいない。

そこで数週間前に見た、嵐で沈んだ船のニュースを思い出した。どこからともなく嵐が発生した。あまりに突然だったので、悪魔の仕業だという人もいた。昔話によく出てくるように。

行方不明の少年についてもいろいろうわさされていた。ヨーロッパの少年だ。

もしかしたら、あれは船の残骸の一部じゃないのか？ きっと何か価値あるものが残っていて、つかえるものが……。

ここまで来るのにかかった時間と距離を頭のなかで計算する。燃料が充分にあるかどうかはわからない。持ちそうな気もするが、絶対だいじょうぶという保証はない。それに嵐がやってくるかもしれない。家に帰るのが賢明だろう。

しかし、このTシャツ。それにカモメ。砂粒のような点。モハメッドはそちらに目をこらす。ずいぶん遠くて、はっきりは見えないものの、ひょっとして、あれはボートじゃないのか？

モハメッドはエンジンを吹かした。もうちょっと先まで行って、あれがなんなのか、たしかめてから引き返そう。

近づいていくと、やっぱりボートだった。漁船とはちがう。小さいけれどモダンなスタイル。

マストのようなものが立っていて、防水布でつくった帆がちぎれている。さらに近づくと、へさきに小さな木彫りの人形が立っているのがわかった。それに言葉。ボートの横腹に子どもが書いたような文字がある。ベルベル語だ。

タニルト。天使。

そこでもう一度、嵐で沈んだ船のことを考えた。

「なんの理由もなしに、小さなボートが大海にぽつんと浮かんでいることはない」

思わずひとりごとをもらした。それでモハメッドは声をかけることにした。

「サラーム。だれかそこにいるのかい？」

けれど答えはない。

さらに近づいていくと、異臭が鼻を突いた。ボートのなかにあるものを目にするのが恐くなってくる。ものすごい腐臭で、吐き気を催しそうだった。これは死の臭いだ。

もう引き返そうと思った。見たくない。家へ帰るのがいちばんだ。

けれどそこで、カモメがギャーギャー鳴いて、そちらのボートに飛んでいき、そのへさきにとまった。

「おい、もどってこい。いっしょに来ないと、ずっとそこにいることになる。きっと死ぬぞ」

カモメは何度も鳴いて、まるでにらみつけるような強いまなざしでモハメッドをじいっと見ている。そんなカモメを見ながら、モハメッドは思う。もしボートのなかを見ないで帰ったら、きっと一生、あのカモメの目を忘れられないだろう。そんなことを考えるのはおかしいとも思う。

何しろ相手はたかが鳥なのだ。

「わかったよ、カモメ。わかった」

モハメッドは自分の船をゆっくりボートに近づけていった。けれどもなかを見るより先に、シャツを脱いで鼻と口を覆った。

ほとんど骨と皮だけになった女の子。少年もいる。少年の足……。モハメッドは吐き気と闘った。

ボートの全面に広がる乾いた血。それ以外にも、汚らしいものが散乱している。

いったい死んでから、どのぐらい経っているのか。

ところがそこで、女の子が目をあけて、骨と皮だけの片手をあげた。

「アマン」と、声もたえだえにいう。

モハメッドは水をやった。

女の子は瓶を受け取って、少しだけ飲んだ。それから、ほぼ残っていないであろう力をふりしぼって、立ち上がろうとする。

モハメッドは手を貸そうとした。

「いいの」

女の子がいって、少年のとなりにひざをついた。少年の頭を持ち上げて、口に水を少し注いでやる。少年のくちびるはほとんどあいていなかったけれど、のどが動いて、いくらか水がおりていったのがわかる。

少年の目があいた。けれど何も見えていないらしい。モハメッドは女の子に魚とクスクスをやった。女の子はいくらか口に入れ、ゆっくり慎重に咀嚼《そしゃく》する。けれども飲みこみはしなかった。また少年にかがみこんで、自分の口を少年の口へ持っていく。少年のあごを片手でつかみ、無理やり口をあけさせる。そうやって少年の口に少しずつ食べものを入れていき、水も少々入れて嚥《えん》下《げ》させた。

この光景にモハメッドはショックを受けた。女の子がヨーロッパの少年相手にこんなことをするなんて！

女の子が少年に向ける優しいまなざしをモハメッドは一生忘れない。少年の髪を指でとかしながら、そっとささやいていた。

「生きて。ずっと生きて。生きるのよ。死んじゃだめ。お願いだから、生きて」

女の子は指でクスクスの粒をつまみあげて口に入れ、また口いっぱいに咀嚼した食物ができ上がると、それも少年に食べさせた。

ひと口食べさせるごとに、水を数滴少年のくちびるに置いた。

そうやって、何度も何度も食べさせた。自分ではほとんど食べていない。

モハメッドはこれを見て泣きそうになった。命のキス。これだけのことを成し遂げる女の子の意志の力。身体は衰えても魂は強い。少年よりも強い魂をこの子は持っている。

けれど、その光景は悲しみも催すものだった。なぜなら、もう手遅れで、少年はまもなく死ぬのだから。

食べものがすっかりなくなると、モハメッドは、少年をこちらの船に移して陸にあげようといった。けれど女の子はこういった。

「動かすのは無理。それにわたしたちはこのボートを離れることはできない。タニルトを置き去りにはできないの。あなたの船でこのボートをひっぱっていってください」

「どうしてもそうしろというんだな」

モハメッドはいい、漁船でボートをひっぱり出した。船を操縦しながら、ときどきうしろをふり返る。帰り着くまでのあいだ、女の子はずっと少年の頭を優しくかかえ、言葉をささやいて、頭にキスをしている。カモメはへさきにとまっていた。

ずいぶんと時間がかかり、ちょうど黄金の太陽が海に沈みかけたときに、ようやく岸が見えてきた。

岸に近づいていこうとすると、女の子がモハメッドにいった。宝石をあげるから、だれにもわたしのことは話さないでと。誓ってくれないと困るという。

宝石のことは信じなかった。それでも女の子は、ちゃんと見せるからという。

帰り着いたところで、モハメッドは女の子を素早く船小屋に連れていった。

なかば抱いて運ぶような格好になったが、つまずき、転びながらも、女の子はずっとボートのほうをふり返っていた。それからモハメッドは大声で助けを呼んだ。男たちがやってきて、少年を車に運ぶ。車は道路に出て警察に行き、少年は病院に運ばれるだろう。ただし、何キロも距離があるから、きっと先生に診てもらう前に息を引き取るだろう。そう思ったものの、船小屋にもどっても、そのことは女の子にはいわずにおいた。

女の子はモハメッドに宝石を渡してお礼をいい、かくまってもらえないかと頼んできた。この不思議な女の子をどうしたらいいのか、モハメッドにはわからない。けれどももらった宝石の価値は漁師の稼ぎの優に一年分、いやそれ以上あった。もしかくまってもらえるなら、もうひとつ宝石をあげると女の子はいう。

それでモハメッドは女の子を船小屋にかくまうことにし、パンやミルクを持ってきた。カモメには魚をやった。

ゆっくり食べるようにと、女の子にはそういって、少ない量を頻繁《ひんぱん》に食べさせるようにした。じきにチーズや卵やタジン、ナッツや魚も船小屋に運んでいくようになり、女の子はどれも残さず全部たいらげた。

警察が来て、町の新聞社やラジオ局からも人がやってきた。少年は生き延び、それがニュースになった。モハメッドは次から次へと質問攻めにあったが、注目の的になるのは好きではなかった。それでも宝石をもらえたのはうれしかったし、女の子との約束も守り続けた。

女の子はモハメッドにもうひとつ約束させた。もし少年がもどってきたら、自分のことを話していいが、そうでなければ、だれにも絶対口外しないと。そしてモハメッドにメッセージを託した。

タニルトは秘密を持っている。

ある朝、パンと卵を持って船小屋に行くと、女の子とカモメは消えていた。

3

「彼女はどこへ消えたんですか?」

モハメッドは東を指さした。フランス語を話し、それをジェイクが通訳する。

「骨の道をくだるといっていた。太陽の将軍と戦うために」

将軍。宝石を盗んだ男。その男からアーヤは宝石を盗んだ。太陽の将軍というのは、古い伝説に登場する人物だとモハメッドは説明する。

そういうことか。心のなかではすでにわかっていた気がする。

「Sahit」ぼくはモハメッドにいった。ありがとう。

モハメッドがフランス語で何かいって、それをジェイクが通訳する。

「手紙の言葉を翻訳しなきゃいけないと、モハメッドはいっている。ただしそこには問題がひとつ……」

それをいってすぐ、モハメッドは海に目をやった。

「何？」ぼくはきいた。

「手紙をモハメッドとオレが読むことになるから、だってさ。これはプライベートな手紙で、彼女はおまえにあてて書いたものだからと」

いったい何が書かれているんだ？　自分の居場所を手紙で伝えているのかい、アーヤ？　きみを見つけるための地図？

「べつにかまわないよ」

ぼくはいった。モハメッドとジェイクが翻訳しているあいだ、ぼくは父さんに手を貸してもらって海岸を散歩した。風はやんでいて、静かな海面に月光の道ができて、水平線に向かって延びている。

「おまえ、だいじょうぶか？」

「うん。だって手紙に何が書かれていたって、彼女は生きているってわかったんだから。この世界のどこかにいる」

もどってくると、ジェイクがノートをひらいて渡してくれた。そこに手紙の内容が英語で書かれている。

父さんとジェイクとモハメッドは、ぼくひとりで手紙を読ませようと、ハリケーンランプを置いて外に出ていった。

アーヤの言葉。もう物語を思い出のよすがにしたり、星と星を線でつなぐようにして彼女を思い出したりする必要はない。いまぼくはアーヤの言葉を手にしているのだから。

そして、読む前からわかっていた。ぼくはアーヤを見つける。いつか必ず。

たぶん彼女は、ぼくには到達不可能な場所に行ってしまったのだろう。アーヤのことだから、きっとそのことを自分の言葉で手紙に書いているにちがいない。それでもきっといつか見つける。

ぼくは自分の胸に誓った。

わたしからのプレゼント、あなたはきっと気に入ることでしょう。

ダイヤモンドのひとつはモハメッドに。もうひとつはあなたに。サメの歯ももちろん、あなたのもの。わたしが足から抜いたのです。あなたがボートのなかに横たわって、太陽に向かって叫んでいるあいだに。

あなたはタニルトを見つけた。いまこうしてわたしの手紙を読み、プレゼントを手にしている。そうであれば、どうやってわたしたちが陸にたどりついたのか、もうわかっていることでしょう。大変な毎日でした。死の一歩手前まで来てしまったのです。あなただけじゃなくて、ふたりとも。死が冷ややかに待ち構えていて、どっちを向いても、必ずそこにいるのが肌で感じられた。

あなたはもう死んだのだと、何度もそう思いました。わけのわからないことをつぶやいている日が何日も続いて、死に瀕《ひん》している人にしか見えないものを見ているようだった。

そして、そのあとは、もう何もしゃべらなくなった。目はあいているけれど、何も見えていないのだとわかった。

しまいには、わずかな水を飲ませるのにも、あなたと戦わなくてはなりませんでした。

あなたはこのまま死んでいく。それがはっきりわかって、胸がつぶれそうになりました。

あなたが死んだら、まもなくわたしも死ぬ。一時間後か、一日後か、それはわからないけれど、必ずわたしも死ぬ。そう考えたら、これまで感じたことのない恐怖が胸にせり上がってきました。死が恐いのじゃない。わたしが恐かったのはひとりで死ぬということ。わかりますか？　わたしはひとりで死にたくなかったの。

それから、カモメが空高く舞い上がるのが見えて、陸が近いんだなとわかった。でもまだ希望は持てなかった。やがて、あの船がやってきて、その船から、わたしたちの仲間のカモメがボートに飛んできて、モハメッドがわたしたちを見つけてくれるまでは。それから、あなたは、わたしのもとから連れ去られた。それもつらかった。死がわたしからあなたを奪ってしまうのと同じぐらい。

でもあなたはいま、イギリスで生きている。その事実がわたしの大きな力です。

わたしはこれから出発しなければなりません。骨の道をくだって、太陽の将軍と戦うのです。

故郷のみんなは、わたしがもどってくるとは思っていません。わたしが生きていることさえ、だれも知らない。いっぽう、太陽の将軍は弱い人間です。

「将軍がどうして弱いんだ？」って、あなたはきっとそういうでしょう。

そう、弱いのです。千一夜を経て初めてあの王が知ったように、心に愛を持たない人間は弱い。

そこへわたしが、影を味方につけた影の戦士として襲いかかっていく。それがわたしの物語。その物語を自分でつくっていくのです。

さて、「少女と少年と海の物語」はどうでしょう。その結末はいかに？

それをわたしが知っていると、あなたはそう思いますか？

わたしの叔父は、前にこんなことをいっていました。物語をきく者は、決まってハッピーエンドを望み、あらゆる疑問に答えを欲しがるものだと。けれど、物語にはつねに疑問がつきものなのだと、叔父さんはそういっていました。どんな物語であろうと、いつだって疑問の余地はある。たしかにそうだと、わたしも思います。

すべてが説明されるわけではない。何もかもが明らかになるわけじゃない。

だからビル、わたしは、わたしたちの物語の結末を知りません。いまはまだ。

チーヤがジンを打ち負かし、ルンジャがスルタンをだまし、シェヘラザードとデナルザードが無事だったとことはわかっています。少女と少年が海を渡り、その冒険が終わったことも。

だけど、そのあと少女と少年はどうなるのでしょう？

もう一度あなたと会えるかどうか、わたしにはわからない。骨の道を進む道中に、どんなことが待ち受けているかわからないのです。

わたしたちの世界をつくっている権力は、ジンのように強力です。そういう悪霊のような力が、わたしたちを隔てる壁をつくっているのです。

けれど、海では、わたしたちはいつもいっしょだった。ときどきでいいですから、ふたりいっしょだったときのことを思い出してください。イギリスのおうちで安全に暮らしているときに。

ふり返ってみて、わかったことがあります。

わたしたちは、国境のない国で暮らしていた。わたしたちが眠る家には壁はひとつもなかった。

わたしたちが祈りを捧げた場所は、人間の手でつくった祭壇ではなかった。

そしてもうひとつ。わたしはあなたを愛している。

アーヤ

謝辞

まだ創作に手を染めて日が浅いころ、ページに並ぶ言葉はすべて、ひとりの作家の多大な努力の成果だと信じていた。いま思えば、素人考えもはなはだしい。作家は精一杯努力するものの、それだけで一冊の本が仕上がるわけもなく、そこには他者の知恵と助言が不可欠なのだ。自分では見えないものをはっきり見るために、ときには他者の目がいる。

よって、次の方々に感謝を捧げたい。

キャサリンをはじめとするフェリシティ・ブライアン・アソシエイツのチームには、作品に魔法をかけるエージェントの仕事だけでなく、早い段階の草稿を読んで賢明なる助言をいただいた。ゼファー社のローレン、フィオナ、アレックスにも貴重な意見をいただき、十分な配慮と細心の注意で、物語を見事に編集していただいた。

特定の場所や民族に「感謝」を捧げることができるのかどうか。それでもアマジグ人と、南モロッコの土地にも感謝を捧げねばならない。何度も訪れた地だが、最初のうちはサーフィンが目的で、後になってから、アガディールの南北に位置する村々を探訪し、そこで知り合ったアマジグの人々から、その文化と歴史の一端を教わることになった。タンラートの村に市が立つ日に出会った老人は、歯のない口で大声をはりあげ、激しい手ぶり身ぶりに加え、折々に両手を打ち合わせながら、ひとり語りをしていた。と、すぐに大勢の人がやってきて、老人を取り巻いた。つまり彼は語り部なのだった。こちらはその言葉をまったく理解できなかったが、その場にすわって話に耳をかたむけているうちに、すっかり魅了された。物語を語る風習はいまもモロッコで生きている。本書を読んでくだされればわかるように、アーヤの物語と本作全体の根幹は、物語を語ることの豊かさにある。

イザベラと、愛すべきノース家の友人たちにも感謝を捧げたい。ベルには、ぼくが前に書いた*Kook*の結末を書きかえるよう説得され、一応考えてはみたものの、結局無理だという結論に達した。物語はすでにできあがっている。それでも、「もし……」と考えることはあって、その考えを深めていった結果、本作が生まれた。

バース・スパ大学のYA創作科のチームと、そこでできた友人たちと、自分もその一員であるコミュニティ全体にこのうえない感謝を捧げる。

最後にはもちろん、家族に感謝を捧げたい。作家というのはいっしょに暮らすのが容易でない人種だとよくいわれる。一冊の本をつくりあげる際には作品世界に沈潜せねばならず、ぼくもまた例外ではなかった。そんなときに、お茶を淹れたり、愛情と優しさで支えてくれた、セアラ、ラモーナ、犬のトフィーに心より感謝を捧げる。きみたちを心から愛している。

クリス・ヴィック

ウィルトシャー、二〇一九年五月

訳者あとがき

無人島に本を一冊持っていくなら、何がいいかという話題は、いつの時代も人の興味を誘ってやまない。極限状態に置かれたとき、本が人間の精神を支える。それは、多くの読書家にとって単なる夢や希望ではなく、ゆるがぬ真実だろう。人生が突如嵐に見舞われ、世間という名の荒海で漂流を余儀なくされたとき、一冊の本に救われてもとの世界に無事もどれた。そんな経験がだれにもあるにちがいない。

本作の登場人物は、少年と少女。それぞれに乗っていた船が嵐で難破し、どことも知れぬ海域を漂流するうちに、海のどまんなかで出会う。少年は手こぎボートに乗りこんで、少女は樽にしがみついて、命をとりとめていた。

少年はイギリス人。少女はベルベルというモロッコの少数民族で、フランス語は話せるものの、英語はわずかしか理解できない。そんなふたりが、少年の持っていたノートに絵や字を書き合い、身ぶり手ぶりもまじえて意志の疎通をはかり、相手の言語を少しずつ習得していく。

少年の船に積まれていたわずかな食料も水も、ふたりでわければ、あっというまに尽きてしまう。しかし知恵と力を合わせ、太陽や海の恵みを活用して、ふたりは命をつないでいく。だからといって自然は人間を特別扱いして甘やかすことはしない。皮膚を焼く容赦ない日差しを放射し、大嵐を送り出してボートに猛攻撃を仕掛ける。魚をもたらしてくれる海には捕食者もいて、彼らにとって、人間は餌でしかない。

板子一枚下は地獄という言葉があるが、その船底の下にどんな恐ろしいものが潜んでいるかわからない海にあって、ふたりはいざとなれば自力で戦わねばならない。そんな極限状態のなかで、よくぞ正気を保っていられるものだと思う。

このふたりには、漂流の際に精神を支えてくれる一冊の本はなかった。かわりに、少女の語る物語があった。

少女の記憶のなかに眠っている、故郷の語り部からきいた物語。あのシェヘラザードが、生き延びるために夜ごと王に語ったように、この過酷な海で、また一日を生き延びるために、少女は少年に語る。記憶のなかにある物語に、自分や同郷の人々への思いをちりばめて。

物語の世界にひきこまれた少年は、つかのま胸のうちの恐怖も不安も消え、酷暑さえも感じない。海と空しかなかった世界が一変し、いま少年の目の前には、かつて見たこともない、しかし確実に存在すると信じられる、少女がありありと語るきらびやかな世界が広がっている……。

人間の想像力が生み出す物語世界は、架空のものでありながら、不思議と、どこか現実とつながっている。

苦境に落とされて疲労困憊の聞き手は、その世界に遊ぶあいだは現実を忘れ、心に安らぎを得る。語り手は、物語のなかに夢や希望を織りこんで語ることで、自分の生きる道を再確認し、未来を生きる意志を明確にする。

そう考えると、物語は単なる娯楽ではなく、危険な隘路《あいろ》が至るところに隠れている山あり谷ありの人生を渡っていくのに欠かせない、命綱のようにも思えてくる。実際作中で、少女は少年に、カタコトの英語でこういうのである。

「お話は大事なの。食べものと水が大事なように」

自然の脅威に人間は太刀打ちできない。漂流を続けるうちに、この物語の少年と少女は、それを確信していく。それでも最後まで絶望しなかったのは、人も自然の一部であり、自然に生かされ、自然のなかで死んでいくという思いがあったからだろう。それは、生きるも死ぬも自然まかせというあきらめではない。自分の命をつなぐために、海の生き物を殺し、食したのだから、この命あるかぎり生きなければならないという、壮絶な覚悟であり、そう覚悟した先に初めて、希望の光が見えてくるのかもしれない。

本書は、新型コロナの嵐が世界で猛威を振るいだした二〇二〇年の三月初めに、イギリスはペンザンスにある〈世界の果ての書店（The Edge of the World Bookshop）〉で、ふと手に取った一冊だった。ページをめくるなり、夢中になり、滞在先のイギリスより、遠く離れた日本より、この物語の世界がずっと身近に思え、少年と少女の息づかいを肌で感じた。それまで日本から届く暗いニュースに戦々恐々となっていたのが、読み終わったときには、目の前が明るくなっていた。

絶望と思える状況にも光はさす。

たとえ光がさしてこなくても、光をさがしつづける人間の姿は尊い。

嵐のような時代を生き延びねばならないわたしたちにとって、『少女と少年と海の物語』は闇のなかに一条の光を投げかけてくれる一冊に等しい。ひとりでも多くの読者がこの本を手にとってくださるよう願ってやまない。

最後になりましたが、持ちこみ企画を熱心に検討した上で出版を実現させ、素晴らしい日本語版をつくってくださった編集の小林甘奈さんに心より感謝を捧げます。

二〇二一年春

杉田七重

少女と少年と海の物語

著　者　クリス・ヴィック
訳　者　杉田七重

2021年 5月14日　初版

発行者　渋谷健太郎
発行所　(株)東京創元社
〒162-0814　東京都新宿区新小川町1-5
電話　03-3268-8231(代)
URL　http://www.tsogen.co.jp
装　画　木原未沙紀
装　幀　藤田知子
印　刷　フォレスト
製　本　加藤製本

乱丁・落丁本は、ご面倒ですが小社までご送付ください。
送料小社負担にてお取替えいたします。

ISBN978-4-488-01107-9 C0097